Tegengestelde krachten

Tegengestelde krachten

Aldivan Torres

CONTENTS

Tegengestelde krachten

Tegengestelde krachten
Aldivan Torres

Auteur: Aldivan Torres
©2019-Aldivan Torres
Proeflezen: Aldivan Torres
Alle rechten voorbehouden
Tegengestelde krachten: deel één

Korte biografie: Aldivan Torres, geboren in Brazilië, is een geconsolideerde schrijver in verschillende genres. Tot nu toe zijn titels gepubliceerd in tientallen talen. Van jongs af aan is hij altijd een liefhebber geweest van de kunst van het schrijven, nadat hij vanaf de tweede helft van 2013 een professionele carrière heeft geconsolideerd. Hij hoopt met zijn geschriften bij te dragen aan de internationale cultuur, waardoor het leesplezier wordt gewekt bij degenen die de gewoonte niet hebben. Je missie is om het hart van elk van je lezers te veroveren. Naast literatuur zijn belangrijkste afleidingen muziek, reizen, vrienden, familie en het plezier van het leven zelf. "Voor literatuur, gelijkheid, broederschap, rechtvaardigheid, waardigheid en eer van de mens altijd" is zijn motto.

Samenvatting

Een nieuw tijdperk

Na een mislukte poging om een boek uit te geven, voel ik mijn kracht herstellen en versterken. Ik geloof immers in mijn talent en ik heb er vertrouwen in dat ik mijn dromen ga waarmaken. Ik heb geleerd dat alles op zijn tijd gebeurt en ik geloof dat ik volwassen genoeg ben om mijn doelen te realiseren. Onthoud altijd: wanneer we echt een doel willen, spant de wereld samen om het te laten gebeuren. Zo voel ik me:

vernieuwd met kracht. Als ik terugkijk, denk ik aan de werken die ik zo lang geleden heb gelezen en die mijn cultuur en mijn kennis zeker hebben verrijkt. Boeken brengen ons door sferen en universum die ons onbekend zijn. Ik voel dat ik deel moet uitmaken van deze geschiedenis, de grote geschiedenis die literatuur is. Het maakt niet uit of ik anoniem blijf of een groot auteur wordt die wereldwijd wordt erkend. Wat belangrijk is, is de bijdrage die ieder van hen levert aan dit grote universum.

Ik ben blij met deze nieuwe houding en ik bereid me voor op een geweldige reis. Deze reis zal mijn lot en het lot van degenen die dit boek geduldig kunnen lezen veranderen. Laten we samengaan in dit avontuur.

Voorbereidingen

Ik pak mijn koffer met mijn persoonlijke voorwerpen van het grootste belang: wat kleren, wat goede boeken, mijn onafscheidelijke kruisbeeld en bijbel en wat papier om te schrijven. Ik heb het gevoel dat ik veel inspiratie zal halen uit deze reis. Wie weet word ik wel de auteur van een onvergetelijk verhaal dat de geschiedenis ingaat. Voordat ik ga, moet ik echter afscheid nemen van iedereen (vooral mijn moeder). Ze is overbezorgd en laat me niet gaan zonder een goede reden of in ieder geval met de belofte dat ik snel terug zal komen. Ik heb het gevoel dat ik op een dag een kreet van vrijheid zal moeten geven en zal moeten vliegen als een vogel die zijn vleugels heeft gecreëerd... en ze zal dit moeten begrijpen omdat ik niet bij haar hoor, maar eerder bij het universum dat me verwelkomde zonder er iets van me voor terug te eisen. Het is voor het universum dat ik heb besloten om schrijver te worden en mijn rol te vervullen en mijn talent te ontwikkelen. Wanneer ik aan het einde van de weg aankom en iets van mezelf heb gemaakt, zal ik klaar zijn om gemeenschap met de schepper aan te gaan en een nieuw plan te leren. Ik weet zeker dat ik er ook een bijzondere rol in zal hebben.

Ik pak mijn koffer vast en hiermee voel ik angst in me opkomen. Vragen komen in me op en storen me: Hoe zal deze reis eruitzien? Zal het onbekende gevaarlijk zijn? Welke voorzorgsmaatregelen moet ik nemen? Wat ik wel weet, is dat het tot nadenken stemt voor mijn carrière, en ik ben bereid om het te doen. Ik pak mijn koffer (weer) vast en voor vertrek zoek ik mijn familie op om afscheid te nemen. Mijn moeder staat in de keuken de lunch te bereiden met mijn zus. Ik kom dichtbij en ga in op het cruciale punt.

"Zie je deze tas? Het zal mijn enige metgezel zijn (behalve jullie, lezers) in een reis die ik bereid ben te maken. Ik zoek wijsheid, kennis en het plezier van mijn vak. Ik hoop dat u het besluit dat ik heb genomen begrijpt en goedkeurt. Kom; geef me een knuffel en goede wensen.

"Mijn zoon, vergeet je doelen, want ze zijn onmogelijk voor arme mensen zoals wij. Ik heb al duizend keer gezegd: Je zult geen afgod zijn of iets dergelijks. Begrijp me goed: Je bent niet geboren om een groot man te zijn", zei Julieta, mijn moeder.

"Luister naar onze moeder. Ze weet waar ze het over heeft en heeft gelijk. Je droom is onmogelijk omdat je geen talent hebt. Accepteer dat het je missie is om gewoon een eenvoudige wiskundeleraar te zijn. Verder dan dat kom je niet" zei Dalva, mijn zus.

"Dus dan geen knuffels? Waarom geloven jullie niet dat ik succesvol kan zijn? Ik garandeer je: zelfs als ik betaal om mijn droom te realiseren, zal ik succesvol zijn omdat hij een groot man is die in zichzelf gelooft. Ik zal deze reis maken en ik zal alles ontdekken wat er te onthullen valt. Bovendien zal ik gelukkig zijn omdat geluk bestaat uit het volgen van het pad dat God overal om ons heen verlicht, zodat we winnaars worden.

Dat gezegd hebbende, richt ik me op de deur met de zekerheid dat ik een winnaar zal zijn op deze reis: de reis die me naar onbekende bestemmingen zal brengen.

De Heilige Berg

Lang geleden hoorde ik van een uiterst onherbergzame berg rond Pesqueira. Het maakt deel uit van de bergketen Ororubá (inheemse naam) waar de inheemse Xukuru-bevolking woont. Ze zeggen dat het heilig werd na de dood van een mysterieuze medicijnman van een van de Xukuru-stammen. Het kan elke wens werkelijkheid maken als de intentie zuiver en oprecht is. Dit is het startpunt van mijn reis, waarvan het doel is om het onmogelijke mogelijk te maken. Gelooft u, lezers? Blijf dan bij me, met speciale aandacht voor het verhaal.

Na de br-232 snelweg, het bereiken van de gemeente Pesqueira, ongeveer vijftien mijl van het centrum, is Mimoso, een van de districten. Een moderne brug, onlangs gebouwd, geeft toegang tot de plaats die tussen de bergen van Mimoso en Ororubá ligt, omringd door de Mimoso-rivier die naar de bodem van de vallei loopt. De heilige berg ligt precies op dit punt en daar rijd ik.

De heilige berg ligt naast de wijk en in korte tijd ben ik eronder. Mijn gedachten dwalen door de ruimte en verre tijd en stellen zich onbekende situaties en verschijnselen voor. Wat staat me te wachten bij het beklimmen van deze berg? Dit zullen zeker herlevende en stimulerende ervaringen zijn. De berg is van korte gestalte (2300 ft (0,7 km).) en met elke stap voel ik me zelfverzekerder, maar ook verwachtingsvol. Herinneringen komen in me op van intense ervaringen die ik in mijn zesentwintig jaar heb meegemaakt. In deze korte periode waren er veel fantastische gebeurtenissen die me deden geloven dat ik speciaal was. Geleidelijk aan kan ik deze herinneringen zonder schuldgevoel met jullie, lezers, delen. Dit is echter niet het moment. Ik zal het pad van de berg vervolgen, op zoek naar al mijn verlangens. Dit is wat ik hoop, en voor het eerst ben ik moe. Ik heb de helft van de route afgelegd. Ik voel geen fysieke uitputting maar vooral mentale door vreemde stemmen die me vragen om terug te gaan. Ze dringen nogal aan. Ik geef echter niet snel op. Ik wil de top van de berg bereiken voor alles wat het waard is. De berg ademt voor mij met luchten van verandering die uitstralen voor degenen die in zijn heiligheid geloven. Als ik daar aankom, denk ik dat ik precies weet wat ik moet doen om het pad te bereiken dat me door deze reis zal leiden waar ik zo lang op heb gewacht. Ik behoud mijn geloof en mijn doelen omdat ik een God heb die de God van het onmogelijke is. Laten we doorgaan met lopen.

Ik ben al driekwart van het pad gegaan, maar toch word ik achtervolgd door de stemmen. Wie ben ik? Waar ik naartoe ga? Waarom heb ik het gevoel dat mijn leven drastisch zal veranderen na de ervaring op de berg? Afgezien van de stemmen lijkt het erop dat ik alleen onderweg ben. Zou het kunnen dat andere schrijvers hetzelfde hebben gevoeld op heilige paden? Ik denk dat mijn mystiek anders zal zijn dan alle andere. Ik moet doorgaan; Ik moet alle obstakels overwinnen en weerstaan. De doornen die mijn lichaam verwonden zijn uiterst gevaarlijk voor de mens. Als ik deze beklimming overleef, beschouw ik mezelf al als een winnaar.

Stap voor stap ben ik dichter bij de top. Ik ben er al een paar meter van verwijderd. Het zweet dat over mijn lichaam loopt, lijkt te zijn ingebed met heilige geuren van de berg. Ik sta even stil. Zullen mijn dierbaren zich zorgen maken? Nou, het maakt nu echt niet uit. Ik moet nu aan mezelf denken om de top van de berg te bereiken. Mijn toekomst hangt ervan af. Nog een paar stappen en ik kom boven. Er waait een koude wind, gekwelde stemmen verwarren mijn redenering en ik voel me niet goed. De stemmen roepen:

"Het is hem gelukt; hij zal worden onderscheiden! "Is hij het wel waard?" Hoe kreeg hij het voor elkaar om de hele berg te beklimmen? Ik ben verward en duizelig; Ik denk niet dat het goed met me gaat.

Vogels huilen en zonnestralen strelen mijn gezicht in zijn geheel. Waar ben ik? Ik heb het gevoel dat ik de dag ervoor dronken ben geworden. Ik probeer op te staan, maar een arm houdt me tegen. Verder zie ik dat aan mijn zijde een vrouw van middelbare leeftijd staat, met rood haar en een gebruinde huid.

"Wie ben jij? Wat is er met mij gebeurd? Mijn hele lichaam doet pijn. Mijn geest voelt verward en vaag. Is het op de top van de berg zijn de oorzaak van dit alles? Ik vind dat ik in mijn huis had moeten blijven. Mijn dromen hebben me tot nu toe aangespoord. Ik beklom de berg langzaam, vol hoop op een betere toekomst en enige richting naar persoonlijke groei. Ik kan echter praktisch niet bewegen. Leg me dit alles uit, ik smeek je.

"Ik ben de bewaker van de berg. Ik ben de geest van de Aarde die heen en weer waait. Ik ben hierheen gestuurd omdat je de uitdaging hebt gewonnen. Wil jij je dromen waarmaken? Ik zal je daarbij helpen, kind van God! Je hebt nog veel uitdagingen om het hoofd te bieden. Ik zal je voorbereiden. Wees niet bang. Uw God is met u. Rust een beetje uit. Ik kom terug met voedsel en water om aan uw behoeften te voldoen. Ontspan en mediteer ondertussen zoals je altijd doet.

Dat gezegd hebbende, verdween de dame uit mijn zicht. Dit verontrustende beeld liet me meer van streek en vol twijfels achter. Welke uitdagingen zou ik moeten winnen? Uit welke stappen bestonden deze uitdagingen? De top van de berg was echt een zeer prachtige en rustige plek. Van bovenaf kon men de kleine agglomeratie van huizen in Mimoso zien. Het is een plateau vol steile paden vol vegetatie aan alle kanten. Deze heilige plaats, onaangetast door de natuur, zou het echt mijn plannen bereiken? Zou het me een schrijver maken bij mijn vertrek? Alleen de tijd kon deze vragen beantwoorden. Omdat de vrouw er een tijdje over deed, begon ik te mediteren op de top van de berg. Ik gebruikte de volgende techniek: Eerst maak ik mijn hoofd leeg (vrij van gedachten). Ik begin in harmonie te komen met de natuur om me heen, mentaal nadenkend over de hele plaats. Van daaruit begin ik te begrijpen dat ik deel uitmaak van de natuur en dat we volledig met elkaar verbonden zijn in een groot ritueel van gemeenschap. Mijn stilte is de stilte van Moeder Natuur; mijn kreet is ook haar kreet; Geleidelijk aan begin ik haar verlangens en aspiraties te voelen. Ik voel haar noodkreet om hulp die smeekt om haar leven te redden van menselijke vernietiging: ontbossing, overmatige mijnbouw, jacht en visserij, de uitstoot van verontreinigende gassen in de atmosfeer en andere menselijke wreedheden. Op dezelfde manier luistert ze naar me en ondersteunt ze me in al mijn plannen. We zijn volledig in elkaar verstrengeld tijdens mijn meditatie. Alle harmonie en medeplichtigheid heeft me volledig stil gemaakt en geconcentreerd op mijn verlangens. Totdat er iets veranderde: ik voelde dezelfde aanraking die me ooit wakker maakte. Ik opende mijn ogen, langzaam, en zag dat ik oog in oog stond met dezelfde vrouw die zichzelf de bewaker van de heilige berg noemde.

"Ik zie dat je het geheim van meditatie begrijpt. De berg heeft je geholpen om een beetje van je potentieel te ontdekken. Je zult op vele manieren groeien. Ik zal je helpen tijdens dit proces. Eerst vraag ik je om je tot de natuur te wenden om spanten, latten, rekwisieten en lijnen te vinden om een hut op te richten, dan brandhout om een vreugdevuur te maken. De nacht nadert al en je moet jezelf beschermen tegen de woeste beesten. Vanaf morgen zal ik je de wijsheid van het bos leren, zodat je de echte uitdaging kunt overwinnen: de grot van wanhoop. Alleen de zuiveren van hart overleven het vuur van zijn analyse. Wil jij je dromen waarmaken? Betaal dan de prijs voor hen. Het universum geeft niemand iets gratis. Wij zijn het die waardig moeten worden om succes te behalen. Dit is een les die je moet leren, mijn zoon.

"Ik begrijp het. Ik zal hopelijk alles leren wat ik nodig heb om de uitdaging van de grot te overwinnen. Ik heb geen idee wat het is, maar ik heb er vertrouwen in. Als ik de berg zou overwinnen, zou het me ook lukken in de grot. Als ik vertrek, denk ik dat ik bereid zal zijn om te winnen en succes te hebben.

"Wacht, wees niet zo zelfverzekerd. Je kent de grot waar ik het over heb niet. Weet dat veel krijgers al zijn beproefd door het vuur en werden vernietigd. De grot toont geen medelijden met iemand, zelfs niet met de dromers. Heb geduld en leer alles wat Ik je zal leren. Zo word je een echte winnaar. Onthoud: Zelfvertrouwen helpt, maar alleen met de juiste hoeveelheid.

"Ik begrijp het. Bedankt voor al je advies. Ik beloof u dat ik het tot het einde zal volgen. Wanneer de wanhoop van de twijfel me overspoelt, zal ik mezelf herinneren aan uw woorden en mezelf eraan herinneren dat mijn God me altijd zal redden. Wanneer er geen ontsnappen is in de donkere nacht van de ziel, zal ik niet bang zijn. Ik zal de grot van wanhoop verslaan, de grot waar niemand ooit aan ontsnapt is!

De vrouw nam in der minne afscheid en beloofde op een andere dag terug te keren.

De Hut

Er verschijnt een nieuwe dag. Vogels fluiten en zingen hun melodieën, de wind is noordoostelijk en de wind verfrist de zon die fel heet opkomt in deze tijd van het jaar. Momenteel is het december en voor mij is deze maand een van de mooiste maanden omdat het begin van de schoolvakantie is. Het is een welverdiende pauze na een lang jaar gewijd aan studies in een universitaire opleiding wiskunde; Het moment dat je alle integralen, afgeleiden en poolcoördinaten kunt vergeten. Nu moet ik me zorgen maken over alle uitdagingen die het leven me zal brengen. Mijn dromen hangen ervan af. Mijn rug doet pijn door een slechte nachtrust liggend op de geslagen aarde die ik als bed heb klaargemaakt. De hut die ik met ongelooflijke moeite bouwde en het vuur dat ik aanstak, gaven me 's nachts een zekere mate van veiligheid. Wel hoorde ik gehuil en voetstappen erbuiten. Waar hebben mijn dromen me naartoe geleid? Het antwoord is naar het einde van de wereld, waar de beschaving nog niet is gearriveerd. Wat zou u doen, lezer? Zou jij ook een reis riskeren om je diepste dromen waar te maken? Laten we het verhaal voortzetten.

Gehuld in mijn gedachten en vragen besefte ik niet dat aan mijn zijde de vreemde dame stond die beloofde me op weg te helpen.

"Heb je goed geslapen?

"Als het goed is, betekent het dat ik nog steeds heel ben, ja.

"Voor alles moet ik je waarschuwen dat de grond die je betreedt heilig is. Laat je daarom niet misleiden door uiterlijk of impulsiviteit. Vandaag is je eerste uitdaging. Ik zal je geen voedsel of water meer brengen. U vindt ze via uw account. Volg je hart in alle situaties. Je moet bewijzen dat je het waard bent.

"Er zit voedsel en water in dit kreupelhout, en ik zou het moeten verzamelen? Kijk, mevrouw, ik ben gewend om boodschappen te doen in een supermarkt. Zie je deze hut? Het heeft me zweet en tranen gekost en nog steeds ben ik er niet van overtuigd dat het veilig is. Waarom geef je me niet het geschenk dat ik nodig heb? Ik denk dat ik mezelf heb bewezen waardig te zijn op het moment dat ik die steile berg beklom.

"Jaag op voedsel en water. De berg is slechts een stap in het proces van je spirituele verbetering. Je bent er nog steeds niet klaar voor. Ik moet u eraan herinneren dat ik geen geschenken geef. Ik heb daar geen macht toe. Verder ben ik alleen de pijl die het pad aangeeft. De grot is degene die uw wensen inwilligt. Het wordt de grot van wanhoop genoemd, gezocht door degenen wiens dromen sindsdien onmogelijk zijn geworden.

"Ik ga het proberen. Ik heb verder niets te verliezen. De grot is mijn laatste hoop op succes.

Dit gezegd hebbende, sta ik op en begin aan de eerste uitdaging. De vrouw verdween als rook.

De eerste uitdaging

Op het eerste gezicht zie ik dat voor me een gebaande paden ligt. Ik begin ernaar beneden te lopen. In plaats van het kreupelhout vol doornen, zou het beste zijn om het pad te volgen. De stenen die mijn stappen wegvegen, lijken me iets te vertellen. Kan het zijn dat ik op de goede weg ben? Ik denk aan alles wat ik achterliet op zoek naar mijn droom: thuis, eten, schone kleding en mijn wiskundeboeken. Is dit het waard? Ik denk dat ik het wel zal uitzoeken. (De tijd zal het leren). De vreemde vrouw lijkt me niet alles te hebben verteld. Hoe meer ik liep, hoe minder ik vond. De top leek niet zo uitgebreid te zijn nu ik was gearriveerd. Een lichte... Ik zie een licht in het verschiet. Daar moet ik naartoe. Verder kom ik aan op een ruime open plek waar de zonnestralen duidelijk het uiterlijk van de berg weerkaatsen. Het pad komt tot een einde en wordt herboren in twee verschillende paden. Wat moet ik doen? Ik loop al uren en mijn kracht lijkt uitgeput. Ik ga even zitten om uit te rusten. Twee paden en twee keuzes. Hoe vaak in het leven worden we geconfronteerd met situaties als deze; De ondernemer die moet kiezen tussen het voortbestaan van de onderneming of het ontslag van sommige werknemers; De arme moeder van het achterland in het noordoosten van Brazilië, die moet kiezen welke van haar kinderen ze te voeden krijgt; De ontrouwe echtgenoot die moet kiezen tussen zijn vrouw en zijn minnares; Hoe dan ook, er zijn veel situaties in het leven. Mijn voordeel is dat mijn keuze alleen mij raakt. Ik moet mijn intuïtie volgen, zoals de vrouw aanbeval.

Ik sta op en kies het pad aan de rechterkant. Bovendien maak ik grote stappen op dit pad, en het duurt niet lang voordat ik weer een glimp opvang van de open plek. Deze keer kom ik een plas water tegen en wat dieren eromheen. Ze koelen zichzelf af in het heldere en transparante water. Hoe moet ik te werk gaan? Ik heb eindelijk water gevonden, maar het zit vol met dieren. Ik raadpleeg mijn hart en het vertelt me dat iedereen recht heeft op water. Bovendien kon ik ze niet zomaar doodschieten en ook beroven. De natuur geeft een overvloed aan hulpbronnen voor het overleven van haar mensen. Ik ben maar een van de strengen op het web die het weeft. Ik ben niet superieur aan het punt dat ik mezelf als de Meester ervan beschouw. Met mijn handen reik ik in het water en giet het in een klein potje dat ik van huis heb meegenomen. Het eerste deel van de uitdaging is aangegaan. Nu moet ik eten vinden.

Ik blijf lopen, op het pad, in de hoop iets te eten te vinden. Mijn maag gromt als het alweer voorbij de middag is. Ik begin naar de zijkanten van het pad te kijken. Misschien bevindt het voedsel zich in het bos. Hoe vaak zoeken we de gemakkelijkste weg, maar het is niet degene die tot succes leidt? (Niet elke klimmer die een pad volgt, is de eerste die de top van de berg bereikt). Snelkoppelingen leiden u snel naar uw doel. Met deze gedachte verlaat ik het pad en vind kort daarna een banaan en een kokosnootboom. Het is van hen dat ik mijn eten zal krijgen. Ik moet ze beklimmen met dezelfde kracht en hetzelfde geloof waarvan ik de berg heb beklommen. Ik probeer het één, twee, drie keer. Verder lukt het me. Ik ga nu terug naar de hut omdat ik de eerste uitdaging heb voltooid.

De tweede uitdaging

Aangekomen bij mijn hut vind ik de bewaker van de berg die briljanter lijkt dan ooit. Haar ogen dwalen nooit af van de mijne. Ik denk dat ik uitzonderlijk ben voor God. Ik voel altijd zijn aanwezigheid. Hij wekt me in alle opzichten op. Toen ik werkloos was, opende Hij een deur; toen ik geen mogelijkheden had om professioneel te groeien, gaf Hij mijn nieuwe wegen; toen Hij mij in tijden van crisis bevrijdde van de banden van Satan. Hoe dan ook, die blik van goedkeuring van de vreemde vrouw deed me denken aan de man die ik tot voor kort was. Mijn huidige doel was om te winnen, ongeacht de obstakels die ik moest overwinnen.

"Dus je hebt de eerste uitdaging gewonnen. Ik feliciteer u. (Riep de vrouw uit). De eerste uitdaging was gericht op het verkennen van je wijsheid en je vermogen om beslissingen te nemen en te delen. De twee paden vertegenwoordigen de "tegengestelde krachten" die het universum regeren (goed en kwaad). Een mens is volledig vrij om beide paden te kiezen. Als men het pad aan de rechterkant kiest, zal men op alle momenten van zijn leven verlicht worden dankzij engelen. Dat was de weg die je koos. Het is echter geen gemakkelijke weg. Vaak zullen twijfels je aanvallen en zul je je afvragen of dit pad het wel waard was. De mensen van de wereld zullen altijd kwetsend zijn en misbruik maken van jullie goede wil. Bovendien zal het vertrouwen dat je in anderen stelt je bijna altijd teleurstellen. Als je van streek raakt, onthoud dan: Je God is sterk en hij zal je nooit in de steek laten. Laat rijkdom of lust nooit je hart verdraaien. Je bent bijzonder en vanwege je waarde beschouwt God jou, zijn zoon. Val nooit uit deze genade. Het pad aan de linkerkant is van iedereen die in opstand kwam op de roeping van de Heer. We worden allemaal geboren met een goddelijke missie. Sommigen wijken er echter van af met materialisme, slechte invloeden, corruptie van het hart. Wie links de weg kiest, krijgt geen prettige toekomst, leerde Jezus ons. Elke boom die geen goede vruchten geeft, zal ontworteld worden en in de buitenste duisternis worden geworpen. Dit is het lot van slechte mensen omdat de Heer eerlijk is. Die keer dat je de waterpoel en die zielige dieren vond, sprak je hart luider. Luister er altijd naar en je komt ver. De gave van het delen straalde op dat moment op je en je spirituele groei was verrassend. De wijsheid dat je je hebt geholpen om voedsel te vinden. De gemakkelijkste weg is niet altijd de juiste om te volgen. Ik denk dat je nu klaar bent voor de tweede uitdaging. In drie dagen kom je uit je hut en ga je op zoek naar een feit. Handel naar je geweten. Als je slaagt, ga je door naar de derde en laatste uitdaging.

"Bedankt dat je me al die tijd hebt vergezeld. Ik weet niet wat me te wachten staat in de grot, noch weet ik wat er met me zal gebeuren. Uw bijdrage is voor mij van cruciaal belang. Sinds ik de berg heb beklommen, heb ik het gevoel dat mijn leven is veranderd. Ik ben rustiger en heb meer vertrouwen in wat ik wil. Ik zal de tweede uitdaging voltooien.

"Heel goed. Ik zie je over drie dagen.

Dat gezegd hebbende, verdween de dame weer. Ze liet me alleen in de rust van de avond, samen met krekels, muggen en andere insecten.

De geest van de berg

De nacht valt over de berg. Ik steek een vuur aan en het gekraak kalmeert mijn hart. Het is twee dagen geleden dat ik de berg heb beklommen, en het lijkt me nog steeds zo'n vreemde. Mijn gedachten dwalen af en landen in mijn jeugd: de grappen, de angsten, de tragedies. Ik herinner me nog goed de dag dat ik me verkleedde als indiaan: Met pijl, boog en tomahawk. Nu was ik op een heilige berg, juist vanwege de dood van een mysterieuze inheemse man (de Medicijnman van de stam). Ik moet aan iets anders denken, want de angst bevriest mijn ziel. Oorverdovende geluiden omringen mijn hut, en ik heb geen idee wat of wie ze zijn. Hoe overwin je zijn angst bij een gelegenheid als deze? Antwoord mij, lezer, want ik weet het niet. De berg is mij nog onbekend.

Het lawaai komt steeds dichterbij en ik kan nergens heen. Het verlaten van de hut zou dwaas zijn omdat ik zou kunnen worden opgeslokt door woeste beesten. Ik zal onder ogen moeten zien wat het ook is. Het geluid houdt op en er verschijnt een licht. Ik word er nog banger van. Met een stormloop van moed roep ik uit:

"Voor God, wie is er?

Een stem, reageert:

"Ik ben de dappere krijger die de grot van wanhoop heeft vernietigd. Geef je droom op, anders heb je hetzelfde lot. Ik was een kleine, inheemse man uit een dorp binnen de Xukuru-natie. Ik streefde ernaar het hoofdhoofd van mijn stam te zijn en sterker te zijn dan de leeuw. Dus keek ik naar de heilige berg om mijn doelen te bereiken. Ik won de drie uitdagingen die de bewaker van de berg me oplegde. Toen ik echter de grot binnenging, werd ik opgeslokt door het vuur, dat mijn hart en mijn doelen verbrijzelde. Vandaag lijdt mijn geest en zit hopeloos vast aan deze berg. Luister naar mij, anders zul je hetzelfde lot ondergaan.

Mijn stem bevroor in mijn keel en even kon ik niet reageren op de gekwelde geest. Hij had onderdak, voedsel, een warme familieomgeving achtergelaten. Ik had nog twee uitdagingen in de grot, de grot die het onmogelijke kon waarmaken. Ik zou mijn droom niet snel opgeven.

"Luister naar mij, dappere krijger. De grot verricht geen kleine wonderen. Als ik hier ben, is dat om een nobele reden. Ik zie geen materiële goederen voor me. Mijn droom gaat verder dan dat. Ik wil me graag professioneel en spiritueel ontwikkelen. Kortom, ik wil werken aan wat ik leuk vind, verantwoord geld verdienen en met mijn talent bijdragen aan een beter universum. Ik geef mijn droom niet zo snel op.

De geest antwoordde:

"Ken je de grot en zijn vallen? Je bent niets anders dan een arme jongeman die zich niet bewust is van het extreme gevaar binnen het pad dat hij volgt. De voogd is een charlatan die je bedriegt. Ze wil je ruïneren.

Het aandringen van de geest irriteerde me. Kende hij mij toevallig? God, in zijn barmhartigheid, wilde mijn falen niet toestaan. God en de Maagd Maria stonden altijd effectief aan mijn zijde. Het bewijs hiervan waren de verschillende verschijningen van de Maagd gedurende mijn leven. In " Visie van de Profeet" (een boek dat ik nog niet heb gepubliceerd) wordt een scène beschreven waarin ik op een bankje op een plein zit, vogels en de wind me in beroering brengen, en ik ben in diepe gedachten over de wereld en het leven in het algemeen. Plotseling verscheen de figuur van een vrouw die, toen ze me zag, vroeg:

"Gelooft u in God, mijn zoon?

Ik antwoordde prompt:

"Zeker, en met heel mijn wezen.

Onmiddellijk legde ze haar hand op mijn hoofd en bad:

"Moge de God van heerlijkheid u in het licht bedekken en u vele gaven schenken.

Toen ik dit zei, ging ze weg en toen ik het besefte, stond ze niet meer aan mijn zijde. Ze verdween gewoon.

Het was de eerste verschijning van de Maagd in mijn leven. Opnieuw, zich vermommend als een bedelaar, kwam ze naar me toe om wat verandering te vragen. Ze zei dat ze boer was en nog niet met pensioen was. Ik gaf haar meteen wat muntjes die ik in mijn zak had. Toen ze het geld ontving, bedankte ze me en toen ik het besefte, was ze verdwenen. Op de berg had ik op dat moment niet de minste twijfel dat God van me hield en dat hij aan mijn zijde stond. Daarom reageerde ik op de geest met een zekere onbeschoftheid.

"Ik zal niet naar uw advies luisteren. Ik ken mijn grenzen en mijn geloof. Ga weg! Ga een huis achtervolgen of zo. Laat me met rust!

De lichten gingen uit en ik hoorde het geluid van trappen die de hut verlieten. Ik was vrij van de geest.

Beslissende dag

De drie dagen waren verstreken sinds de tweede uitdaging. Het was een vrijdagochtend, helder, zonnig en helder. Ik was vanmorgen aan het nadenken over de horizon toen de vreemde vrouw naderde.

"Ben je er klaar voor? Zoek naar een ongewone gebeurtenis in het bos en handel volgens uw principes. Dit is je tweede test.

"Oké, ik heb drie dagen op dit moment gewacht. Ik denk dat ik voorbereid ben.

Haastig ga ik naar het dichtstbijzijnde pad dat toegang geeft tot het bos. Mijn stappen volgden in een bijna muzikale cadans. Wat was deze tweede uitdaging? Angst maakte zich van me meester en mijn stappen versnelden op zoek naar een onbekend doel. Recht vooraan ontstond een open plek in het pad waar het uiteenviel en zich afscheidde. Maar toen ik daar aankwam, was tot mijn verbazing de splitsing verdwenen en keek ik in plaats daarvan naar de volgende scène: een jongen, die door een volwassene wordt meegesleurd, hardop huilend. Emotie nam de controle over mij in de aanwezigheid van onrecht, en daarom riep ik uit:

"Laat de jongen gaan! Hij is kleiner dan jij en kan hem niet verdedigen.

"Dat doe ik niet! Ik behandel hem op deze manier omdat hij niet wil werken.

"Jij monster! Kleine jongens zouden niet moeten werken. Ze moeten studeren en goed opgeleid zijn. Laat hem vrij!

"Wie zal mij maken, jij?

Ik ben helemaal tegen geweld, maar op dit moment vroeg mijn hart me om te reageren voor dit stuk afval. Het kind moet worden vrijgelaten.

Zachtjes duwde ik de jongen weg van de bruut en begon toen de man te slaan. De klootzak reageerde en deelde me een paar klappen uit. Een van hen raakte me puntloos. De wereld draaide en een sterke, doordringende wind drong mijn hele wezen binnen: witte en blauwe wolken samen met snelle vogels drongen mijn geest binnen. In een oogwenk leek het alsof mijn hele lichaam door de lucht zweefde. Een flauw stemmetje riep me van ver. Op een ander moment was het alsof ik door deuren ging, de een na de ander als obstakels. De deuren waren goed op slot en het kostte veel moeite om ze te openen. Elke deur gaf afwisselend toegang tot lounges of heiligdommen. In de eerste lounge vond ik in het wit geklede jonge mensen, verzameld rond een tafel, waarop in het midden een open bijbel stond. Dit waren de maagden die uitverkoren waren om in de toekomstige wereld te regeren. Een kracht duwde me de kamer uit en toen ik de tweede deur opendeed, belandde ik bij het eerste heiligdom. Aan de rand van het altaar werden wierookstokjes met de verzoeken van de armen van Brazilië verbrand. Aan de rechterkant bad een priester hardop en begon plotseling te herhalen: Ziener! Ziener! Ziener! Naast hem stonden twee vrouwen met witte overhemden. Daarop stond geschreven: Mogelijke droom. Alles begon donkerder te worden en toen ik me oriënteerde, werd ik hevig en met zo'n snelheid naar buiten gesleurd dat ik er een beetje duizelig van werd. Ik opende de derde deur en vond deze keer een ontmoeting van mensen: een voorganger, een priester, een boeddhist, een moslim, een spiritualist, een jood en een vertegenwoordiger van Afrikaanse religies. Ze waren gerangschikt in een cirkel en in het midden was een vuur en de vlammen ervan schetsten de naam: "Vereniging van volkeren en wegen naar God." Uiteindelijk omhelsden ze me en riepen me naar de groep. Het vuur verplaatste zich vanuit het midden, landde op mijn hand en tekende het woord 'stage'. Het vuur was puur licht en brandde niet. De groep viel uit elkaar, het vuur doofde en opnieuw werd ik uit de kamer geduwd waar ik de vierde deur opende. Het tweede heiligdom was leeg en ik naderde het altaar. Ik knielde uit eerbied voor het Heilig Sacrament, pakte een papier dat op de grond lag en schreef mijn verzoek. Ik vouwde het papier en legde het aan de voeten van het beeld. De stem die ver weg was, werd gaandeweg duidelijker en scherper. Ik verliet het heiligdom, opende de deur en werd eindelijk wakker. Aan mijn zijde stond de bewaker van de berg.

"Je bent dus wakker. Gefeliciteerd! Je hebt de uitdaging gewonnen. De tweede uitdaging was gericht op het verkennen van je zelfvermogen en actie. De twee paden die de "Tegengestelde Krachten" vertegenwoordigden, zijn één geworden, en dit betekent dat jullie de rechterkant moeten bewandelen zonder de kennis te vergeten die jullie zullen hebben bij het ontmoeten van de linker. Jouw houding redde het kind, hoewel hij het niet nodig had. Die hele scène was mijn eigen mentale projectie om je te evalueren. U hebt de juiste aanpak gekozen. De meeste mensen die geconfronteerd worden met scènes van onrecht geven er de voorkeur aan zich er niet mee te bemoeien. Weglating is een ernstige zonde en de persoon wordt een medeplichtige van de dader. U hebt van uzelf gegeven, zoals Jezus Christus dat voor ons deed. Dit is een les die je je hele leven meeneemt.

"Bedankt dat je me hebt gefeliciteerd. Ik zou altijd handelen in het voordeel van degenen die zijn uitgesloten. Wat me verbaast is de spirituele ervaring die ik eerder had. Wat betekent het? Kunt u mij dat uitleggen, alstublieft?

"We hebben allemaal het vermogen om door middel van gedachten door andere werelden te dringen. Dit is wat astrale reizen wordt genoemd. Er zijn enkele deskundigen op dit gebied. Wat je zag moet te maken hebben met jouw toekomst of die van een ander, je weet maar nooit.

"Ik begrijp het. Ik beklom de berg, voltooide de eerste twee uitdagingen en ik moet geestelijk groeien. Ik denk dat ik binnenkort klaar zal zijn om de grot van wanhoop onder ogen te zien. De grot die wonderen verricht en dromen dieper maakt.

"Je moet de derde uitvoeren en ik zal je morgen vertellen wat het is. Wacht op instructies.

"Ja, generaal. Ik wacht met smart af. Dit Kind van God, zoals u mij noemde, is uitgehongerd en zal een soep bereiden voor later. U bent uitgenodigd, mevrouw.

"Prachtig. Ik ben dol op soep. Ik zal dit in mijn voordeel gebruiken om je beter te leren kennen.

De vreemde dame vertrok en liet me alleen achter met mijn gedachten. Ik ging in het bos op zoek naar de ingrediënten voor de soep.

Het jonge meisje

De berg was al donker geworden toen de soep klaar was. De koude wind van de nacht en het insectengeluid maakt de omgeving steeds landelijker. De vreemde dame is nog niet naar de hut gekomen. Ik hoop alles op orde te hebben tegen de tijd dat ze aankomt. Ik proef de soep:

Het was echt goed, hoewel ik niet alle benodigde specerijen had. Verder stap ik even de hut uit en overdenk de hemel: De sterren zijn getuigen van mijn inspanningen. Ik ging de berg op, vond zijn bewaker, voltooide twee uitdagingen (de ene moeilijker dan de andere), ontmoette een geest en ik sta nog steeds overeind. "De armen streven meer naar hun dromen." Ik kijk naar de opstelling van de sterren en hun helderheid. Elk heeft zijn belang in het grote universum waarin we leven. Mensen zijn op dezelfde manier ook belangrijk. Ze zijn wit, zwart, rijk, arm, van religie A, of religie B of van een geloofssysteem. Het zijn allemaal kinderen met dezelfde vader. Ik wil ook mijn plaats innemen in dit universum. Ik ben een denkend wezen zonder grenzen. Verder denk ik dat een droom onbetaalbaar is, maar ik ben bereid ervoor te betalen om de grot van wanhoop binnen te gaan. Ik overdenk nog een keer de hemel en ga dan terug naar de hut. Ik was niet verbaasd om daar voogd te vinden.

"Ben je hier al lang? Ik had het me niet gerealiseerd.

"Je was zo geconcentreerd in het aanschouwen van de hemel dat ik de betovering van het moment niet wilde verbreken. Daarnaast voel ik me thuis.

"Uitstekend. Ga zitten op dit geïmproviseerde bankje dat ik heb gemaakt. Ik zal de soep serveren.

Met de soep nog warm serveerde ik de vreemde dame in een kalebas die ik in het bos vond. De wind die 's nachts sloeg streelde mijn gezicht en fluisterde woorden in mijn oor. Wie was die vreemde dame die ik diende? Ik vraag me af of ze me echt wilde vernietigen, zoals de geest liet doorschemeren. Ik had veel twijfels over haar, en dit was een geweldige kans om ze op te ruimen.

"Is de soep goed? Ik heb het met grote zorg voorbereid.

"Het is prachtig! Wat heb je gebruikt om het te bereiden?

"Het is gemaakt van stenen. Grapje! Ik kocht een vogel van een jager en gebruikte wat natuurlijke smaakmakers uit het bos. Maar, het onderwerp veranderen, wie ben je eigenlijk?

"Het getuigt van goede gastvrijheid voor de gastheer om eerst over zichzelf te praten. Het is vier dagen geleden dat je hier op de top van de berg bent aangekomen, en ik weet niet eens zeker hoe je heet.

"Heel goed. Maar het is een lang verhaal. Maak je klaar. Mijn naam is Aldivan Teixeira Tôrres en ik geef wiskunde op universitair niveau. Mijn twee grote passies zijn literatuur en wiskunde. Ik ben altijd al een liefhebber van boeken geweest, en sinds ik minimaal was, wilde ik er zelf een schrijven. Toen ik in mijn eerste jaar van de middelbare school zat, verzamelde ik enkele fragmenten uit de boeken Prediker, wijsheid en spreekwoorden. Ik was tevreden, ondanks dat de teksten niet van mij waren. Ik heb het iedereen laten zien, met grote trots. Verder heb ik de middelbare school afgemaakt, een computercursus gevolgd en ben ik een tijdje gestopt met studeren. Daarna probeerde ik een technische cursus aan een lokale universiteit. Ik realiseerde me echter dat het niet mijn veld was door een teken van het lot. Ik was voorbereid op een stage op dit gebied. De dag voor de test eiste een vreemde kracht echter voortdurend dat ik het moest opgeven. Hoe meer tijd er verstreek, hoe meer druk ik voelde van deze kracht totdat ik besloot de test niet te doen. De druk nam af en ook mijn hart werd gekalmeerd. Ik denk dat het lot was dat ervoor zorgde dat ik niet ging. We moeten onze grenzen respecteren. Ik heb verschillende aanbestedingen gedaan, ben goedgekeurd en heb momenteel de rol van administratief medewerker van het onderwijs. Drie jaar geleden kreeg ik opnieuw een teken van het lot. Ik had wat problemen en ik kreeg uiteindelijk een zenuwinzinking. Ik begon toen te schrijven en in korte tijd hielp het me om te verbeteren. Het resultaat was het boek "Visie op een Medium" dat ik nog niet heb gepubliceerd. Dit alles liet me zien dat ik in staat was om te schrijven en een waardig beroep te hebben. Dit is wat ik denk: ik wil werken aan wat ik leuk vind, en ik wil gelukkig zijn. Is dat te veel voor een arm persoon om te vragen?

"Natuurlijk niet, Aldivan. Je hebt talent, en dat is zeldzaam in deze wereld. Op het juiste moment zal het je lukken. Zegevierend zijn degenen die in hun dromen geloven.

"Ik geloof er wel in. Daarom ben ik hier in het midden van niets, waar de goederen van de beschaving nog niet zijn gearriveerd. Ik vond een manier om de berg te beklimmen, om de uitdagingen te overwinnen. Het enige dat nu nog rest is dat ik de grot binnenga en mijn dromen uitvoer.

"Ik ben hier om je te helpen. Ik ben de bewaker van de berg sinds het heilig werd. Mijn missie is om alle dromers te helpen die op zoek zijn naar de grot van wanhoop. Sommigen proberen materiële dromen waar te maken, zoals geld, macht, sociale uiterlijk vertoon of andere egoïstische dromen. Ze hebben allemaal tot nu toe gefaald, en ze zijn er niet weinig geweest. De grot is eerlijk met het inwilligen van wensen.

Het gesprek ging nog enige tijd levendig door. Ik verloor er geleidelijk mijn interesse in toen een vreemde stem me uit de hut riep. Elke keer dat deze stem me belde, voelde ik me gedwongen om uit nieuwsgierigheid te gaan. Ik moest gaan. Ik wilde weten wat die vreemde stem in mijn gedachten betekende. Zachtjes nam ik afscheid van de vrouw en ging op weg in de richting die de stem aangaf. Wat staat me te wachten? Laten we samen verder gaan, lezer.

De nacht was koud en de indringende stem bleef in mijn gedachten. Er was een soort vreemde band tussen ons. Ik had al een paar meter buiten de hut gelopen, maar het leek kilometers te zijn door de vermoeidheid die mijn lichaam voelde. De instructies die ik mentaal ontving, leidden me in de duisternis. Een mengeling van vermoeidheid, angst voor het onbekende en nieuwsgierigheid beheerste me. Wiens vreemde stem was dit? Wat wilde ze met mij? De berg en zijn geheimen... Sinds ik de berg heb leren kennen, heb ik geleerd hem te respecteren. De voogd en haar mysteries, de uitdagingen die ik moest aangaan, de ontmoeting met de geest; het werd allemaal bijzonder. Het was niet de hoogste in het noordoosten of zelfs de meest indrukwekkende, maar het was heilig. De mythes van de medicijnman en mijn dromen hebben me ertoe gebracht. Ik wil alle uitdagingen winnen, de grot betreden en mijn verzoek doen. Ik zal een veranderd mens zijn. Bovendien zal ik niet langer alleen ik zijn, maar ik zal de man zijn die de grot en zijn vuur heeft overwonnen. Ik herinner me nog goed de woorden van de voogd, niet te veel vertrouwen. Ik herinner me de woorden van Jezus die zei:

" Wie in Mij geloofde, zal het eeuwige leven hebben.

De risico's die ermee gepaard gaan, zullen me niet doen afzien van mijn dromen. Het is met deze gedachte dat ik steeds trouwer ben. De stem wordt sterker en sterker. Ik denk dat ik op mijn bestemming aankom. Recht voor me zie ik een hut. De stem zegt dat ik daarheen moet gaan.

De hut en het verlichtende vreugdevuur bevinden zich op een ruime, vlakke plaats. Een jong, lang, dun meisje met donker haar is een soort snack aan het grillen op het vuur.

"Zo, je bent gearriveerd. Ik wist dat je mijn oproep zou beantwoorden.

"Wie ben jij? Wat wil je van mij?

"Ik ben een andere dromer die de grot in wil.

"Welke speciale krachten heb je om met je verstand naar mij te roepen?

"Het is telepathie, dom. Ken je het niet?

"Ik heb ervan gehoord. Kun je me dat leren?

"Je zult op een dag leren, maar niet van mij. Vertel me welke droom je hier brengt?

"Mijn naam is Aldivan. Ik beklom de berg in de hoop mijn tegengestelde krachten te vinden. Zij zullen mijn bestemming bepalen. Wanneer iemand zijn tegengestelde krachten kan beheersen, zal hij in staat zijn om wonderen te verrichten. Dat is wat ik nodig heb om mijn droom te verwezenlijken om te werken in een gebied dat ik leuk vind, en daarmee zal ik veel zielen laten dromen. Ik wil de grot in, niet alleen voor mij, maar voor het hele universum dat mij deze geschenken heeft gegeven. Ik zal mijn plaats in de wereld hebben en zo zal ik gelukkig zijn.

"Mijn naam is Nadja. Ik ben een inwoner van de kust van de staat Pernambuco. In mijn land heb ik horen praten over deze wonderbaarlijke berg en zijn grot. Meteen was ik geïnteresseerd om de reis hierheen te maken, ook al dacht ik dat alles slechts een legende was. Ik verzamelde mijn spullen, vertrok, kwam aan in Mimoso en ging de berg op. Ik heb de jackpot gewonnen. Nu ik hier ben, ga ik de grot in en zal ik mijn wens vervullen. Ik zal een grote Godin zijn, versierd met macht en rijkdom. Alles zal mij dienen. Je droom is gewoon dom. Waarom een beetje vragen als we de wereld kunnen hebben?

"Je vergist je. De grot verricht geen kleine wonderen. Je zult falen. De voogd staat u niet toe om binnen te komen. Om de grot te betreden, moet je drie uitdagingen winnen. Ik heb al twee van de etappes overwonnen. Hoeveel heb je er gewonnen?

"Hoe dom, uitdagingen en voogden. De grot respecteert alleen de sterksten en meest zelfverzekerde. Ik zal morgen mijn verlangens bereiken en niemand zal me tegenhouden, hoor je?

"Jij weet het beste. Als je er spijt van hebt, is het dan te laat? Nou, ik denk dat ik ga. Ik heb wat rust nodig omdat het laat is. Wat jou betreft, ik kan je geen gelukwensen in de grot omdat je groter wilt zijn dan God zelf. Wanneer mensen dit punt bereiken, vernietigen ze zichzelf.

"Onzin, jullie zijn allemaal woorden. Niets zal me doen terugkomen op mijn beslissing.

Toen ik zag dat ze onvermurwbaar was, gaf ik het op, met medelijden met haar. Hoe kunnen mensen om de zoveel tijd zo kleinzielig worden? De mens is alleen waardig als hij vecht voor rechtvaardige en egalitaire idealen. Toen ik het pad liep, herinnerde ik me de keren dat ik onrecht werd aangedaan, of het nu was door een slecht gemarkeerd onderzoek of zelfs door de verwaarlozing van anderen. Ik word er ongelukkig van. Bovendien is mijn familie totaal tegen mijn droom en gelooft ze niet in mij. Het doet pijn. Op een dag zullen ze de rede zien en zien dat dromen mogelijk kunnen zijn. Op die dag zal ik mijn overwinning zingen en zal ik de Schepper verheerlijken. Hij gaf me alles en eiste alleen dat ik mijn gaven deelde, want, zoals de Bijbel zegt, steek geen lamp aan en leg hem onder de tafel. Zet het er liever bovenop zodat iedereen kan applaudisseren en verlicht kan worden. Het pad breekt, en meteen zie ik de hut die me zoveel zweet heeft gekost om te bouwen. Ik moet gaan slapen want morgen is er weer een dag en ik heb plannen voor mezelf en voor de wereld. Welterusten, lezers. Tot het volgende hoofdstuk...

De Beving

Een nieuwe dag begint. Licht verschijnt, de bries van de ochtend streelt mijn haar, vogels en insecten vieren feest en de vegetatie lijkt herboren te zijn. Het gebeurt elke dag. Ik wrijf in mijn ogen, was mijn gezicht, poets mijn tanden en neem een bad. Dit is mijn routine voor het ontbijt. Het bos biedt geen voordelen of opties. Dat ben ik niet gewend. Mijn moeder verwende me tot het punt dat ze me mijn koffie serveerde. Ik eet mijn ontbijt in stilte, maar er weegt iets op mijn hoofd. Wat wordt de derde en laatste uitdaging? Wat zal er met mij gebeuren in de grot? Er zijn zoveel vragen zonder antwoorden, ik word er duizelig van. De ochtend vordert en daarmee ook mijn hartkloppingen, angsten en koude rillingen. Wie was ik nu? Zeker niet hetzelfde. Ik ging een heilige berg op zoek naar een bestemming die zelfs ik niet kende. Ik vond de bewaker en ontdekte nieuwe waarden en een wereld groter dan ik ooit had gedacht dat er bestond. Verder won ik twee uitdagingen en moest ik nu nog maar de derde aangaan. Een huiveringwekkende derde uitdaging die ver weg en onbekend was. De bladeren rond de hut bewegen steeds een beetje. Ik heb de natuur en haar signalen leren begrijpen. Er komt iemand op komst.

"Hallo! Ben je er?

Ik sprong, veranderde de richting van mijn blik en overwoog de mysterieuze figuur van de bewaker. Ze lijkt gelukkiger en zelfs rooskleuriger ondanks haar schijnbare leeftijd.

"Ik ben hier, zoals je kunt zien. Welk nieuws heb je voor mij gebracht?

"Zoals je weet, kom ik vandaag om je derde en laatste uitdaging aan te kondigen. Het zal gehouden worden op je zevende dag hier op de berg, want dat is de maximale tijd dat een sterveling hier kan blijven. Het is eenvoudig en bestaat uit het volgende: Dood de eerste man of het eerste beest dat je tegenkomt bij het verlaten van je hut op dezelfde dag. Anders heb je niet het recht om de grot binnen te gaan die je je diepste verlangens inwilligt. Wat zeg je? Is dat niet makkelijk?

"Hoe dat komt? Doden? Zie ik eruit als een huurmoordenaar?

"Het is de enige manier om de grot in te gaan. Bereid je voor want er zijn maar twee dagen en...

Een aardbeving met een kracht van 3,7 op de schaal van Richter schudt de hele top van de berg door elkaar. De tremor maakt me duizelig en ik denk dat ik flauw ga vallen. Er komen steeds meer gedachten in me op. Ik voel mijn kracht afnemen en voel handboeien die mijn handen en voeten krachtig beveiligen. Al snel zie ik mezelf als een slaaf, werkend op velden die gedomineerd worden door meesters. Ik zie de boeien, het bloed en hoor het geschreeuw van mijn metgezellen. Ik zie de rijkdom, trots en het verraad van de kolonels. Verder zie ik ook de roep om vrijheid en rechtvaardigheid voor de onderdrukten. O, wat is de wereld oneerlijk! Terwijl sommigen winnen, worden anderen achtergelaten om te rotten, vergeten. De handboeien breken. Ik ben gedeeltelijk vrij. Ik word nog steeds gediscrimineerd, gehaat en onrecht aangedaan. Verder zie ik nog steeds het kwaad van de blanke mannen die mij ' zwart ' noemen. Ik voel me nog steeds minderwaardig. Opnieuw hoor ik de kreten van geschreeuw, maar nu is de stem helder, scherp en bekend. De beving verdwijnt en beetje bij beetje kom ik weer bij bewustzijn. Iemand tilt me op. Nog steeds een beetje licht in het hoofd, roep ik uit:

"Wat is er gebeurd?

De voogd, in tranen, lijkt geen antwoord te kunnen vinden.

"Mijn zoon, de grot heeft zojuist een andere ziel vernietigd. Win alsjeblieft de derde uitdaging en versla deze vloek. Het universum spant samen voor jullie overwinning.

"Ik weet niet hoe ik moet winnen. Alleen het licht van de schepper kan mijn gedachten en mijn daden verlichten. Ik garandeer dat ik mijn dromen niet snel zal opgeven.

"Ik vertrouw op jou en op de opleiding die je hebt gekregen. Veel succes, Kind van God! Tot gauw!

Dat gezegd hebbende, vertrok de vreemde dame en werd opgelost in een rookwolk. Nu was ik alleen en moest ik me voorbereiden op de laatste uitdaging.

Een dag voor de laatste uitdaging

Het is zes dagen geleden dat ik de berg op ging. Deze hele tijd van uitdagingen en ervaringen heeft me enorm doen groeien. Ik kan de natuur, mezelf en anderen gemakkelijker begrijpen. De natuur marcheert op haar ritme en verzet zich tegen de pretenties van de mens. We ontbossen de bossen, vervuilen het water en geven gassen af aan de atmosfeer. Wat levert het ons op? Wat is echt belangrijk voor ons, geld of onze overleving? De gevolgen zijn er: opwarming van de aarde, vermindering van flora en fauna, natuurrampen. Ziet de mens niet in dat dit allemaal zijn schuld is? Er is nog tijd. Er is tijd voor het leven. Draag je steentje bij: Bespaar water en energie, recycle afval, vervuil het milieu niet. Eis van uw regering dat zij zich inzet voor milieukwesties. Het is het minste wat we voor onszelf en voor de wereld kunnen doen. Terugkomend op mijn avontuur, toen ik eenmaal de berg op ging, begreep ik mijn wensen en mijn grenzen beter. Ik begreep dat dromen alleen mogelijk worden gemaakt als ze nobel en rechtvaardig zijn. De grot is eerlijk en als ik de derde uitdaging win, zal het mijn droom waarmaken. Toen ik de eerste en tweede uitdaging won, begon ik de wensen van anderen beter te begrijpen. De meeste mensen dromen ervan om rijkdom, sociaal prestige en hoge niveaus van commando te hebben. Ze zien niet meer wat het beste is in het leven: professioneel succes, liefde en geluk. Wat de mens uitzonderlijk maakt, zijn kwaliteiten die door zijn werk heen schijnen. Macht, rijkdom en sociale uiterlijk vertoon maken niemand gelukkig. Dit is wat ik zoek in de heilige berg: Geluk en totaal domein van de 'tegengestelde krachten'. Ik moet even naar buiten. Stap voor stap leiden mijn voeten me naar buiten de hut die ik heb gebouwd. Ik hoop op een teken van lotsbestemming.

De zon warmt op, de wind wordt sterker en er verschijnt geen teken. Hoe win ik de derde uitdaging? Hoe zal ik leven met de mislukking als ik niet in staat ben om mijn droom uit te voeren? Ik probeer de negatieve gedachten uit mijn hoofd te zetten, maar de angst is sterker. Wie was ik voordat ik de berg beklom? Een jonge man, totaal onzeker, bang om de wereld en haar mensen onder ogen te zien. Een jongeman die een eendagsvlieg is, vocht in de rechtbank voor zijn rechten, maar die werden niet toegekend. De toekomst heeft me laten zien dat dit het beste was. Af en toe winnen we door te verliezen. Het leven heeft me dat geleerd. Sommige vogels krijsen om me heen. Ze lijken mijn bezorgdheid te begrijpen. Morgen is een nieuwe dag, de zevende op de top van de berg. Mijn lot is riskeren met deze derde uitdaging. Bid, lezers, dat ik mag winnen.

De derde uitdaging

Er verschijnt een nieuwe dag. De temperatuur is aangenaam en de lucht is blauw in al zijn onmetelijkheid. Lui sta ik op en wrijf in mijn slaperige ogen. De grote dag is aangebroken en ik ben erop voorbereid. Voor alles moet ik mijn ontbijt klaarmaken. Met de ingrediënten die ik de dag ervoor heb weten te vinden, zal het niet zo schaars zijn. Ik maak de panklaar en begin de smakelijke kippeneieren open te kraken. Het vet spat en raakt bijna mijn oog. Hoe vaak in het leven lijken anderen ons pijn te doen met hun angsten? Ik eet mijn ontbijt, rust even uit en bereid mijn strategie voor. De derde uitdaging lijkt allesbehalve eenvoudig. Doden is voor mij ondenkbaar. Nou, toch zal ik het onder ogen moeten zien. Met dit voornemen begin ik te lopen en al snel ben ik de hut uit. De derde uitdaging begint hier en ik bereid me erop voor. Ik neem het eerste pad en ik begin te lopen. De bomen langs de weg van het pad zijn breed met diepe wortels. Waar ben ik eigenlijk naar op zoek? Succes, overwinning en prestatie. Ik zal echter niets doen dat tegen mijn principes ingaat. Mijn reputatie gaat voor roem, succes en macht. De derde uitdaging zit me dwars. Doden is voor mij een misdaad, al is het maar een dier. Aan de andere kant wil ik de grot betreden en mijn verzoek doen. Dit vertegenwoordigt twee 'tegengestelde krachten' of 'tegengestelde paden'.

Ik blijf op het spoor en bid dat ik niets vind. Wie weet wordt de derde uitdaging van tafel geveegd. Ik denk niet dat de voogd zo genereus zou zijn. De regels moeten door iedereen worden gevolgd. Ik stop een beetje en kan het tafereel dat ik zie niet geloven: een Luipaard en zijn drie welpen, die om me heen dartelen. Dat is het. Ik zal de moeder van drie welpen niet doden. Ik heb het hart niet. Vaarwel succes, vaarwel grot van wanhoop. Dromen genoeg. De derde uitdaging heb ik niet afgemaakt en ik vertrek. Ik zal terugkeren naar mijn huis en naar mijn geliefden. Haastig ga ik terug naar de hut om mijn koffers te pakken. De derde uitdaging voldoe ik niet.

De cabine is afgebroken. Wat is de betekenis van dit alles? Een hand raakt mijn schouder lichtjes aan. Ik kijk achterom en zie de voogd.

"Mijn felicitaties, lieverd! Jullie hebben de uitdaging volbracht en hebben nu het recht om de grot van wanhoop binnen te gaan. Je hebt gewonnen!

De sterke omhelzing die ze me gaf, liet me nog meer in de war. Wat zei deze vrouw? Mijn droom en de grot toch gevonden kunnen worden? Ik geloofde het niet.

"Hoe bedoel je? De derde uitdaging heb ik niet afgemaakt. Kijk naar mijn handen: Ze zijn schoon. Ik zal mijn naam niet besmeuren met bloed.

"Weet je het niet? Denkt u dat een kind van God in staat zou zijn tot zo'n gruweldaad als wat ik vroeg? Ik twijfel er niet aan dat je waardig genoeg bent om je dromen te realiseren, hoewel het een tijdje kan duren voordat ze werkelijkheid worden. De derde uitdaging evalueerde je grondig en je toonde onvoorwaardelijke liefde voor Gods schepselen. Dit is het belangrijkste voor een mens. Nog één ding: alleen een zuiver hart zal de grot overleven. Houd je hart en je gedachten schoon om het te overwinnen.

"Dank u, God! Dank u, het leven, voor deze kans. Ik beloof u niet teleur te stellen.

Emotie nam vat op me zoals het nog nooit eerder was geweest dat ik de berg beklom. Was de grot in staat om wonderen te verrichten? Ik stond op het punt om erachter te komen.

De grot van wanhoop

Na het winnen van de derde uitdaging was ik klaar om de gevreesde grot van wanhoop te betreden, de grot die onmogelijke dromen re-aliseert. Ik was de zoveelste dromer die zijn geluk ging beproeven. Sinds ik de berg op ging, was ik niet meer dezelfde. Nu had ik vertrouwen in mezelf en in het prachtige universum dat me vasthield. De vorige omhelzing die de vreemde vrouw me gaf, liet me ook meer ontspannen achter. Nu stond ze aan mijn zijde en ondersteunde me op alle mogelijke manieren. Dit was de steun die ik nooit kreeg van mijn dierbaren. Mijn onafscheidelijke koffer zit onder mijn arm. Het was tijd voor mij om afscheid te nemen van die berg en zijn mysteries. De uitdagingen, de bewaker, de geest, het jonge meisje en de berg zelf die leek te leven, ze hebben me allemaal geholpen om te groeien. Ik was klaar om te vertrekken en de gevreesde grot onder ogen te zien. De bewaker staat aan mijn zijde en zal me vergezellen op deze reis naar de ingang van de grot. We vertrekken omdat de zon al naar de horizon afdaalt. Onze plan-nen zijn in totale harmonie. De vegetatie rond het pad dat we hebben afgelegd, en het lawaai van dieren maakt de omgeving erg landelijk. De stilte van de bewaker gedurende de hele cursus lijkt de gevaren te voor-spellen die de grot omsluit. We stoppen een beetje. De stemmen van de berg lijken me iets te willen zeggen. Ik maak van deze gelegenheid ge-bruik om het stilzwijgen te doorbreken.

"Mag ik iets vragen? Wat zijn die stemmen die me zo kwellen?

"Je hoort stemmen. Interessant. De heilige berg heeft het magische vermogen om alle dromende harten te herenigen. Je kunt deze magische vibraties voelen en interpreteren. Besteed er echter niet veel aandacht aan, omdat ze je tot mislukking kunnen leiden. Probeer je te concentreren op je eigen gedachten en hun activiteit zal minder zijn. Wees voorzichtig. De grot kan je zwakheden detecteren en tegen je gebruiken.

"Ik beloof voor mezelf te zorgen. Ik weet niet wat me te wachten staat in de grot, maar ik heb er vertrouwen in dat de verlichtende geesten me zullen helpen. Mijn lot staat op het spel en tot op zekere hoogte ook dat van de rest van de wereld.

"Oké, we hebben genoeg rust gehad. Laten we blijven lopen, want het zal niet lang meer duren tot zonsondergang. De grot zou ongeveer een kwart mijl van hier moeten zijn.

Het gerommel van voetstappen hervat. Een kwart mijl scheidde mijn droom van de realisatie ervan. We zitten aan de westkant van de top van de berg waar de wind steeds sterker wordt. De berg en zijn mysteries... Ik denk dat ik het nooit helemaal zal weten. Wat motiveerde me om het te beklimmen? De belofte dat het onmogelijke mogelijk wordt en mijn avonturiers- en scoutinginstinct. Wat mogelijk was, en een dagelijkse routine deden me de das om. Nu voelde ik me levend en klaar om uitdagingen te overwinnen. De grot nadert. Ik zie de ingang al. Het lijkt imposant, maar ik laat me niet ontmoedigen. Een scala aan gedachten dringt mijn hele wezen binnen. Ik moet mijn zenuwen onder controle houden. Ze konden me op tijd verraden. De bewaker geeft het sein om te stoppen. Ik gehoorzaam.

"Dit is het dichtste dat ik bij de grot kan komen. Luister goed naar wat ik ga zeggen, want ik zal het niet herhalen: Bid voordat je binnengaat een Onze Vader voor je beschermengel. Het zal je beschermen tegen de gevaren. Wanneer u binnenkomt, ga dan voorzichtig te werk om niet in valstrikken te vallen. Na het reizen door de belangrijkste loopbrug van de grot, een bepaalde hoeveelheid tijd, zul je drie opties tegenkomen: geluk, falen en angst. Kies voor geluk. Als je kiest voor falen, blijf je een arme gek die vroeger droomde. Als je ervoor kiest om bang te zijn, zul je jezelf volledig verliezen. Geluk geeft toegang tot nog twee scenario's die mij onbekend zijn. Onthoud: alleen de zuiveren van hart kunnen de grot overleven. Wees wijs en vervul je droom.

"Ik begrijp het. Het moment waar ik op heb gewacht sinds ik de berg op ging, is aangebroken. Dank u, bewaker, voor al uw geduld en ijver met mij. Ik zal je nooit vergeten of de momenten die we samen hebben doorgebracht.

Angst nam mijn hart in zijn greep toen ik afscheid van haar nam. Nu was het alleen ik en de grot, een duel dat de geschiedenis van de wereld en die van mij zou veranderen. Ik kijk er recht naar en haal mijn zaklamp uit mijn koffer om het pad te verlichten. Ik ben klaar om binnen te komen. Mijn benen lijken bevroren voor deze reus. Ik moet de kracht verzamelen om het pad voort te zetten. Ik ben Braziliaans en ik geef nooit, maar dan ook nooit op. Verder zet ik mijn eerste stapjes en heb ik het lichte gevoel dat er iemand bij mij komt kijken. Bovendien denk ik dat ik uitzonderlijk ben voor God. Hij behandelt me alsof ik zijn zoon ben. Mijn stappen beginnen te versnellen en uiteindelijk ga ik de grot in. De aanvankelijke fascinatie is overweldigend, maar ik moet voorzichtig zijn vanwege de valkuilen. De luchtvochtigheid is hoog en de kou intens. Stalactieten en stalagmieten vullen zich vrijwel overal om me heen. Ik ben ongeveer vijftig meter naar binnen gegaan en de rillingen beginnen me kippenvel te geven over mijn hele lichaam. Alles wat ik heb meegemaakt voordat ik de berg beklom, begint in me op te komen: de vernederingen, het onrecht en de afgunst van anderen. Het lijkt erop dat al mijn vijanden zich in die grot bevinden, wachtend op het beste moment om mij aan te vallen. Met een spectaculaire sprong overwin ik de eerste valstrik. Het vuur van de grot verslond me bijna. Nadja had niet zoveel geluk. Me vastklampend aan een stalactiet van het plafond dat op wonderbaarlijke wijze mijn gewicht doorstond, slaagde ik erin te overleven. Ik moet naar beneden en mijn reis naar het onbekende voortzetten. Mijn stappen versnellen, maar met de nodige voorzichtigheid. De meeste mensen haasten zich, haasten zich om te winnen of om doelen te voltooien. Fantastische behendigheid heeft me net gered van een tweede valstrik. Talloze speren werden naar me toe gehesen. Een van hen kwam zo dichtbij dat hij mijn gezicht krabde. De grot wil me vernietigen. Ik moet vanaf nu voorzichtiger zijn. Het is ongeveer een uur geleden dat ik de grot binnenging, en nog steeds ben ik nog niet op het punt gekomen waarover de bewaker sprak. Ik zou dichtbij moeten zijn. Mijn stappen gaan door, versneld en mijn hart geeft een waarschuwingssignaal. Af en toe letten we niet op de signalen die ons lichaam geeft. Dit is wanneer falen en teleurstelling gebeuren. Gelukkig is dat voor mij niet het geval. Ik hoor een heel hard geluid in mijn richting komen. Ik begin te rennen. In een paar ogenblikken realiseer ik me dat ik word achtervolgd door een gigantische steen die met een grote snelheid tuimelt. Ik ren een tijdje en met een plotselinge beweging kan ik wegkomen van de rots en beschutting vinden aan de zijkant van de grot. Wanneer de steen passeert, wordt het voorste deel van de grot gesloten en dan verschijnen er rechts vooraan drie deuren. Ze vertegenwoordigen geluk, falen en angst. Als ik voor falen kies, zal ik nooit iets anders zijn dan een arme gek die een dagdroomt om schrijver te worden. Mensen zullen medelijden met me hebben. Als ik ervoor kies om bang te zijn, zal ik nooit groeien of gekend worden door de wereld. Ik kon een dieptepunt bereiken en mezelf voor altijd verliezen. Als ik voor geluk kies, ga ik door met mijn droom en ga ik over in het tweede scenario.

Er zijn drie opties: een deur naar rechts, naar links en een in het midden. Elk van hen vertegenwoordigt een van de opties: geluk, falen of angst. Ik moet de juiste keuze maken. Ik heb met de tijd geleerd om mijn angsten te overwinnen: Angst voor het donker, angst om alleen te zijn en angst voor het onbekende. Verder ben ik niet bang voor succes of de toekomst. Angst moet de deur aan de rechterkant vertegenwoordigen. Falen is het gevolg van een slechte planning. Ik heb een paar keer gefaald, maar het heeft me niet doen afzien van mijn doelen. Falen moet dienen als les voor een latere overwinning. Falen moet de deur aan de linkerkant vertegenwoordigen. Ten slotte moet de middelste deur geluk vertegenwoordigen omdat de rechtvaardigen noch naar rechts, noch naar links draaien. Gerechtigheid is altijd gelukkig. Ik verzamel mijn kracht en kies de deur in het midden. Bij het openen heb ik ruim toegang tot een lounge en op het dak staat de naam Geluk geschreven. In het midden zit een sleutel die toegang geeft tot een andere deur. Ik had echt gelijk. Ik heb de eerste stap gezet. Dan rest mij er nog twee. Ik pak de sleutel en probeer hem in de deur. Het past perfect. Ik doe de deur open. Het geeft me toegang tot een nieuwe galerie. Ik begin het af te maken. Een veelheid aan gedachten overspoelt mijn geest: Wat zullen de nieuwe valkuilen zijn die ik onder ogen moet zien? Naar wat voor scenario zal deze galerij mij leiden? Er zijn veel onbeantwoorde vragen. Ik blijf lopen en mijn ademhaling wordt gespannen omdat de lucht steeds schaarser wordt. Ik heb al ongeveer een tiende van een mijl afgelegd en ik moet oplettend blijven. Verder hoor ik een geluid en val ik op de grond om mezelf te beschermen. Het is het geluid van kleine vleermuizen die om me heen schieten. Zullen ze mijn bloed zuigen? Zijn het carnivoren? Gelukkig voor mij verdwijnen ze in de weidsheid van de galerij. Ik zie een gezicht en mijn lichaam beeft, Is het een geest? Nee. Het is vlees en bloed en het komt op me af, klaar om te vechten. Het is een van de priester ninja's van de grot. Het gevecht begint. Hij is erg snel en probeert me op een cruciale plek te raken. Ik probeer aan zijn aanvallen te ontsnappen. Ik vecht terug met een aantal bewegingen die ik heb geleerd tijdens het kijken naar films. De strategie werkt. Het beangstigt hem en hij beweegt een beetje terug. Hij slaat terug met zijn vechtsporten, maar ik ben erop voorbereid. Ik sloeg hem op het hoofd met een steen die ik in de grot had opgeraapt. Hij valt bewusteloos. Ik ben totaal wars van geweld, maar in dit geval was het strikt noodzakelijk. Ik wil graag naar het tweede scenario gaan en de geheimen van de grot ontdekken. Verder begin ik weer te lopen, en blijf ik aandachtig en bescherm ik mezelf tegen eventuele nieuwe vallen. Met de luchtvochtigheid laag waait er een wind en word ik comfortabeler. Ik voel de stroming van positieve gedachten die door de Voogd worden gestuurd. De grot wordt nog donkerder en transformeert zichzelf. Een virtueel labyrint toont zich recht vooruit. Nog een van de vallen van de grot. De ingang van het labyrint is perfect zichtbaar. Maar waar is de uitgang? Hoe kom ik binnen en verdwaal ik niet? Ik heb maar één optie: steek het labyrint over en neem het risico. Ik raap mijn moed bij elkaar en zet de eerste stappen richting de ingang van het doolhof. Bid, lezer, dat ik de uitgang vind. Ik heb geen strategie in gedachten. Ik denk dat ik mijn kennis moet gebruiken om me uit deze puinhoop te halen. Met moed en geloof duik ik het doolhof in. Het lijkt van binnen verwarrender dan van buiten. De muren zijn breed en draaien in zigzaggen. Ik begin me de momenten in het leven te herinneren waarop ik mezelf verdwaalde als in een doolhof. De dood van mijn vader, zo jong, was een echte klap in mijn leven. De tijd die ik werkloos doorbracht en niet studeerde, zorgde er ook voor dat ik me verloren voelde, alsof ik in een doolhof zat. Ik zat nu in dezelfde situatie. Ik blijf lopen en er lijkt geen einde te komen aan het labyrint. Heb je je ooit wanhopig gevoeld? Zo voelde ik me, totaal wanhopig. Daarom heeft het de naam de grot van wanhoop. Ik verzamel mijn laatste beetje kracht en sta op. Ik moet koste wat het kost de uitweg vinden. Een laatste idee raakt me; Ik kijk omhoog naar het plafond en zie veel vleermuizen. Ik zal er een volgen. Ik noem hem 'tovenaar'. Een tovenaar zou in staat zijn om een doolhof te veroveren. Dit is wat ik nodig heb. De vleermuis vliegt met grote snelheid en ik moet het bijhouden. Het is goed dat ik fysiek fit ben, bijna een atleet. Ik zie het licht aan het einde van de tunnel, of beter nog, aan het einde van het labyrint. Ik ben gered.

Het einde van het labyrint heeft me naar een vreemd tafereel in de galerij van de grot geleid. Een kamer gemaakt van spiegels. Ik loop voorzichtig rond uit angst iets te breken. Ik zie mijn spiegelbeeld in de spiegel. Wie ben ik nu? Een arme jonge dromer die op het punt staat zijn lot te ontdekken. Ik kijk vooral bezorgd. Wat betekent dit alles? De muren, het plafond, de vloer, alles is samengesteld uit glas. Ik raak het oppervlak van een spiegel aan. Het materiaal is zo fragiel maar weerspiegelt getrouw het aspect van het zelf. Onmiddellijk verschijnt er een duidelijk beeld in drie van de spiegels, een kind, een jong persoon die een kist vasthoudt en een oude man. Ze zijn allemaal van mij. Is het een visie? Echt, ik heb kinderlijke aspecten zoals zuiverheid, onschuld en geloof in mensen. Ik betwijfel of ik van deze kwaliteiten af wil. De jongeman van vijftien vertegenwoordigt een pijnlijke fase in mijn leven: het verlies van mijn vader. Ondanks zijn starre en afstandelijke houding was hij mijn vader. Ik denk nog met weemoed terug aan hem. De oudere man vertegenwoordigt mijn toekomst. Hoe zal het zijn? Zal ik succesvol zijn? Getrouwd, ongehuwd of zelfs weduwe? Ik denk dat het beter zou zijn om geen opstandige of gekwetste oude man te zijn. Genoeg met deze beelden. Mijn cadeau is nu. Ik ben een jongeman van zesentwintig, met een graad in wiskunde, een schrijver. Ik ben geen kind meer, noch de vijftienjarige die zijn vader verloor. Verder ben ik ook geen oude man. Ik heb mijn toekomst voor me en ik wil gelukkig zijn. Ik ben geen van deze drie beelden. Verder ben ik mezelf. Met een impact breken de drie spiegels waarin de individuen verschenen en verschijnt er een deur. Het is mijn intrede in het derde en laatste scenario.

Ik open de deur die toegang geeft tot een nieuwe galerij. Wat staat me te wachten in het derde scenario? Laten we samen verder gaan, lezer. Ik begin te lopen en mijn hart versnelt alsof ik nog in de eerste scène zit. Ik heb veel uitdagingen en valkuilen overwonnen en beschouw mezelf al als een winnaar. In gedachten zoek ik de herinneringen aan vroeger toen ik in kleine grotten speelde. De situatie is nu heel anders. De grot is enorm en vol met vallen. Mijn zaklamp is bijna dood. Ik loop verder en rechtdoor komt een nieuwe val tevoorschijn: Twee deuren. De "tegengestelde krachten" schreeuwen in mij. Het is noodzakelijk om een nieuwe keuze te maken. Een van de uitdagingen komt in me op en ik herinner me hoe ik de moed had om het te overwinnen. Ik koos het pad aan de rechterkant. De situatie is echter anders omdat ik in een donkere, vochtige grot ben. Ik heb mijn keuze gemaakt, maar begin me ook de woorden te herinneren van de voogd die sprak over leren. Ik moet de twee krachten leren kennen om totale controle over hen te hebben. Verder kies ik voor de deur aan de linkerkant. Ik open hem langzaam; bang voor wat het misschien verbergt. Als ik het open, overweeg ik een visioen: ik ben in een heiligdom, gevuld met afbeeldingen van heiligen met een kelk op het altaar. Zou het de Heilige Graal kunnen zijn, de verloren kelk van Christus die eeuwige jeugd geeft aan hen die ervan drinken? Mijn benen trillen. Impulsief ren ik naar de kelk en begin ervan te drinken. De wijn smaakt hemels, van de Goden. Ik voel me duizelig, de wereld draait, de engelen zingen en het terrein van de grot huivert. Ik heb mijn eerste visioen: ik zie een Jood genaamd Jezus, samen met zijn apostelen, genezen, bevrijden en nieuwe perspectieven onderwijzen aan zijn volk. Verder zie ik het hele traject van zijn wonderen en zijn liefde. Ik zie ook het verraad van Judas en de Duivel achter zijn rug handelen. Eindelijk zie ik zijn opstanding en heerlijkheid. Ik hoor een stem tegen mij zeggen: Doe uw verzoek. Vol vreugde roep ik uit dat ik de Ziener wil worden!

Het Wonder

Kort na mijn verzoek beeft het heiligdom, vult zich met rook en hoor ik veranderde stemmen. Wat ze onthullen is volledig geheim. Een klein vuurtje stijgt op uit de kelk en landt in mijn hand. Het licht dringt door en verlicht de hele grot. De muren van de grot transformeren en maken plaats voor een kleine deur die verschijnt. Het opent zich en een harde wind begint me er naartoe te duwen. Al mijn inspanningen komen in me op: mijn toewijding aan het studeren, de manier waarop ik Gods wetten perfect heb gevolgd, de beklimming van de berg, de uitdagingen en zelfs deze passage in de grot. Dit alles heeft me een verbazingwekkende spirituele groei gebracht. Ik was nu bereid om gelukkig te zijn en mijn dromen te vervullen. De gevreesde grot van wanhoop had me gedwongen mijn verzoek te doen. Ik herinner me op dit sublieme moment ook al degenen die direct of indirect hebben bijgedragen aan mijn overwinning: mijn basisschoollerares, mevrouw Socorro, die me leerde lezen en schrijven, mijn leraren van het leven, mijn school- en werkvrienden, mijn familie en de voogd die me hielp de uitdagingen en deze grot te overwinnen. De harde wind blijft me richting de deur duwen en binnenkort ben ik in de geheime kamer.

De kracht die me duwde houdt eindelijk op. De deur gaat dicht. Ik zit in een gigantische kamer die hoog en donker is. Aan de rechterkant staat een masker, een kaars en een Bijbel. Aan de linkerkant is een cape, een kaartje en een kruisbeeld. In het midden, hoog, is een interessant uitziend cirkelvormig apparaat gemaakt van ijzer. Ik loop naar de rechterkant: ik zet het masker op, pak de kaars en open de Bijbel op een willekeurige pagina. Ik loop naar de linkerkant: ik trek de cape aan, schrijf mijn naam en alias op het kaartje en zet het kruisbeeld met de andere hand vast. Verder loop ik richting het midden, en positioneer ik me precies onder het apparaat. Ik spreek de vier magische letters uit: S-e-e-r. Onmiddellijk wordt een cirkel van licht uitgezonden door het apparaat en omhult me volledig. Ik ruik de wierook die elke dag wordt gebrand ter nagedachtenis aan de grote dromers: Martin Luther King, Nelson Mandela, Moeder Teresa, Franciscus van Assisi en Jezus Christus. Mijn lichaam trilt en begint te zweven. Mijn zintuigen beginnen te ontwaken en daarmee kan ik gevoelens en intenties dieper herkennen. Mijn gaven worden versterkt en met hen kan ik wonderen verrichten in tijd en ruimte. De cirkel sluit zich steeds meer en elk gevoel van schuld, intolerantie en angst wordt uit mijn hoofd gewist. Ik ben er bijna klaar voor: een opeenvolging van visioenen begint te verschijnen en verwart me. Uiteindelijk gaat de cirkel uit. Onmiddellijk wordt een reeks deuren geopend en met mijn nieuwe geschenken kan ik perfect zien, voelen en horen. Het geschreeuw van personages die zich willen manifesteren, verschillende tijden en plaatsen beginnen te verschijnen en belangrijke vragen beginnen mijn hart te corroderen. De uitdaging om helderziend te worden wordt gelanceerd.

De grot verlaten

Met alles bereikt, was alles wat nu overbleef voor mij om de grot te verlaten en mijn ware reis te maken. Mijn droom werd ingewilligd en moest nu gewoon aan het werk. Ik begin te lopen en met weinig tijd laat ik de geheime kamer achter me. Ik heb het gevoel dat geen enkel ander mens ooit het genoegen zal hebben om het te betreden. De grot van wanhoop zal nooit meer hetzelfde zijn nadat ik zegevierend, zelfverzekerd en gelukkig vertrek. Ik keer terug naar het derde scenario: De beelden van de heiligen blijven intact en lijken blij te zijn met mijn overwinning. De beker is omgevallen en is droog. De wijn was heerlijk. Ik werk me rustig een weg rond het derde scenario en voel de sfeer van de plek. Het is echt zo heilig als de grot en de berg. Ik schreeuw van vreugde en de geproduceerde echo strekt zich uit over de grot. De wereld zal niet meer hetzelfde zijn na de Ziener. Ik sta stil, denk na en overdenk mezelf op alle mogelijke manieren. Met een laatste afscheidskus verlaat ik het derde scenario en keer ik terug naar dezelfde deur aan de linkerkant die ik heb gekozen. Het pad van de Ziener zal niet gemakkelijk zijn, omdat het een uitdaging zal zijn om de tegengestelde krachten van het hart volledig te beheersen en dat vervolgens aan anderen te moeten leren. Het pad aan de linkerkant, dat mijn optie was, vertegenwoordigt kennis en voortdurend leren, of het nu met verborgen krachten, berouw of de dood zelf is. De wandeling wordt uitputtend omdat de grot uitgebreid, donker en erg vochtig is. De uitdaging van de Ziener kan groter zijn dan ik me realiseer: de uitdaging om harten, levens en gevoelens met elkaar te verzoenen. Dat is nog niet alles: ik moet nog voor mijn pad zorgen. De galerij wordt smal, en daarmee ook mijn gedachten. Mijn gevoelens van heimwee nemen toe, evenals nostalgie naar wiskunde en mijn eigen persoonlijke leven. Tot slot komt de nostalgie van mij. Ik bespoedig mijn stappen en al snel zit ik in het tweede scenario. Gebroken spiegels vertegenwoordigen nu de delen van mijn geest die werden bewaard en uitgebreid: de goede gevoelens, de deugden, de gaven en het vermogen om te herkennen wanneer ik me heb vergist. Het scenario van spiegels weerspiegelt mijn ziel. Deze zelfkennis neem ik mijn hele leven met me mee. Nog steeds opgeslagen in mijn geheugen zijn de figuren van het kind, de jonge vijftienjarige en de oudere man. Het zijn drie van mijn vele gezichten die ik bewaar omdat ze mijn geschiedenis zijn. Ik verlaat het tweede scenario en daarmee laat ik mijn herinneringen achter. Ik zit op de tribune die leidt tot het eerste scenario. Mijn verwachtingen van de toekomst en mijn hoop worden hernieuwd. Ik ben de Ziener, een geëvolueerd en speciaal wezen, voorbestemd om vele zielen te laten dromen. De post-grotperiode zal dienen als training en verbetering van reeds bestaande vaardigheden. Ik ga iets verder en vang een glimp op van het labyrint. Deze uitdaging heeft me bijna vernietigd. Mijn redding was Wizard, de vleermuis die me hielp de uitgang te vinden. Nu heb ik hem niet meer nodig want met mijn helderziende krachten kan ik hem makkelijk passeren. Ik heb de gave van begeleiding in vijf vlakken. Hoe vaak hebben we niet het gevoel dat we verdwaald zijn in een doolhof: Als we banen verliezen; Wanneer we teleurgesteld zijn in de grote liefde van ons leven; Wanneer we het gezag van onze superieuren tarten; Wanneer we de hoop en het vermogen om te dromen verliezen; Wanneer we ophouden leerlingen van het leven te zijn en wanneer we het vermogen verliezen om ons lot te sturen? Onthoud: het universum maakt de persoon vatbaar, maar wij zijn het die ervoor moeten gaan en bewijzen dat we het waard zijn. Dat heb ik gedaan. Ik ging de berg op, voerde drie uitdagingen uit, ging de grot in, versloeg de vallen en ik bereikte mijn bestemming. Ik kom door het labyrint, en het maakt me niet zo blij omdat ik de uitdaging al heb gewonnen. Verder ben ik van plan om nieuwe horizonten te zoeken. Evenzo heb ik ongeveer twee mijl gelopen tussen de geheime kamer, het tweede en het derde scenario en met dit besef voel ik me een beetje moe. Ik voel het zweet naar beneden druppelen; Ook voel ik de luchtdruk en lage luchtvochtigheid. Ik benader de ninja, mijn grote tegenstander. Hij lijkt nog steeds knock-out. Het spijt me dat ik je zo heb behandeld, maar mijn droom, mijn hoop en mijn lot stonden op het spel. Men moet belangrijke beslissingen nemen in belangrijke situaties. Angst, schaamte en moraliteit zitten alleen maar in de weg in plaats van te helpen. Ik streel zijn gezicht en probeer het leven in zijn lichaam te herstellen. Ik handel op deze manier omdat we niet langer tegenstanders zijn, maar metgezellen van deze episode. Hij heft zich op en met een diepe buiging feliciteert hij me. Alles bleef achter: de strijd, onze 'tegengestelde krachten', onze verschillende talen en onze verschillende doelstellingen. We leven in een andere situatie dan de vorige. We kunnen praten, elkaar begrijpen en wie weet zelfs vrienden zijn. Vandaar het volgende spreekwoord: Maak van je vijand een vurige en trouwe vriend. Uiteindelijk omhelst hij me, neemt afscheid en wenst me geluk. Ik antwoord. Hij zal deel blijven uitmaken van het mysterie van de grot en ik zal deel blijven uitmaken van het mysterie van het leven en van de wereld. We zijn 'tegengestelde krachten' die elkaar hebben gevonden. Dit is mijn doel in dit boek: het herenigen van de 'tegengestelde krachten'. Ik blijf lopen in de galerij die toegang geeft tot het eerste scenario. Ik voel me zelfverzekerd en volkomen kalm, in tegenstelling tot toen ik voor het eerst de grot inliep. Angst, duisternis en het onvoorziene maakten me allemaal bang. De drie deuren die geluk, angst en falen betekenden, hielpen me om te evolueren en het gevoel van dingen te begrijpen. Falen vertegenwoordigt alles waar we voor weglopen zonder te weten waarom. Falen moet altijd een moment van leren zijn. Dit is het punt waarop de mens ontdekt dat het niet perfect is, dat het pad nog steeds niet is getekend, en dit is het moment van reconstructie. Dit is wat we altijd moeten doen: Herboren worden. Neem bijvoorbeeld bomen: ze verliezen hun bladeren, maar niet hun leven. Laten we zijn zoals zij Wandelende metamorfoses zijn. Het leven vraagt dit. Angst is aanwezig wanneer we ons bedreigd of onderdrukt voelen. Het is het startpunt voor nieuwe mislukkingen. Overwin je angsten en ontdek dat ze alleen in je verbeelding bestaan. Ik heb een groot deel van de galerij van de grot bedekt en op dit moment ga ik door de deur van geluk. Iedereen kan door deze deur gaan en zichzelf ervan overtuigen dat geluk bestaat en kan worden bereikt als we het volledig eens zijn met het universum. Het is relatief eenvoudig. De arbeider, de metselaar, de conciërge vervult graag hun missies; De boer, de suikerrietplanter, de cowboy verzamelen graag het product van hun arbeid; de leraar in het onderwijzen en leren; de schrijver in schrijven en lezen; de priester die de goddelijke boodschap verkondigt, en behoeftige kinderen, wezen en bedelaars zijn blij met het ontvangen van woorden van genegenheid en zorg. Geluk zit in ons en verwacht voortdurend ontdekt te worden. Om echt gelukkig te zijn, moeten we haat, roddels, mislukkingen, angst en schaamte vergeten. Ik blijf lopen en ik zie alle valkuilen die ik heb beheerd en vraag me af waar mensen van gemaakt zijn als ze geen overtuigingen, paden of lotsbestemmingen hebben. Geen van hen zou de vallen hebben overleefd omdat ze geen vangnet, licht of kracht hebben die hen ondersteunt. De mens is niets als hij alleen is. Hij maakt pas iets van zichzelf als hij verbonden is met de krachten van de mensheid. Hij kan alleen zijn plaats maken als hij in volledige harmonie is met het universum. Dat is hoe ik me nu voel: In volledige harmonie omdat ik de berg op ging, won ik de drie uitdagingen en versloeg ik de grot, de grot die mijn droom waarmaakte. Mijn wandeling nadert zijn einde omdat ik licht zie komen van de ingang van de grot. Binnenkort ben ik eruit.

De reünie met de Voogd

Ik ben uit de grot. De lucht is blauw, de zon is sterk en de wind is noordwest. Ik begin de hele buitenwereld te overdenken en begrijp hoe mooi en uitgestrekt het universum werkelijk is. Ik voel me een belangrijk onderdeel ervan omdat ik de berg opging, de drie uitdagingen uitvoerde, werd getest door de grot en won. Bovendien voel ik me ook in alle opzichten getransformeerd omdat ik vandaag niet langer alleen een dromer ben, maar een visionair, gezegend met geschenken. De grot heeft echt een wonder verricht. Wonderen gebeuren elke dag, maar we beseffen het niet. Een broederlijk gebaar, de regen die het leven doet herleven, aalmoezen, vertrouwen, geboorte, ware liefde, een compliment, het onverwachte, het geloof dat bergen verzet, geluk en bestemming; het vertegenwoordigt allemaal het wonder dat het leven is. Het leven is genereus.

Ik blijf de buitenkant aanschouwen, helemaal vol ontzag. Ik ben verbonden met het universum en het met mij. We zijn één met dezelfde doelen, hoop en overtuigingen. Ik ben zo geconcentreerd dat ik weinig merk als een klein handje mijn lichaam aanraakt. Ik blijf in mijn specifieke en unieke spirituele herinnering, totdat een lichte onbalans veroorzaakt door iemand me van mijn as slaat. Verder stel ik de vraag en zie ik een jongen en de voogd. Ik denk dat ze al een tijdje aan mijn zijde staan, en ik had het niet door.

"Dus je hebt de grot overleefd. Gefeliciteerd! Ik hoopte dat je dat zou doen. Van alle krijgers die al probeerden de grot binnen te gaan en hun dromen te realiseren, was jij de meest capabele. Je moet echter weten dat de grot slechts één stap is tussen de vele die je in het leven zult tegenkomen. Kennis is wat je ware kracht zal geven, en dit is iets dat niemand van je zal kunnen afnemen. De uitdaging is gelanceerd. Ik ben hier om je te helpen. Zie hier, Ik heb je dit kind gebracht om je te vergezellen op je ware reis. Hij zal van grote hulp zijn. Jullie missie is om de "tegengestelde krachten" te herenigen en ze op een ander moment vrucht te laten dragen. Iemand heeft uw hulp nodig en daarom zal ik u sturen.

"Dank u wel. De grot heeft mijn droom echt waargemaakt. Nu ben ik de Ziener en ben ik klaar voor nieuwe uitdagingen. Wat is deze ware reis? Wie is deze persoon die mijn hulp nodig heeft? Wat gebeurt er met mij?

"Vragen, vragen, mijn lief. Ik zal er een beantwoorden. Met je nieuwe krachten maak je een reis terug in de tijd om onrecht te verdraaien en iemand te helpen zichzelf te vinden. De rest ontdek je zelf. Je hebt precies dertig dagen om deze missie uit te voeren. Verspil geen tijd.

"Ik begrijp het. Wanneer kan ik gaan?

"Vandaag. De tijd dringt.

Dat gezegd hebbende, de voogd overhandigde me het kind en nam in der minne afscheid. Wat staat me te wachten op deze reis? Zou het kunnen dat de Ziener echt onrecht kan oplossen? Ik denk dat al mijn krachten nodig zullen zijn om het goed te doen op deze reis.

Afscheid nemen van de berg

De berg ademt een lucht van rust en vrede. Sinds ik hier ben, heb ik geleerd om het te respecteren. Ik denk dat dit me ook heeft geholpen om het op te schalen, om de uitdagingen te overwinnen en de grot te betreden. Het was echt bang. Dat werd het door de dood van een mysterieuze sjamaan die een vreemd pact sloot met de krachten van het universum. Hij beloofde zijn leven te geven in ruil voor het herstel van de vrede in zijn stam. Eeuwenlang domineerden de Xukuru de regio. In die tijd waren hun stammen in oorlog door de list van een tovenaar van de noordelijke stam. Hij hunkerde naar macht en totale controle over de stammen. Hun plannen omvatten ook wereldheerschappij met hun duistere kunsten. Zo begon de oorlog. De zuidelijke stam sloeg terug, de aanvallen en de dood begon. De hele Xukuru-natie werd met uitsterven bedreigd. Toen herenigde de sjamaan van het zuiden zijn krachten en sloot het pact. De zuidelijke stam won het geschil, de tovenaar werd gedood, de sjamaan betaalde de prijs van zijn verbond en de vrede werd hersteld. Sindsdien is de berg Ororubá heilig geworden.

Ik sta nog steeds aan de rand van de grot de situatie te analyseren. Ik heb een missie te volbrengen en een jongen om voor te zorgen, ook al ben ik zelf nog geen vader. Verder analyseer ik de jongen van top tot teen, en meteen besef ik het. Hij is hetzelfde kind dat ik probeerde te redden uit de klauwen van die wrede man. Het lijkt me dat hij stom is, want ik heb hem nog niet horen spreken. Ik probeer de stilte te doorbreken.

"Zoon, hebben je ouders ermee ingestemd dat je met me meereist? Kijk, ik neem je alleen mee als het strikt noodzakelijk is.

"Ik heb geen familie. Mijn moeder is drie jaar geleden overleden. Daarna zorgde mijn vader voor mij. Ik werd echter zo mishandeld dat ik besloot te ontsnappen. De voogd zorgt nu voor mij. Onthoud wat ze zei: Je hebt me nodig op deze reis.

"Het spijt me. Vertel eens: Hoe heeft je vader je mishandeld?

"Hij liet me twaalf uur per dag werken. Maaltijden waren schaars. Ik mocht niet spelen om te studeren of zelfs om vrienden te hebben. Hij sloeg me vaak. Bovendien heeft hij me nooit enige vorm van genegenheid gegeven die een vader zou moeten geven. Dus besloot ik weg te lopen.

"Ik begrijp je beslissing. Ondanks dat je een kind bent, ben je heel wijs. Je zult niet meer lijden onder dit monster van een vader. Ik beloof je goed te zullen verzorgen op deze reis.

"Voor mij zorgen? Ik betwijfel het.

"Hoe heet je?

"Renato. Dat was de naam die de voogd voor mij koos. Vroeger had ik geen naam of rechten. Wat is van jou?

"Aldivan. Maar je kunt mij de Ziener of Het Kind van God noemen.

"Oké. Wanneer zullen we vertrekken, Ziener?

"Binnenkort. Nu moet ik afscheid nemen van de berg.

Met een gebaar maakte ik een signaal zodat Renato me zou vergezellen. Ik zou door alle paden en berghoeken cirkelen voordat ik naar een onbekende bestemming vertrok.

Een reis terug in de tijd

Ik heb zojuist afscheid genomen van de berg. Het was belangrijk in mijn spirituele groei en droeg bij aan mijn kennis. Ik zal er goede herinneringen aan hebben: de gezellige top waar ik de uitdagingen voltooide, de bewaker ontmoette en waar ik de grot binnenging. Ik kan de geest, het jonge meisje of het kind, dat nu met me meegaat, niet vergeten. Ze waren belangrijk in het hele proces omdat ze me aan het denken zetten en mezelf bekritiseerden. Ze hebben bijgedragen aan mijn kennis van de wereld. Nu was ik toe aan een nieuwe uitdaging. De tijd van de berg is voorbij, die van de grot ook, en nu reis ik terug in de tijd. Wat staat me te wachten? Zal ik veel avonturen beleven? De tijd zal het leren. Ik sta op het punt om de top van de berg te verlaten. Ik neem mijn verwachtingen mee, de tas, mijn spullen en de jongen die me niet loslaat. Van bovenaf zie ik de straat en de inhoud ervan in het dorp Mimoso. Het ziet er klein uit, maar het is belangrijk voor mij omdat ik daar de berg opging, de uitdagingen won, de grot binnenging en de bewaker, de geest, het jonge meisje en de jongen ontmoette. Dit alles was belangrijk voor mij om de Ziener te worden. De Ziener, de persoon die in staat was om de meest verwarde harten te begrijpen en tijd en afstand te overstijgen om anderen te helpen. De knoop was doorgehakt. Ik zou vertrekken.

Ik pak de arm van het kind stevig vast en begin me te concentreren. Een koude wind slaat toe, de zon warmt een beetje op en de stemmen van de berg beginnen te werken. Dan hoor ik onderaan een flauw stemmetje om hulp roepen. Ik concentreer me op deze stem en begin mijn krachten te gebruiken om te proberen hem te vinden. Het is dezelfde stem die ik hoorde in de grot van wanhoop. Het is de stem van een vrouw. Ik kan een cirkel van licht om me heen creëren om ons te beschermen tegen de gevolgen van het reizen door de tijd. Ik begin onze snelheid te versnellen. We moeten de snelheid van het licht bereiken om de tijdsbarrière te doorbreken. De luchtdruk neemt beetje bij beetje toe. Ik voel me duizelig, verloren en verward. Even betreed ik werelden en vlakken parallel aan de onze. Ik zie onrechtvaardige samenlevingen en tirannen als in de onze. Ik zie de wereld van de geesten en observeer hoe ze werken in de perfecte planning van onze wereld. Niet alleen dat, maar ik zie vuur, licht, duisternis en gordijnen van rook. Ondertussen versnelt onze snelheid nog meer. We zijn dicht bij het overschrijden van de snelheid van het licht. De wereld draait om en even zie ik mezelf in een oud Chinees imperium, werkend op een boerderij. Er gaat nog een seconde voorbij en ik ben in Japan, waar ik snacks serveer aan de keizer. Snel verander ik van locatie en zit ik in een ritueel, in Afrika, bij een Goden-aanbiddingssessie. Ik blijf levens voortdurend herbeleven in mijn herinnering. De snelheid neemt nog meer toe en in een oogwenk zijn we in extase. De wereld stopt met draaien, de cirkel valt uiteen en we vallen op de grond. De reis terug in de tijd was compleet.

Waar ben ik?

Ik word wakker en besef dat ik alleen ben. Wat is er met Renato gebeurd? Zou het kunnen dat hij de tijdreis niet heeft overleefd? Nou, dat was alles wat ik op dat moment kon concluderen. Wachten? Waar ben ik? Ik ken deze plek niet. Er is geen grond, er is geen lucht en het is een compleet vacuüm. Iets verder weg van de plek waar ik ben, zie ik een ontmoeting van mensen in processie, allemaal in het zwart gekleed. Ik benader ze om erachter te komen waar het over gaat. Ik hou er niet van om alleen op onbekende plekken te zijn. Bij dichterbij besef ik dat dit niet bepaald een processie is, maar een begrafenis. De kist staat in het midden van drie mensen. Ik ga naar een van de aanwezigen.

"Wat gebeurt er? Wiens begrafenis is dit?

"Wat begraven wordt is het geloof en de hoop van deze mensen.

"Wat? Hoe?

Zonder het te kunnen begrijpen, loop ik weg van de begrafenis. Wat deden die gekke mensen? Voor zover ik wist, begroef je de doden en niet de gevoelens. Geloof en hoop mogen nooit begraven worden, ook al is het een wanhopige situatie. De begrafenis verdwijnt aan de horizon. De zon verschijnt en een intens licht is te zien op de top van de vlakte. Het licht dringt door en verteert mijn hele wezen. Ik vergeet alle problemen, zorgen en lijden. Het is de visie van de Schepper en ik voel me volledig ontspannen en vol vertrouwen in zijn aanwezigheid. In het vliegtuig eronder een schaduwgolf en daarmee boosdoeners. Het visioen van de duisternis verbittert me. De twee afzonderlijke vlaktes vertegenwoordigen de "tegengestelde krachten" waarmee men voortdurend in het universum wordt geconfronteerd. Ik sta aan de kant van het goede en ik zal er hard aan werken om ervoor te zorgen dat het altijd zal zegevieren. De twee vlaktes verdwijnen uit mijn zicht en alleen de lege ruimte blijft nu bij me. De grond verschijnt, de blauwe lucht schijnt en in een oogwenk word ik wakker, alsof alles niets meer is dan een droom.

Eerste indrukken

Het ware ontwaken laat me in goed humeur achter. De reis in de tijd lijkt een succes te zijn geweest. Aan mijn zijde, nog steeds slapend, zie ik Renato lijken alsof hij echt van de reis heeft genoten. Waar ben ik? Zo meteen kom ik erachter. Ik overdenk de plek zorgvuldig en het ziet er bekend uit. De bergen, vegetatie, topografie, alles is hetzelfde. Wachten.

Er is iets anders. Het dorp lijkt niet meer hetzelfde te zijn. De huizen die nu bestaan, verspreid van de ene kant naar de andere, als ze op een rij worden samengevoegd, zouden niet meer dan één straat vormen. Ik begrijp wat er gebeurde: we reisden in de tijd, maar niet in de ruimte. Ik moet de berg af om dit alles te observeren. Verder benader ik Renato en begin ik hem te schudden. We kunnen geen tijd verspillen met vertragingen, want we hebben precies dertig dagen om iemand te helpen die ik nog steeds niet eens heb ontmoet. Renato strekt zich uit en begint met tegenzin met mij de berg af te dalen. Ik denk dat hij de strijd van het tijdreizen nog niet heeft overwonnen. Hij is nog een kind en heeft mijn zorg nodig.

We hebben een groot deel van de route afgedaald en Mimoso nadert steeds meer. Nu al zien we kinderen op straat spelen, wasvrouwen met hun zakken op een nabijgelegen dam, jongeren die socializen op het kleine lokale plein. Wat staat ons te wachten? Ik vraag me af wie er hulp nodig heeft. Al deze antwoorden zullen in het boek worden verkregen. Er valt iets op in de Mimoso-hemel: donkere wolken vullen de hele omgeving. Wat betekent dit? Ik zal het moeten uitzoeken. Onze stappen versnellen en we zijn ongeveer honderd meter van het dorp verwijderd. In het noorden is een torenhoog, stijlvol en mooi huis. Het moet dienen als de woonplaats voor iemand die belangrijk is. In het westen valt tussen de huizen een zwart kasteel op. Het is eng alleen al door het uiterlijk. Eindelijk komen we aan. We zijn in de centrale regio waar de meeste huizen zich bevinden. Ik moet een hotel vinden om uit te rusten, want de reis was lang en vermoeiend. Mijn tassen wegen zwaar op mijn armen. Ik spreek een van de bewoners die me vertelt waar ik er een kan vinden. Het is iets zuidelijker van waar we waren. We vertrekken om daarheen te gaan.

Het Hotel

De reis van waar we waren tot aan het hotel verliep rustig. We werden maar een beetje geobserveerd door de mensen die we ontmoetten. Onder deze mensen vielen enkele figuren op: een vrouw met een hoed in de stijl van Carmen Miranda, een jongen met zweepsporen op zijn rug en een verdrietig meisje vergezeld van drie sterke mannen die haar lijfwachten leken te zijn. Ze gedroegen zich allemaal vreemd alsof dit dorp geen gewone gemeenschap was. We staan voor het hotel. Aan de buitenkant kan het als volgt worden beschreven: een bakstenen woning met één verdieping, met een oppervlakte van ongeveer 1600 vierkante voet met een huiselijk, omgekeerd, V-vormig dak. Het raam en de voordeur zijn van hout en zijn bedekt met mooie gordijnen. Er is een kleine tuin, waar bloemen van verschillende soorten groeien. Dit was het enige hotel in Mimoso, dus we zijn op de hoogte gebracht. Naast de deur, op slechts een paar meter afstand, was een benzinestation. Ik probeerde de bel te vinden, maar dat lukte niet. Ik herinnerde me dat we waarschijnlijk in meer oude tijden waren en bovendien waren we op het platteland waar de vooruitgang van de beschaving nog niet is aangekomen. De oplossing, waar aandacht aan besteed moest worden, was om de oude methode van schreeuwen te gebruiken die zelfs de verstokte doven wakker maakt.

"Hallo! Iemand daar?

Het duurt niet lang of de deur kraakt en zo komt de figuur tevoorschijn van een statige vrouw van zo'n zestig jaar met lichte ogen en rood haar. Ze was dun, had blozende wangen en door haar gelaat te analyseren is ze gewoon een beetje overstuur.

"Wat voor lawaai is dit in mijn etablissement? Heb je geen manieren?

"Het spijt me, maar het was de enige manier die ik kon zien om je aandacht te trekken. Bent u de eigenaar van het hotel? We hebben dertig dagen accommodatie nodig. Ik zal u royaal betalen.

"Ja, ik ben al meer dan dertig jaar eigenaar van dit hotel. Mijn naam is Carmen. Ik heb maar één kamer beschikbaar. Heb je interesse? Het hotel is niet luxueus, maar het biedt goed eten, vrienden, regelmatige accommodaties en een bepaalde familie-omgeving.

"Ja, dat accepteren we. We zijn moe omdat we een lange reis hebben gehad. De afstand van hier naar de hoofdstad is ongeveer honderdveertig mijl.

"Nou dan, de kamer is van jou. De contractuele grondslagen zullen we later uitzoeken. Welkom. Kom binnen en ontspan. Doe alsof je thuis bent.

We gaan door de tuin die toegang geeft tot de ingang. Goede rust en goed eten zouden onze kracht echt kunnen herwinnen. Deze dame die ons antwoordde en die we nu volgden was echt heel aardig. Het verblijf in het hotel zou niet zo eentonig zijn. Toen ze een beetje tijd had konden we praten en elkaar beter leren kennen. Daarnaast moest ik uitzoeken wie ik zou moeten helpen en welke uitdagingen ik moest overwinnen om de 'tegengestelde krachten' te herenigen. Dit betekende een volgende stap in mijn evolutie als helderziende.

De deur wordt geopend door Carmen en we komen binnen in een kleine kamer met meubels die kenmerkend zijn voor de huidige tijd en versierd met renaissanceschilderijen. De sfeer is echt heel vertrouwd. Op een bankje aan de rechterkant zitten drie mensen. Een jongeman, ongeveer twintig jaar oud, slank, zwarte ogen en haar en zeer knap; Een man van zo'n veertig jaar, met een goede lichaamsbouw, zwart haar en bruine ogen, een jeugdige uitstraling en een innemende glimlach; en een oudere man, donker van huidskleur, krullend haar, met een serieuze houding en blik op zijn gezicht. Carmen gebaarde om ons voor te stellen:

"Dit is mijn man Gumercindo (wijzend naar de oudere man), en dit zijn mijn andere gasten: Rivanio, (de veertigjarige), hij staat bekend als Vaninho en is een bediende op het treinstation en Gomes (de jongeman), is een werknemer in de landbouwwinkel.

"Mijn naam is Aldivan en dit is mijn neef, Renato.

Terwijl er presentaties worden gemaakt, leidt Carmen ons naar onze kamer. Het is ruim, licht en luchtig. Er staan twee bedden in, en dit maakt me meer ontspannen. We leggen onze tassen weg, passen ons op en op dat moment verlaat Carmen ons. We rusten even uit en later eten we.

Het diner

Na een goede nachtrust word ik wakker met hernieuwde krachten. Ik zit samen met Renato in de hotelkamer. Mijn bewustzijn weegt op me als ik me realiseer dat ik leugens heb verteld. Ik kom niet uit Recife, en Renato ook niet uit mijn neef. Het was echter het beste. Ik ken de mensen aan wie ik me heb voorgesteld nog steeds niet echt. Het is beter om in de verdediging te blijven, want vertrouwen is iets wat je verdient. Bij nader inzien, als ik de waarheid zou vertellen, zouden ze me voor gek verklaren. De waarheid is dat ik naar de berg ging op zoek naar mijn dromen; Ik voerde drie uitdagingen uit en betrad de gevreesde grot van wanhoop. Door vallen en scenario's te ontwijken, werd ik de Ziener en maakte ik een reis door de tijd op zoek naar het onbekende. Nu was ik daarop zoek naar antwoorden. Ik sta op uit bed, ik maak Renato wakker en samen gaan we naar de eetkamer. We hadden honger omdat we ongeveer zes uur niet hebben gegeten.

We kwamen de eetzaal binnen, begroetten elkaar en gingen zitten. Het feest dat wordt geserveerd is gevarieerd en is typisch Noordoostelijk: Maïs havermout met melk of maïsmeel stoofpot met kip zijn de opties. Als dessert is er cassavedeegcake. Er ontstaat een gesprek en iedereen doet mee.

"Nou, meneer Aldivan, wat doet u voor de kost, en wat brengt u naar deze kleine plek? Ondervroeg Carmen.

"Ik ben naast wiskundeleraar ook verslaggever en journalist. Ik werd door de krant van de hoofdstad gestuurd om een goed verhaal te vinden. Is het waar dat deze plek diepe mysteries verbergt?

"Denk ik. Het is ons echter verboden om erover te praten. Voor het geval je het niet wist, we leven onder de wetten en de orde van keizerin Clemilda. Ze is een machtige tovenares die duistere krachten gebruikt om degenen die ongehoorzaam zijn te straffen. Blijf alert: ze kan alles horen.

Even verslik ik me bijna in mijn eten. Nu begreep ik de betekenis van de donkere wolken. Het evenwicht van 'tegengestelde krachten' was verbroken. Deze boze vrouw blokkeerde de zonnestralen, haar zuivere licht. Deze situatie kon niet lang zo blijven, anders zou Mimoso samen met zijn inwoners kunnen omkomen.

"Klopt het dat journalisten veel liegen? Vraagt Rivanio.

"Dat gebeurt niet, althans niet in mijn geval. Ik probeer trouw te zijn aan mijn overtuigingen en aan het nieuws. Een echte journalist is iemand die serieus, ethisch en gepassioneerd is over zijn vak.

"Ben je getrouwd? Wat zijn je levensdoelen? Vraagt Carmen.

"Nee. Ooit zei iemand me dat God iemand naar me toe zou sturen. Ik ben momenteel gefocust op mijn studie en op mijn dromen. Liefde zal op een dag komen, als het mijn bestemming is.

"Meneer Gumercindo, vertel me over Mimoso.

"Het is alsof mijn vrouw zei: meneer, het is ons verboden om te praten over de tragedie die hier een paar jaar geleden is gebeurd. Sinds Clemilda begon te regeren, is ons leven niet meer hetzelfde geweest.

Emotie overwon iedereen die in de kamer was. Tranen straalden indringend over het gezicht van Gumercindo. Dit was het gezicht van een arme man die de wrede dictatuur van deze tovenares beu was. Het leven had voor deze mensen zijn betekenis verloren. Het enige wat hen nog restte was dat ze stierven met heel weinig hoop dat iemand hen zou helpen.

"Rustig aan, iedereen. Het is niet het einde van de wereld. Deze staat van zijn kan niet lang duren. De tegengestelde krachten van de wereld moeten in evenwicht blijven. Maak je niet druk. Ik zal je helpen.

"Hoe? De heks heeft macht over mensen. Haar plagen hebben vele levens verwoest. (Gomes)

"De krachten van het goede zijn ook krachtig. Ze zijn in staat om hier vrede en harmonie te herstellen. Geloof me.

Mijn woorden lijken niet het gewenste effect te hebben. Het gesprek verandert en ik kan me er niet op concentreren. Wat dachten deze mensen? God gaf echt om hen. Anders zou ik niet de berg op zijn gegaan, de uitdagingen niet zijn aangegaan, de grot hebben overwonnen en de bewaker hebben ontmoet. Dit alles was een teken dat dingen konden veranderen. Ze wisten het echter niet. Geduld was nodig om hen te overtuigen om me de waarheid te vertellen, of me op zijn minst een weg te wijzen. Ik maak het avondeten af samen met Renato. Ik sta op van de tafel, verontschuldig me en ga slapen. De volgende dag zal van vitaal belang zijn in mijn plannen.

Een wandeling door het dorp

Er verschijnt een nieuwe dag. De zon komt op, de vogels zingen en de frisheid van de ochtend omhult de hele hotelkamer waarin we ons bevinden. Ik word wakker met een vreselijk gevoel. Renato is al wakker. Ik rek me uit, poets mijn tanden en neem een douche. Wat ik de avond ervoor hoorde, maakt me enigszins ongerust. Hoe kon Mimoso gedomineerd worden door een boze heks? Onder welke omstandigheden? Het mysterie was te diep voor mij. Het christendom werd in de zestiende eeuw in Amerika geïmplementeerd en sindsdien is het oppermachtig geworden en heeft het hele continent in toom gehouden. Waarom dan, daar, in het midden van niets, domineerde het kwaad? Ik moest de oorzaken en de redenen daarvoor achterhalen.

Ik verlaat de kamer en ga naar de keuken om te ontbijten. De tafel is gedekt en ik zie wat lekkers: Maniok, tapioca en aardappel. Ik begin mezelf te dienen omdat ik me thuis voel. De andere gasten komen aan en gedragen zich op dezelfde manier. Niemand raakt het onderwerp van de avond ervoor aan, en niemand durft dat ook. Carmen komt naar me toe en biedt me een kopje thee aan. Ik accepteer het. Theeën zijn goed voor het verlichten van hartzeer en het verhogen van iemands geest. Ik ga met haar in gesprek.

"Kun je iemand krijgen om me te begeleiden terwijl ik in Mimoso ben? Ik wil graag wat interviews doen.

"Het is niet nodig, lieverd. Mimoso is niets meer dan een dorp.

"Ik ben bang dat je me verkeerd hebt begrepen. Ik wil iemand die intiem is met de mensen, iemand die ik kan vertrouwen.

"Nou, dat kan ik niet, want ik heb veel taken. Al mijn gasten werken. Ik heb een idee: Zoek naar Felipe, zoon van de eigenaar van het Magazijn. Hij heeft vrije tijd.

"Bedankt voor de tip. Ik weet waar het magazijn zich in het centrum bevindt. Ik bel Renato en we gaan samen.

"Prachtig. Ik wens u veel succes.

Ik roep om Renato die nog in de hotelkamer zit. Ik hoop ook dat hij gaat ontbijten, zodat we kunnen vertrekken. Kan ik nauwkeurige informatie krijgen over de zaak van Mimoso? Ik wilde het graag weten. Renato maakt zijn ontbijt af; we nemen afscheid van Carmen en vertrekken uiteindelijk. Het plein naast het hotel zit vol met jongeren en kinderen. De jonge kinderen staan met elkaar te praten en de kinderen spelen. Ik observeer alle opwinding tijdens het passeren. Ik sla de hoek om richting het centrum en kom snel aan bij het magazijn. Een man van een jaar of vijftig is de suppoost. Ik geef het sein dat de man langs moet komen.

"Hoe kan ik je helpen?

"Ik ben op zoek naar Felipe. Waar hij is, alstublieft?

"Felipe is mijn zoon. Even bellen, ik bel hem. Hij ligt in het depot.

De man loopt weg en komt kort daarna terug vergezeld van een jonge roodharige, en is mager gebouwd als een man van een jaar of zeventien.

"Ik ben Felipe. Wat had je nodig?

"Carmen raadde je me aan. Ik heb je nodig om me te vergezellen op een aantal interviews. Mijn naam is Aldivan, leuk je te ontmoeten.

"Tuurlijk, mijn plezier, ik zal je vergezellen. Ik heb wat vrije tijd. We kunnen beginnen met de apotheek die naast de deur ligt. De eigenaar is een kenner van de plek, want hij is hier al sinds de oprichting.

"Geweldig. We gaan.

Begeleid door Renato en Felipe ga ik naar de Apotheek waar ik mijn eerste interview zal voeren. Het feit dat ik geen echte journalist ben, maakt me een beetje nerveus en angstig. Ik hoop dat ik het goed doe. Ik ging immers de berg op, ik voerde drie uitdagingen uit en ik slaagde voor de test van de grot. Een simpel interview zal me niet afbreken. Bij aankomst bij de apotheek worden we te snel geholpen. We worden voorgesteld aan de eigenaar. Ik vraag om hem te interviewen, en hij stemt toe. We trekken ons terug op een meer geschikte locatie waar we alleen kunnen zijn en kunnen praten. Ik begin verlegen aan het interview.

"Klopt het dat je een van de oudste bewoners bent, een van de oprichters van deze plek?

"Ja, en noem me niet meneer. Mijn naam is Fabio. Mimoso begon echt op te vallen sinds de implantatie van de spoorwegafdeling. Vooruitgang en moderne technologie arriveerden in 1909 met de Great Western-treinen. De Britse ingenieurs Calander, Tolester en Thompson ontwierpen de sporen van de spoorlijn, bouwden de stationsgebouwen en Mimoso begon te groeien. Handel werd geïmplementeerd en Mimoso werd een van de grootste magazijnen in de regio, de tweede alleen voor Carabais. Mimoso is voorbestemd om te groeien en daarom ben ik hier.

"Is het leven hier altijd soepel verlopen, of heeft het tragische gebeurtenissen meegemaakt?

"Ja, dat is het geweest. In ieder geval tot een jaar geleden. Sindsdien is het niet meer hetzelfde geweest. Mensen zijn verdrietig en hebben alle hoop verloren. We leven onder een dictatuur. De belastingdruk is te hoog, we hebben geen vrijheid van meningsuiting en we moeten onze stemmen aan verborgen krachten geven. Religie is voor ons synoniem geworden met onderdrukking. Onze Goden zijn wrede Goden die bloed en wraak willen. We hebben het echte contact met God de Vader, de Enige en Enige, verloren.

"Vertel me over wat er een jaar geleden is gebeurd.

"Ik wil niet, en ik kan niet eens praten over de tragedie. Het is heel pijnlijk.

"Alsjeblieft, ik heb deze informatie nodig.

"Nee. Mijn familie zou lijden als ik het je zou vertellen. De geesten kunnen alles horen en zouden het Clemilda vertellen. Ik kon niet zoveel risico nemen.

Ik dring aan, keer op keer, maar hij wordt onvermurwbaar. Angst heeft hem tot een lafaard en kleingeestig gemaakt. Hij trekt zich zonder verdere uitleg terug uit de plaats. Ik ben alleen, rusteloos en vol vragen. Waarom zijn ze zo bang voor deze tovenares? Over welke tragedie sprak hij? Ik had deze informatie nodig om te weten op welke grond ik stond. Ik was de Ziener, begiftigd met gaven, maar dat maakte het er niet makkelijker op. Als deze Clemilda de duistere krachten zou regeren, zou ze een geduchte tegenstander zijn. Zwarte magie kan elk mens vangen, zelfs de ongrijpbare. De botsing van de "tegengestelde krachten" kon het universum vernietigen, en dit was het verste van mijn gedachten. Voorzichtigheid was onmiddellijk geboden. Wat voor mij duidelijk was, was dat het evenwicht van "tegengestelde krachten" was verbroken en dat het mijn missie was om het te herenigen. Maar daarvoor was het nodig om het hele verhaal te kennen. Ik loop weg met die gedachte. Ik vind Renato en Felipe, en we vertrekken voor nieuwe interviews. Verder hoop ik te slagen.

Ik ben totaal gefrustreerd na de interviews. Ik kreeg niet alle informatie die ik nodig had. Wat voor journalist was ik? Ik denk dat ik een cursus journalistiek had moeten volgen. Alle personen die ik interviewde, de bakker en smid, herhaalden wat ik al wist. Renato en Felipe proberen me te troosten, maar ik kan het mezelf niet vergeven. Nu was ik verdwaald, aan het einde van de wereld waar de beschaving nog niet is gearriveerd. De enige informatie die ik wist was dat Mimoso werd geregeerd door een boze heks. De schreeuw die ik hoorde in de grot van wanhoop maakte me nog steeds duizelig. Wie was het die mijn hulp zo hard nodig had? Ik concentreerde me op deze kreet en was, geholpen door mijn krachten, via tijdreizen naar Mimoso gekomen. De doelen van deze reis waren mij nog niet duidelijk. De voogd had gesproken over het herenigen van de "tegengestelde krachten" maar ik had geen idee hoe ik dit moest doen. Wat ik wist is dat ik nog steeds geen volledige controle had over mijn "tegenkrachten" en dat maakte me nog meer verdrietig. Nou, dit was niet het moment om ontmoedigd te raken. Ik had nog achtentwintig dagen om dit probleem op te lossen. Het beste was nu om terug te gaan naar het hotel en mijn kracht te verzamelen, omdat ik het nodig zou hebben. Renato en Felipe waren bij me en onderweg leerden we elkaar beter kennen. Het zijn perfecte mensen. Ik voel me niet zo alleen op deze plek die wordt gedomineerd door de krachten beneden en vol mysteries zit.

Het Zwarte Kasteel

We zijn op onze derde dag na tijdreizen. De vorige dag had geen goede herinneringen achtergelaten. Na de interviews besloot ik de rest van de dag in het hotel door te brengen en mezelf te vinden. Dit was mijn uitgangspunt: Vind mezelf om belangrijke problemen op te lossen. Renato heeft me tot nu toe nog steeds helemaal niet geholpen. Ik denk dat de voogd hem ten onrechte met mij heeft meegestuurd. Hij was immers nog maar een kind en had als zodanig niet veel verantwoordelijkheden. Mijn situatie was totaal anders. Ik was een jongeman van zesentwintig, een administratief medewerker, met een diploma in wiskunde en veel doelen. Ik had geen tijd om na te denken over de liefde of mezelf omdat ik op een missie was, ook al wist ik niet precies wat dat was. De enige zekerheid die ik had was dat ik de berg opging, de uitdagingen besefte, het jonge meisje, de geest, het kind en de voogd vond en ik slaagde voor de tests in de grot. Ik werd de Ziener, maar dat was niet alles. Ik moest de uitdagingen van het leven voortdurend overwinnen. Welnu, er breekt een nieuwe dag aan, en daarmee nieuwe hoop. Ik sta op, neem een douche en ontbijt, poets mijn tanden en neem afscheid van Carmen. De vorige dag heeft in mij een nieuw idee wakker gemaakt: mijn vijand intiem kennen en informatie van hen stelen. Het was de enige uitweg.

Ik ga de straat op en zie de speeltuin en iedereen op de bankjes zitten. Ze gedragen zich normaal alsof ze in een normale gemeenschap zijn. Ze hebben zich gelijkvormig. Mensen raken aan alles gewend, zelfs in tijden van onheil. Ik blijf lopen. Ik draai de hoek om, ontmoet wat mensen en ik blijf standvastig in mijn vastberadenheid. De uitdagingen van de grot hielpen me mijn angst voor elke vorm van omstandigheid te verliezen. Ik vond drie deuren die angst, falen en geluk vertegenwoordigden. Ik koos voor geluk en gooide de rest weg. Evenzo was ik klaar voor nieuwe uitdagingen. Ik sla nog een hoek om en kom aan de westkant van het dorp. Er verschijnt een groot kasteel. Het is een imposant gebouw dat bestaat uit twee hoofdtorens en een secundaire toren. De woning is zwart geschilderd metselwerk. Slechte smaak, typisch voor een schurk. Mijn hart slaat op hol en mijn stappen doen dat ook. De toekomst van Mimoso hing af van mijn houding. Onschuldige levens stonden op het spel en ik zou geen onrecht meer toestaan. Ik klap in mijn handen, in de hoop de aandacht van iemand in huis te krijgen. Een robuuste jongen, lang en met een donkere huidskleur, komt uit het huis.

"Wat had je nodig?

"Ik ben hier om Clemilda te zien.

"Ze heeft het nu druk. Kom een andere keer.

"Wacht even. Het is belangrijk. Ik ben verslaggever voor de Daily Journal en ik ben gekomen om een speciaal verslag over haar te doen. Geef me maar vijf minuten.

"Verslaggevers? Nou, ik denk dat ze dat leuk zal vinden. Ik zal je komst aankondigen.

"Niet nodig. Sta me toe om met je mee te gaan.

De man roept "ja" en ik start de vele treden op die toegang geven tot de voordeur. Een rilling gaat door mijn lichaam en indringende stemmen waarschuwen me om niet naar binnen te gaan. Een kat loopt voorbij en flitst met zijn felle klauwen. Ik bid innerlijk dat God me de kracht geeft om elke situatie te weerstaan. De jongen vergezelt me en we gaan naar binnen. De deur geeft toegang tot een grote, sierlijke foyer vol kleuren en leven. Aan de rechterkant is er toegang tot nog meer dan drie kamers. In het midden staan afbeeldingen van heiligen met hoorns, schedels en andere zondige voorwerpen. Aan de linkerkant hangen vreemde schilderijen. Het scenario is gruwelijk en ik kan het niet volledig beschrijven. Negatieve krachten domineren de plaats en maken me duizelig, omdat dit een botsing is van de 'tegengestelde krachten'. De man stopt voor een van de compartimenten en klopt. De deur gaat open, rook stijgt op en er verschijnt een dikke, zwarte vrouw met sterke gelaatstrekken, zo'n veertig jaar oud.

"Waaraan heb ik de eer te danken van de Ziener die mij persoonlijk komt bezoeken?

Ze signaleert dat de man moet verdwijnen. Ik sta helemaal perplex van haar houding. Hoe kende ze mij? Zou het kunnen dat ze op de hoogte was van de berg en de grot? Welke vreemde krachten bezat die vrouw? Deze en vele andere vragen gingen op dat moment door mijn hoofd.

"Ik zie dat je me kent. Dan moet je weten waarom ik hier ben gekomen. Ik wil weten over de tragedie en hoe je hebt gedomineerd over zo'n rustige plek.

"Tragedie? Welke tragedie? Hier gebeurde niets. Ik heb de plek alleen een beetje aangepast om het leuker te maken. Mensen met hun nepgeluk... ze werkten me op de zenuwen en ik besloot het te veranderen. Mimoso werd mijn eigendom en zelfs jij kunt er niets aan doen. Jouw paranormale krachten zijn niets vergeleken met de mijne.

"Elke schurk is zelfvoldaan en trots. We weten allebei dat deze situatie niet lang kan voortduren. De "tegengestelde krachten" moeten in evenwicht blijven in het hele universum. Goed en kwaad kunnen elkaar niet tegenwerken omdat anders het universum dreigt te verdwijnen.

"Ik maak me geen zorgen over het universum of zijn mensen! Het zijn niets anders dan insecten. Mimoso is mijn domein, en dat moet je respecteren. Als je je tegen mij verzet, zul je lijden. Ik hoef maar één woord te noemen voor de majoor, en ik zal je laten arresteren.

"Bedreigt u mij? Ik ben niet bang voor bedreigingen. Ik ben de Ziener die de berg opging, drie uitdagingen voltooide en de grot één versloeg.

"Ga hier weg, voordat ik je kook in mijn ketel. Ik ben je deugd beu. Ik walg ervan.

"Ik ga, maar we zullen elkaar weer ontmoeten. Het goede zegeviert uiteindelijk altijd.

Snel verlaat ik haar en loop naar de deur. Als ik wegga, hoor ik nog steeds haar gejoel. Ze is best boos. Mijn vragen blijven onbeantwoord en ik blijf doelloos en zonder tekenen. De ontmoeting met Clemilda had mijn doel niet bereikt.

De ruïnes van de kapel

Bij het verlaten van het zwarte kasteel besluit ik een ander pad te nemen. Ik wil wat meer van de stad en haar mensen zien. Lopend naar het oosten vind ik er een paar en probeer een gesprek te voeren. Ze mijden me echter. Hun wantrouwen is nog groter omdat ik een onbekende, jonge verslaggever ben. Ze kennen mijn ware bedoelingen niet. Ik wil Mimoso redden, de persoon vinden die ik zoek en de "tegengestelde krachten" herenigen zoals de voogd van me vroeg. Maar daarvoor was het noodzakelijk om een beetje te lenen van de geschiedenis van de plaats en precies al mijn vijanden te kennen. Ik zou dat allemaal zo snel mogelijk moeten uitzoeken, want ik had een deadline te halen. De beklimming van de berg, de uitdagingen, de grot, dit alles was noodzakelijke kennis voor mij om te weten hoe het leven was en hoe mensen het leefden. Het was tijd om het in de praktijk te brengen. Ik draai me om en een paar meter verderop kom ik een hoop puin tegen. Ik denk aan het gebrek aan organisatie van de plaats en zijn mensen. Afval dat vrij rondzweeft in de samenleving en in staat is om ziekten over te dragen en te dienen als dieren- en insectenkwekerij; dit was schadelijk voor de mens. Ik kom dichterbij voor een beter beeld van de rampspoed van de plek. Wachten. Er zit iets anders in deze rotzooi. Half opgegraven zie ik een enorm houten kruisbeeld alsof het uit een kapel komt. Ik verplaats het afval beter en kan duidelijk zien: Het is een kruisbeeld. Bij het aanraken gaat er een golf van hitte door mijn hele lichaam en begin ik visioenen te krijgen. Ik zie bloed, lijden en pijn. Even bevind ik me op die locatie, deelnemend aan gebeurtenissen uit het verleden. Ik haal mijn hand van het kruisbeeld. Ik ben er nog niet klaar voor. Verder heb ik wat tijd nodig om alles wat ik heb gevoeld in minder dan drie seconden in me op te nemen. Het kruis versterkt op de een of andere manier mijn krachten en ik begin de actie te voelen van een kracht die tegen de mijne is.

De Orde

Mijn bezoek aan de gevreesde, donkere tovenares Clemilda had haar niet gelukkig gemaakt. Ze was nooit tegengesproken. Haar domein over de gemeenschap van Mimoso was volledig onbeperkt. Ze had echter niet geteld op basis van goed, waardoor ik op een reis terug in de tijd naar de plaats werd gestuurd. Onmiddellijk na mijn vertrek uit het kasteel herenigde ze zich met haar lakeien, Totonho en Cleide, en zij raadpleegden de occulte krachten. Ze gingen het linke compartiment in de hal binnen en namen als offer een klein varkentje mee. De heks nam een boek en begon satanische gebeden in een andere taal te reciteren, en zij en haar trawanten begonnen het arme dier te offeren. Een spoor van bloed vulde het compartiment en de negatieve krachten begonnen zich te concentreren. De natuurlijke verlichting van het gebied werd gedimd en de tovenares begon gek te schreeuwen. In korte tijd nam de duisternis de omheining over en werd een deur van communicatie tussen de twee werelden geopend via een spiegel. Clemilda trad op met eerbied voor haar Heer en begon naar hem te verwijzen. Zij was de enige op die compound die dit vermogen had. Het zondige orakel en haar receptor waren enige tijd in volle communie. De anderen keken gewoon naar de hele situatie. Na de ontmoeting verdween de duisternis en keerde de site terug naar zijn oorspronkelijke staat. Clemilda herstelde zich van de impact van het gesprek, belde haar helpers en vertelde hun:

"Verspreid over de gemeenschap de volgende volgorde: Wie, man of vrouw, informatie geeft aan een man genaamd de Ziener zal zwaar gestraft worden. Zijn of haar dood zal tragisch zijn en zal hun overgang naar het rijk van de duisternis markeren. Dit is de orde van de koningin Clemilda voor alle Mimoso.

Haastig gingen Clemilda lakeien de opdracht vervullen om het nieuws bekend te maken aan de inwoners van het dorp, aan naburige sites en aan de landbouwgronden.

Bijeenkomst van bewoners

Met het bevel van Clemilda waren de bewoners nog terughoudender in de zaak. Fabio, de eigenaar van de apotheek en voorzitter van de vereniging van huiseigenaren, riep een dringende vergadering bijeen met de belangrijkste leiders van de plaats. De bijeenkomst stond gepland om 10:00 uur in het verenigingsgebouw in de binnenstad. Ze zouden zich over mijn zaak beraden.

Op het afgesproken tijdstip was de grote zaal van het gebouw gevuld. Aanwezig waren onder anderen majoor Quintino, de afgevaardigde Pompeu, Osmar (boer), Sheco (eigenaar van het magazijn) en Otavio (de eigenaar van de landbouwwinkel). Fabio, de voorzitter, begon de sessie:

"Nou, mijn vrienden, zoals jullie allemaal weten, heeft Clemilda gistermiddag een bestelling vrijgegeven. Niemand mag informatie doorgeven aan een persoon genaamd "de Ziener" die in het hotel verblijft. Ik zie dat dit individu zeer gevaarlijk is en moet worden ingeperkt. Hij probeerde zelfs wat informatie van me te verzamelen, maar faalde. Hij wilde weten van de tragedie.

"De Ziener? Ik heb nog nooit van deze persoon gehoord. Waar komt hij vandaan? Wie is hij? Wat wil hij met ons dorpje? (Vroeg de majoor)

"Makkelijk, majoor. Dat weten we nog steeds niet. De enige informatie die we hebben is dat hij een mysterieuze buitenstaander is. We moeten beslissen wat we met hem doen. (Fabio)

"Wacht even, jongens. Van wat ik weet, is hij geen crimineel. Mijn zoon Felipe vergezelde hem op een wandeling naar de stad en vertelde me dat hij een goed, eerlijk persoon is. (Sheco)

"Schijn bedriegt, zoon. Als Clemilda ons deze orde heeft opgelegd, dan is deze man een gevaar voor ons geworden. We zullen hem zo snel mogelijk moeten verbannen. (Otavio)

"Als je mijn diensten nodig hebt, ben ik beschikbaar. (Pompeu, de afgevaardigde)

Er treedt een kleine storing op in de montage. Sommigen beginnen te protesteren. Pompeu staat op, raadpleegt de majoor en zegt:

"Laten we deze man arresteren. In de gevangenis zullen we alle nodige vragen aan hem stellen.

De groep gaat uit elkaar met het bevel om mij te arresteren. Zou het kunnen dat ik een crimineel was?

Beslissend gesprek

Ik verlaat de ruïnes van de kapel en loop richting het hotel. Mijn zesde zintuig vertelt me dat ik in gevaar ben. Sterker nog, sinds ik in Mimoso ben geweest, heeft het me altijd gewaarschuwd over waar ik naartoe ging. Een dorp gedomineerd door de duistere krachten was geen goede vakantiekeuze. Ik zou echter de belofte aan de bewaker van de berg moeten nakomen: om de "tegengestelde krachten" te herenigen en de eigenaar te helpen van die schreeuw die ik hoorde in de grot van wanhoop. Ik kon deze missie nooit opgeven. Mijn voetstappen versnellen en al snel kom ik aan bij het hotel. Ik open de deur, ga naar de keuken en vind Carmen, mijn laatste hoop. Ik voelde genoeg moed en rekende op vriendelijkheid om me te helpen.

"Mevrouw Carmen, ik moet met u spreken, mevrouw.

"Vertel me, Aldivan, wat wil je?

"Ik wil alles weten over de tragedie en de geschiedenis van Mimoso.

"Mijn zoon, dat kan ik niet. Ken je het laatste niet? Clemilda dreigde iedereen te vermoorden die jullie informatie geeft.

"Ik weet het. Ze is een slang. Als je me echter niet helpt, zal Mimoso nog meer zinken en het risico lopen te verdwijnen.

"Ik geloof het niet. De rotten gaan nooit ten onder. Dat is de les die ik heb geleerd sinds ze begon te regeren.

Stilte heerste voor een paar momenten en ik besefte dat als ik niet de waarheid zou vertellen, ik geen antwoorden zou hebben. Mijn ontvoerders bereidden zich voor om aan te vallen.

"Carmen, luister goed naar wat ik ga zeggen. Ik ben geen journalist of verslaggever. Ik ben een tijdreiziger wiens missie het is om de balans te herstellen die Mimoso zo hard nodig heeft. Voordat ik hier kwam, ging ik de berg van Ororubá op; Ik voerde drie uitdagingen uit, vond een jongeman, de bewaker, de geest en Renato. Door de uitdagingen te overwinnen, kreeg ik het recht om de grot van wanhoop binnen te gaan, de grot die zelfs de meest diepgaande dromen kan realiseren. In de grot vermeed ik valstrikken en ging ik door scenario's die geen enkel ander mens ooit heeft overtroffen. De grot maakte me de Ziener, een wezen dat in staat was om tijd en afstand te overstijgen om grieven op te lossen. Met mijn nieuwe krachten was ik in staat om terug in de tijd te reizen en hier aan te komen. Ik wil de 'tegengestelde krachten' herenigen, iemand helpen die ik niet ken en de tirannie van deze boze heks omverwerpen. Uiteindelijk moet ik alles weten en weten wat je kunt onthullen. Je bent een goed mens en net als de anderen hier verdien je het om vrij te zijn zoals God ons geschapen heeft.

Carmen ging op een stoel zitten en werd emotioneel. Overvloedige tranen gleden onder haar gezicht dat volwassen was van lijden. Ik hield haar handen vast en onze ogen ontmoetten elkaar onmiddellijk. Even had ik het gevoel dat ik in het bijzijn van mijn moeder was. Ze stond op en vroeg me om haar te vergezellen. We stopten voor een deur.

"De antwoorden die je hard nodig hebt, vind je hier in dit depot. Het is wat ik voor je kan doen: Je de weg wijzen. Succes!

Ik dank haar en geef haar een gezegend kruisbeeld. Ze glimlacht. Ik kom de berging binnen, doe de deur dicht en kom een veelheid aan gedrukte kranten tegen. Waar zou dit ding dat ik zoek zijn?

Visioen

Ik ga op de enige beschikbare stoel zitten, ondersteun mezelf op het tafeltje en begin door de kranten te bladeren die ik vind. Ze zijn allemaal uit de periode 1909"1910. Ik lees alleen de krantenkoppen, maar die lijken niet veel te maken te hebben met wat ik zoek. Sommigen hebben het over Pesqueira en andere gemeenten in de regio, maar de behandelde kwesties hebben betrekking op kwesties van gezondheid, onderwijs en politiek. Waar ben ik echt naar op zoek? Een tragedie die in staat was om dit kleine plaatsje te schudden en er een veld van duisternis van te maken. Ik blader steeds door de papieren en het lijkt me dat dit een vermoeiende en eentonige taak zal zijn. Waarom heeft Carmen het me niet gewoon direct verteld? Was ik niet betrouwbaar? Het zou veel eenvoudiger zijn. Nogmaals, ik herinner me de berg, de uitdagingen en de grot. Niet altijd was de eenvoudigste manier gemakkelijker, duidelijker of voelbaarder. Ik begin het een beetje te begrijpen. Ze stond immers onder de macht van een gemene, wrede en arrogante heks. Ze wees me de weg, precies hoe ze zei en ik denk dat dit genoeg zou zijn voor mij om te winnen, mijn doelen te bereiken en gelukkig te zijn. Ik blader steeds door de papieren en pak een zakje met exemplaren uit 1910. Als ik het me goed herinnerde, was dat het jaar van de tragedie zoals Fabio me in het interview had verteld. Ik begin de krantenkoppen en het nieuws te lezen. Ik moest alle mogelijkheden bekijken.

Na een uur lezen en herlezen van de kranten had ik niets gevonden dat mijn aandacht trok. Landelijk nieuws, sport en andere rubrieken was alles wat ik kon vinden. De hoop die ik had om het nieuws te vinden zat in dit papieren zakje uit 1910 dat ik meenam. Wachten. Als deze tragedie echt is gebeurd, zou het zeker in een krant moeten staan die speciaal gescheiden was geweest, omdat dit zo'n groot nieuws was. Ik begin te zoeken in de lades van de kast naast de tafel. Ik vind verschillende kranten met verschillende data. Eentje valt me op: Het is van de dag van 10 januari 1910 en heeft de volgende kop: Christine, het Jonge Monster. Ik denk dat ik gevonden heb wat ik zocht. Bij het aanraken van het papier slaat een koude wind toe, mijn hart raast en als een reis door de tijd ervaar ik het visioen van deze geschiedenis.

Het begin

De twintigste eeuw begon en daarmee de opkomst van de eerste pioniers van het land ten westen van Pesqueira. De eersten die gingen waren majoor Quintino en zijn vriend Osmar, beiden afkomstig uit de staat Alagoas en die zich land toe-eigenden dat eigendom was van de inboorlingen. De inboorlingen werden eruit geschopt, vernederd en vermoord. De twee besloten niet permanent naar de regio te verhuizen omdat het geen structuur had die geschikt voor hen was.

Na verloop van tijd kwamen er andere mensen die kavels vrijmaakten voor het burgemeestersambt. De grond werd geschonken en de eerste huizen gebouwd. Zo ontstond een schikking. De nederzetting trok enkele handelaren in de regio aan die geïnteresseerd waren in het uitbreiden van hun bedrijven. Een magazijn, een benzinestation, een supermarkt, een apotheek, een hotel en een landbouwwinkel werden geopend. Een basisschool werd gebouwd om te dienen als de intellectuele basis voor de algemene bevolking. Mimoso verhuisde vervolgens naar de categorie dorp onder het hoofdkwartier van Pesqueira.

De Spoorweg

Vanaf 1909 arriveerden Great Western-treinen in Mimoso die vooruitgang en technologie naar de vredige plek brachten. De Britse ingenieurs Calander, Tolester en Thompson waren verantwoordelijk voor het leggen van de rails en de bouw van de stationsgebouwen. De

Europese invloed is ook waar te nemen in het metselwerk van andere gebouwen en in de stedelijke gebieden van Mimoso.

Met de implementatie van de spoorlijn werd Mimoso (de naam komt van Mimoso-gras, heel gebruikelijk in de regio) een centrum van commercieel belang en regionale politieke relevantie. Strategisch gelegen op de grens van het achterland met de wildernis, werd het dorp geconsolideerd als een punt van aankomst en vertrek van de producten uit vele gemeenten van Pernambuco, Paraíba en Alagoas. Naast de spoorlijn passeerde de onverharde weg die Recife met de wildernis verbond precies in het midden, wat bijdroeg aan de vooruitgang van de plaats.

De bevolking van Mimoso werd in principe gevormd door de afstammelingen van families van Portugees oorsprong. Het minst favoriete deel van de bevolking waren de afstammelingen van Indiase en Afrikaanse afkomst. De mensen van Mimoso kunnen worden gekarakteriseerd als een vriendelijke en gastvrije mensen.

De Verhuizing

Met de consolidatie van de implementatie van de spoorweg en de daaruit voortvloeiende vooruitgang in Mimoso, besloten de pioniers van de regio (de boeren, Majoor Quintino en Osmar) om ter plaatse te gaan wonen met al hun respectieve families.

Het was de 10e dag van februari 1909. Het was mooi weer, de wind was Noordoost en het aspect van het dorp zo normaal mogelijk. Een trein verschijnt aan de horizon onder leiding van ingenieur Roberto die de nieuwe lokale bewoners uit Recife brengt: majoor Quintino, zijn vrouw Helena, zijn enige dochter Christine en hun dienstmeisje Gerusa, een zwarte vrouw uit Bahia. In de trein, in het passagierscompartiment, openbaart zich een rusteloze Christine.

"Moeder, het lijkt erop dat we aankomen. Hoe zal Mimoso eruitzien? Zal ik het leuk vinden?

"Stil, mijn kind. Wees niet zo angstig. Binnenkort kom je erachter. Het belangrijkste is dat we als gezin bij elkaar zijn. Het duurt niet lang of we zullen ons settelen en vrienden maken.

De majoor kijkt naar de twee en besluit zich bij het gesprek aan te sluiten.

"U hoeft zich geen zorgen te maken. Het zal je aan niets ontbreken. Ik heb een prachtig huis gebouwd in een van de landen die ik bezit. Het ligt naast het dorp. Onthoud: je zult volledige vrijheid hebben om je te verhouden tot mensen van ons sociale niveau, maar ik wil niet dat je contact hebt met de onreine of de allerarmsten.

"Dat is een vooroordeel, papa! In het nonnenklooster waar ik drie jaar verbleef, werd me geleerd om ieder mens te respecteren, ongeacht sociale klasse, etniciteit of ras, geloof of religie. We zijn waard wat we in ons hart hebben.

"Die nonnen zijn losgekoppeld van de werkelijkheid omdat ze in een klooster leven. Ik had je daar niet naartoe moeten laten gaan, want je bent teruggekomen met een hoofd vol onzin. Ideeën van je moeder, naar wie ik niet meer luister.

"Ik heb altijd gedroomd dat ze non werd. Christine was voor mij een groot geschenk van God. Ik leerde haar alle voorschriften van de religie die ik kende. Toen ze vijftien werd, stuurde ik haar naar het nonnenklooster omdat ik zeker was van haar roeping. Drie jaar later gaf ze het echter op en het doet nog steeds veel pijn. Het was een van de grootste teleurstellingen die ze me ooit heeft gegeven.

"Het was jouw droom, Moeder, en niet de mijne. Er zijn oneindig veel manieren om God te dienen. Het is voor mij niet nodig om een non te zijn om Hem te begrijpen en zijn Wil te begrijpen.

"Natuurlijk niet! "Ik ga een goed huwelijk voor haar regelen. Ik heb al wat ideeën. Nou, dit is niet het moment voor mij om te onthullen.

De trein fluit om aan te geven dat hij zal stoppen. Het dorp ontstaat; Christine ziet alle landelijke aspecten van de plaats door een van de ramen. Haar hart spant zich aan en ze voelt een lichte huivering in haar lichaam. Haar gedachten vullen zich met twijfel met dat voorgevoel. Wat wachtte haar in Mimoso? Blijf bij ons, lezer.

Christine en Helen, met hun hoepelrokjes, wurmen zich uit de uitgang van de trein. De majoor houdt er niet van. De vier gaan weg en veroorzaken een zekere nieuwsgierigheid bij de andere omwonenden. Ze gedragen zich met elegantie en weelde. De majoor begroet Rivanio als een beleefdheid. Vanaf dat moment vertrekken ze naar hun huis, dat in het noorden van het dorp ligt.

De aankomst in de bungalow

Christine, de majoor, Helena en Gerusa komen aan in hun nieuwe huis. Het is een bakstenen en mortel huis, bungalow stijl, ongeveer 1600 vierkante voet van gebouwd gebied, dat is omgeven door een tuin van fruitbomen. Binnen zijn er twee woonruimtes, vier slaapkamers, een keuken, een wasruimte en een badkamer. Aan de buitenkant zijn er meidenverblijven met een kamer en een badkamer. De vier lopen in stilte tot de majoor zich uitspreekt.

"Hier is het dan, ons huis dat ik een paar maanden geleden heb gebouwd. Ik hoop dat je het leuk vindt. Het is ruim en comfortabel.

"Het ziet er erg mooi uit. Ik denk dat we hier gelukkig gaan zijn. (Helena)

"Ik hoop het ook, ondanks het voorgevoel dat ik zojuist had. (Christine)

"Voorgevoelens zijn onzin. Je zult gelukkig zijn, mijn dochter. Deze plek is leuk, gevuld met goede en gastvrije mensen. (Majoor)

De vier komen het huis binnen. Ze pakken hun koffers uit en nemen rust. De reis was lang en vermoeiend geweest. Aan het begin van een andere dag zouden ze de plaats volledig verkennen.

Ontmoeting met de burgemeester

Een nieuwe dag breekt aan en Mimoso presenteert zich met de aspecten van elke plattelandsgemeenschap. Boeren komen uit hun huizen en bereiden zich voor op een nieuwe dag van zwoegen, handelsambtenaren doen dat ook. Kinderen komen met hun moeders langs in de richting van de nieuw opgerichte school. De ezels circuleren normaal met hun ladingen en mensen. Ondertussen, in de prachtige bungalow, maakt de majoor zich klaar om te vertrekken. Hij was op weg naar een bijeenkomst in Pesqueira, met de burgemeester. Helena trekt zachtjes zijn jasje recht.

"Deze ontmoeting is erg belangrijk voor mij, vrouw. Belangrijke heren van het land moeten er zijn, zoals de kolonel van Carabais. Ik moet mijn plaats boven Mimoso herbevestigen.

"Je gaat het goed doen, want je bent de enige op deze plek met de rang van majoor in de Nationale Garde. Het was een goed idee om die positie te kopen.

"Natuurlijk was dat zo. Ik ben een man van visie en strategie. Sinds ik Alagoas verliet en hier kwam, heb ik alleen maar overwinningen behaald.

"Vergeet niet om een positie te vragen voor onze dochter Christine. Ze heeft weinig tot niets gedaan. De opleiding die ze in het klooster kreeg, is voor haar voldoende om eventuele taken uit te voeren.

"U hoeft zich geen zorgen te maken. Ik zal hem weten te overtuigen. Onze dochter is intelligent en verdient een goede baan. Nou, ik moet gaan. Ik wil niet te laat zijn op de vergadering.

Met een kus neemt de majoor afscheid van zijn vrouw Helena. Hij loopt naar de deur, doet open en vertrekt. Zijn gedachten concentreren zich op de argumenten die hij ter zitting zal gebruiken. Hij denkt aan de macht, glorie en sociale uiterlijk vertoon die zijn rang van majoor hem zal geven. Hij droomt groot. Hij droomt ervan om de vriend van de gouverneur te worden en zo meer gunsten te krijgen. Het enige wat voor hem telde was immers macht, en de toekomst van zijn dochter natuurlijk. Anderen werden slechts pionnen in zijn spel. Hij pakt het tempo op want over vijf minuten vertrekt de trein naar Pesqueira. Even richt hij zijn aandacht op de arme mensen die hij onderweg ziet. Hij heeft er spijt van en draait zijn gezicht naar de andere kant. Een majoor kan zich niet met iedereen mengen, denkt hij. De nederigste en uitgestotenen tellen voor hem alleen in verkiezingstijd. Wanneer dat moment voorbij is, verliezen ze hun waarde en daarna besteedt de majoor geen aandacht meer aan hun eisen of behoeften. De armen, onder controle van de kolonels, zijn ongeschoold en berusten. De majoor blijft lopen en nadert het treinstation. Als hij aankomt, koopt hij een kaartje en stapt snel in.

In de trein gaat hij op zoek naar de beste stoel en begint hij zich zijn jeugd te herinneren. Hij was een arme jongen, afkomstig uit een buitenwijk van Maceió, die als snoepverkoper werkte. Hij herinnert zich vernederingen en straffen door zijn vader en de gevechten met zijn oudere broers. Het waren momenten die hij wilde vergeten, maar zijn geheugen weigerde koppig op te houden hem eraan te herinneren. Zijn sterkste herinnering is aan het gevecht met zijn stiefmoeder en aan het mes dat hij hanteerde om haar te doden. Bloed gutst, schreeuwt, huilt en hij ontsnapt uit huis na de daad. Hij wordt bedelaar en maakt kort daarna kennis met drugs, alcoholisme en delinquentie. Hij zinkt zo'n vijf jaar weg in die wereld totdat op een dag een vrome vrouw verschijnt en hem adopteert. Hij groeit op, wordt man en ontmoet Helena, een boerendochter, met wie hij trouwt. Enige tijd later krijgen ze hun eerste en enige dochter, Christine. Ze verhuizen naar Recife. Hij koopt de rang van majoor van de Nationale Garde en reist diep het binnenland in op zoek naar land. Hij verovert alles van de westkant tot aan Pesqueira. Hij neemt het land over en wordt een zeer machtig man die bekend en gerespecteerd is. Hij voelde zich in alle opzichten een groots man. Het leven had hem geleerd een sterke, berekenende en overwinnende man te zijn. Hij zou al deze wapens gebruiken om zijn doelen te bereiken. Nog in de trein ziet hij vlak achter hem een vrouw met een kind op schoot. Hij herinnert zich Christine en haar onschuld en zoetheid toen ze klein was. Hij herinnert zich ook het verjaardagscadeau dat hij Christine geeft, een lappenpop. Hij geeft haar het cadeau; ze omhelst hem en noemt hem lieve vader. Hij wordt emotioneel, maar kan niet huilen omdat mannen dat niet in het openbaar kunnen doen. Zijn kleine Christine was nu een mooie en aantrekkelijke jongedame. Hij zou een goed huwelijk en wat plichten voor haar moeten regelen. Als hij erover nadenkt, valt hij in slaap in een herstellend dutje. De trein slingert; hij wordt wakker en vraagt zijn zakhorloge om te zien hoe laat het is. Hij merkt op dat het dicht bij het tijdstip van de vergadering is. De trein versnelt; Pesqueira komt in beeld en zijn hart kalmeert. Zijn gedachten zijn nu geconcentreerd op de ontmoeting en hij denkt aan de ontmoeting met zijn boerenvrienden. De trein geeft aan dat hij zal stoppen en de majoor staat op om zich een weg naar buiten te bespoedigen. Het leven vereiste offers en dat wist hij meer dan wie ook. De tijd tijdens zijn jeugd en zijn levenservaringen kwalificeerden hem nog meer. De trein stopt uiteindelijk en hij haast zich naar het politieke hoofdkwartier van de stad.

Het is 8:00 uur en het gigantische gebouw is al helemaal gevuld. De majoor komt binnen, begroet de mensen die hij kent en gaat op een van de voor hem gereserveerde voorstoelen zitten. De zitting is nog niet begonnen. Een luid kabaal is te horen in het hele algemene hoofdkwartier. Sommigen klagen over de vertraging, anderen over hun familieleden die niet allemaal in het burgemeestersambt pasten. De gebouwbeheerder probeert tevergeefs de situatie onder controle te krijgen. Uiteindelijk arriveert de secretaris van de burgemeester, vraagt om stilte en iedereen gehoorzaamt. Hij kondigt aan:

"Zijne Excellentie, burgemeester Horacio Barbosa, zal u nu toespreken.

De burgemeester komt binnen, trekt zijn kleren recht en maakt zich klaar om een toespraak te houden.

"Goedemorgen, beste landgenoten. Het is met grote voldoening dat ik u welkom heet op deze zetel die de kracht en kracht van onze gemeente vertegenwoordigt. Het is met grote vreugde dat ik u hier heb gebeld om een beetje te praten over onze gemeente en de politieke vertegenwoordigers van Mimoso en Carabais te machtigen. Onze gemeente is flink gegroeid in de commerciële sector en in de landbouw. Op de grens van de wildernis met het achterland hebben we Mimoso als belangrijkste handelspost. Uw politieke vertegenwoordiger, majoor Quintino, is hier aanwezig. In het achterland hebben we Carabais, en met zijn vertrouwde landbouw is het erin geslaagd om veel dividenden voor de stad te genereren. De kolonel van Carabais, de heer Soares, is hier ook. Ook het toerisme van onze gemeente ontwikkelt zich na de aanleg van de spoorlijn. Zoals u kunt zien, groeit onze gemeente. . . . . Tot slot wil ik de heer Soares en de heer Quintino even voorstellen. Laten we ze toejuichen.

De vergadering staat op en applaudisseert voor hen beiden.

"Met mijn gezag als burgemeester spreek ik u nu uit tot commandanten van uw respectieve plaatsen. Uw functie is om met ijzeren vuist de belangen van het publiek te regeren, toezicht te houden op de inning van belastingen en wetten en rechtvaardigheid te handhaven die in overeenstemming zijn met onze belangen. Ik beloof je op alle mogelijke manieren te helpen.

Sjerpen worden aan hen toegekend en allen klappen. Quintino signaleert voor de burgemeester en beiden trekken zich terug van het podium. Ze zouden een privégesprek voeren. De twee komen in een beperkte ruimte.

"Welnu, Excellentie, ik heb om een moment van uw tijd gevraagd omdat ik twee vragen heb om met u te beraadslagen. Ten eerste wil ik een hoger percentage op belastinginning. Ten tweede, een baan voor mijn dochter, Christine. Zoals u weet, werd Mimoso na de spoorweg een handelspost van groot belang en daarmee stegen de winsten van de prefectuur evenredig. Ik wil dan sterker en machtiger worden en wie weet zelfs je opvolger zijn. Daarnaast wil ik een goede baan en een goed salaris voor mijn dochter Christine. Ze is nogal... statisch de laatste tijd.

"Met betrekking tot winst wordt uw vraag onmogelijk. De stad heeft veel kosten en mijn administratie is transparant en serieus. Persoonlijk kan ik niets doen. Wat betreft de baan, wie weet kan ik haar de positie van leraar geven.

"Hoe dat komt? Uw administratie is transparant en serieus? De corruptie hier is berucht! Vergeet niet dat ik uw gouverneur heb gesteund en hem een aanzienlijk percentage van de stemmen heb gegeven. Als je me niet geeft waar ik om vraag, is de steun weg.

De burgemeester was stil en dacht na over zijn ambt. Hij richtte zijn ogen op Quintino en gaf commentaar.

"Je bent echt verschrikkelijk. Ik wil niet een van je vijanden zijn. Heel goed. Ik zal uw percentage verhogen en ik zal de post van belastinginner aan uw dochter geven. Hoe is dat?

Een lichte glimlach vulde het gezicht van majoor Quintino. Zijn argumenten waren voldoende geweest om de burgemeester te overtuigen. Hij was echt een winnaar en een krijger.

"Heel goed. Ik accepteer het. Dank u voor uw begrip, Excellentie.

Quintino nam afscheid en trok zich terug uit de kamer. De vergadering werd onderbroken en allen trokken zich terug uit de zaal.

Bijeenkomst van boeren

Na afloop van de hoorzitting verzamelen de belangrijkste "Heren" van de stad Pesqueira zich in een bar in de buurt van waar ze waren geweest. Onder hen de kolonel van Sanharó (de heer Goncalves), de kolonel van Carabais (de heer Soares) en majoor Quintino, van Mimoso. Ze praten vrolijk over macht, kracht en prestige.

"De invoering van het spoor was de troefkaart van de overheid. Het stimuleerde de productie en de marketing van onze rijkdom. Pesqueira benadrukt al op staatsniveau. De districten zijn in veel verschillende genres gerefereerd. Mimoso werd bijvoorbeeld een zeer belangrijke commerciële strategische plek. Ik zie nu al alle voordelen waar ik in deze situatie van kan profiteren. Rijkdom, sociale uiterlijk vertoon, politieke macht en onbeperkt bevel. Mijn vijanden zullen geen respijt hebben, want Ik zal met ijzer en vuur met hen omgaan. Mijn team is al voorbereid op de rebellen. (Majoor Quintino)

"Wat Carabais betreft, de spoorweg heeft geen invloed gehad op onze financiën, simpelweg vanwege het feit dat het onze wijk niet doorsnijdt. De technici van de overheid vonden het nodig om het vlak voor de ingang van het dorp om te leiden. De grond was niet geschikt voor de inzet van rails. Onze wijk is echter een belangrijk agrarisch knooppunt. Onze producten worden geëxporteerd naar naburige staten. Als kolonel domineer ik de regio en word ik gerespecteerd. Degenen die vijanden van mij zijn, zullen het niet lang overleven.

"De aanleg van de spoorlijn in Sanharó was belangrijk, maar niet de enige bron van inkomsten. De landbouw is sterk en we blinken uit op staatsniveau. Onze melk en ons vlees zijn eersteklas en geven ons goede opbrengsten. Wat mijn vijanden betreft, ik behandel ze op dezelfde manier als jullie. We moeten de macht van het Kolonelssysteem behouden.

"Dat is waar. Dit systeem moet voor ons eigen bestwil worden gehandhaafd. Stemfraude, fraude, het netwerk van gunsten... dit alles komt ons ten goede. Onze kracht en onze kracht komen voort uit marteling, druk en intimidatie. Brazilië is dit: Een grote machtsstructuur waar alleen de sterksten overleven. Van het zuidoosten, waar de rijke koffietelers domineren, tot de noordoostelijke delen die worden gerund door kolonels, is het systeem hetzelfde. Alleen de namen en situaties veranderen. We moeten de mensen stilhouden en berusten, want dit is het beste voor onze ambities en doelen. (Majoor)

"Ik ben het er volledig mee eens en om de mensen stil en aangenaam te houden, is het noodzakelijk om onze daden van wreedheid, onderdrukking en autoritarisme in stand te houden. De mensen moeten ons vrezen. Anders verliezen we respect en onze voordelen. De wereld is oneerlijk en we moeten deel uitmaken van het kleine deel van de bevolking dat de winnaars zijn. Om te winnen is het noodzakelijk om voorschriften en waarden te doden, te vernederen en neer te halen en dat is wat we zullen doen. (Kolonel van Carabais)

Het gesprek gaat enthousiast verder over vrouwen, hobby's en andere zaken. Ze zijn bijna twee uur aan het praten. Majoor Quintino staat op, neemt afscheid van de anderen en vertrekt. De trein die van Pesqueira naar Mimoso gaat, zou al snel vertrekken.

Terug naar huis

De majoor haast zich terug naar het treinstation van Pesqueira. De trein staat stil te wachten op het exacte moment om te vertrekken. Hij gaat naar het loket, koopt het kaartje, laat een fooi achter en gaat richting de trein. Hij stapt in, klaagt over de vertraging van de verzamelaar om hem te bedienen en gaat zitten. De trein geeft aan dat hij vertrekt en de majoor richt zich op zijn plannen. Hij ziet zichzelf als burgemeester van Pesqueira, rechterhand van de gouverneur en grootvader van minstens vijf kleinkinderen. Christine kinderen met een schoonzoon die hij zou kiezen. Een man wordt immers alleen bereikt als hij zijn kinderen kan uithuwelijken. De trein vertrekt en neemt de dromende majoor mee.

Het ritme van de trein is vrij regelmatig. De passagiers zitten rustig en comfortabel. Een medewerker biedt sappen en snacks aan passagiers aan. De majoor neemt een hapje, kauwt en stelt zich voor hoe goed de smaak van overwinning en succes is. Hij was naar een vergadering gegaan en was teruggekomen met zijn plannen uitgevoerd. Hij zou recht hebben op een hoger belastingpercentage en een goede baan voor zijn dochter. Wat wil hij nog meer? Hij was een klaar man, gelukkig in zijn huwelijk en had een prachtige dochter. Hij had de rang van majoor van de Nationale Garde, die hij had gekocht, en dat gaf hem het recht om Mimoso politiek te domineren. Het enige dat hem gelukkiger zou maken, zou zijn als hij kolonel was, de rechterhand van de gouverneur en zijn dochter uithuwelijkte aan een ideale schoonzoon. Dit zou zeker gebeuren. De tijd verstrijkt en de trein komt dichter bij het stadje Mimoso, zijn electorale regio. Hij wilde het nieuws graag aan de twee vrouwen in zijn leven vertellen. Zijn hart versnelt en een koude wind raakt zijn lichaam als plotseling de trein van tempo verandert. Het is waarschijnlijk niets, denkt hij bij zichzelf. Het ritme van de trein wordt weer normaal en hij kalmeert. Mimoso nadert steeds dichterbij. Even denkt hij dat de wereld eerlijker kan en dat iedereen net als hij winnaars moet zijn. Hij probeert van deze gedachte af te wijken. Hij leerde van jongs af aan hoe het leven was en wist dat het niet van de ene minuut op de andere zou veranderen. Hij droeg nog steeds de sporen van zijn lijden: de straffen van zijn vader, de strijd met zijn oudere broers, de moord die hij had gepleegd. Zijn brein hield die herinneringen uit die tijd intact. Als hij kon, gooide hij die herinneringen in de vuilnisbak, ver, ver weg. De trein fluit om aan te geven dat hij zal stoppen. Passagiers fixeren hun haar en kleding. De trein passeert en iedereen stapt uit, ook de majoor. De aankomst is ontspannen en hij glimlacht. Hij kwam immers zegevierend terug uit Pesqueira.

De aankondiging

Bij het uitstappen van de trein gaat de majoor naar het station, zegt Rivanio gedag en vraagt of alles in orde is. Hij antwoordt ja en de grote neemt afscheid en vertrekt naar zijn huis. Onderweg ontmoet hij wat mensen en die praten over onderwijs. Hij haast zich op zijn stappen en is binnen een paar minuten in de buurt van zijn woning. Bij aankomst komt hij zonder ceremonie binnen en vindt Gerusa die het huis schoonmaakt en stuurt haar om de twee vrouwen in zijn leven te bellen. Ze komen aan en knuffelen en kussen hem. De majoor vraagt dat ze gaan zitten en ze gehoorzamen snel.

"Ik kwam net van de ontmoeting die ik in Pesqueira had en het nieuws kon niet beter. Ten eerste krijg ik een hoger percentage op de belastingen die ik incasseer. Ten tweede kreeg ik de baan van belastinginner voor mijn geliefde dochter Christine. Wat denk je?

"Sensationeel. Ik ben er trots op de vrouw te zijn van een man met een echt karakter zoals jij. We zullen alleen maar rijker en machtiger worden naarmate de tijd vordert.

"Ik ben blij voor je, papa. Denk je niet dat het werk van tollenaar voor mij een beetje mannelijk is?

"Ben je niet gelukkig, dochter? Het is een geweldige baan en met een adequate beloning. Ik denk niet dat het een mannenbaan is. Het is een positie van hoog vertrouwen die alleen jij kunt vervullen.

"Natuurlijk is het een geweldige baan. Als haar moeder keur ik het zonder voorbehoud goed.

"Oké. U hebt mij overtuigd. Wanneer begin ik?

"Morgen. Jouw functie is het controleren en handhaven van de officiële belastinginner, Claudio, zoon van Paulo Pereira, eigenaar van het tankstation. Hij is verantwoordelijk en eerlijk, maar het is zoals het verhaal zegt, kans maakt de man.

"Ik denk dat het goed voor me zal zijn. Het is een geweldige kans om mensen te ontmoeten en vrienden te maken.

De majoor trekt zich terug en gaat in bad. Christine gaat terug naar het breiwerk dat ze aan het doen was voordat haar vader arriveerde en Helena gaat bevelen geven aan de keukenmeid. De volgende dag zou haar eerste werkdag zijn.

De eerste werkdag

Een nieuwe dag begint. De zon schijnt, de vogels zingen en de ochtendbries omhult de bungalow. Christine was net wakker geworden na een diepe en verkwikkende slaap. De droom die ze de nacht ervoor had gehad, had haar diep geïntrigeerd achtergelaten. Ze droomde van het klooster en de nonnen die ze leert bewonderen tijdens de drie jaar van haar leven gewijd aan religie. Ze namen deel aan haar bruiloft. Wat betekende dat? Het stond toen niet in haar plannen om te trouwen. Ze was jong, vrij en vol plannen. Haar gevoel van zelfbescherming schreeuwde het in haar uit. Nee, ze was echt niet klaar voor het huwelijk. Ze strekt zich rustig uit in haar bed en kijkt naar de tijd. Het was bijna 06:30 uur. Ze staat op, geeuwt en gaat naar de badkamer van de suite. Ze gaat naar binnen, draait de kraan open en het koude water draagt haar naar haar kloostertijd. Ze herinnert zich de tuinman die er werkte en zijn zoon die haar had geboeid. Ze begonnen romantische spelletjes en maakten samen wandelingen en in een mum van tijd had ze ontdekt dat ze verliefd was. Haar contact met de zoon van de tuinman ging door, maar op een dag betrapte een van de nonnen hen op zoenen. De Moeder-Overste werd geraadpleegd, Christine tassen werden ingepakt en ze werd uit het klooster gezet. Op deze dag voelde ze een grote opluchting. Opluchting om niet langer tegen zichzelf of tegen het leven zelf te liegen. Het contact met de zoon van de tuinman werd verbroken; ze vergeet hem en vertrekt naar huis. Haar vader en moeder begroeten haar thuis met verbazing. Ze stelde haar moeder teleur en gaf nieuwe hoop aan haar vader die haar met kinderen wilde zien trouwen. De tijd verstreek en sindsdien was ze niet meer verliefd geworden. Ze leerde breien en borduren om de tijd beter te doden. Nu was ze door de invloed van haar vader in dienst als tollenaar. Ze voelde zich angstig en nerveus over de nieuwe situatie. Ze zet het koude water uit, zeept op en begint zich haar nieuwe collega Claudio voor te stellen. Ze fotografeert een lange, blonde jongen, vol tatoeages. Ze vindt het leuk wat ze ziet en blijft baden. Ze reinigt haar lichaam ruw alsof ze onzuiverheden uit haar ziel haalt. Ze zet de kraan dicht en trekt twee handdoeken aan: een grotere op haar lichaam en een kleinere op haar hoofd. Ze loopt de suite uit en gaat naar de keuken om te ontbijten. Ze zit, serveert zichzelf wat taart en begroet haar vader en moeder. De majoor begint een gesprek te voeren.

"Ben je opgewonden, mijn dochter? Ik hoop dat je het goed doet op je eerste werkdag. Je leert veel van Claudio. Hij is een groot tollenaar.

"Ja, dat ben ik. Ik kan niet wachten om aan de slag te gaan, want breien en borduren zijn niet meer zo leuk als vroeger. Dit werk zal me goed van pas komen, hoewel ik denk dat het een beetje mannelijk is.

"Nogmaals, hiermee? Kun je niet zien dat je je vader pijn doet met deze insinuaties? Hij doet alles voor je.

"Neem me niet kwalijk, jullie allebei. Ik ben een beetje koppig met sommige ideeën.

Christine maakt haar ontbijt af, neemt afscheid met een kus op het voorhoofd van haar ouders en loopt naar de deur. Ze opent het en gaat naar het tankstation. Onderweg vallen twijfels haar aan: Zal deze Claudio zich gedragen als holbewoner? Zal hij haar respecteren op het werk? Ze wist niets over hem, behalve dat hij Pereira zoon was en twee zussen had: Fabiana en Patricia. Ze blijft lopen en zodra ze het tankstation nadert voelt ze zich nog angstiger en nerveuzer. Ze stopt en ademt een beetje. Ze zoekt inspiratie in het universum, in de natuur en in haar getroebleerde hart. Ze herinnert zich de lessen die ze leerde in het klooster, de nonnen en hun eigen manier van kijken naar het leven. Het was een periode van drie jaar van spirituele bijeenkomsten die nu geen betekenis leken te hebben. Ze stond op het punt om nieuwe mensen te ontmoeten, een nieuw ambacht te beginnen en wie weet of dit haar manier van kijken naar mensen en het leven niet zou veranderen. Daar zou ze in de loop van de tijd achter komen. Ze blijft lopen. Een nieuwe kracht verfrist haar en vult haar wezen en geeft haar een extra duwtje in de rug. Ze moest dapper zijn, want in de tijd dat ze tegenover de Moeder-overste van haar klooster stond en de waarheid bekende: dat ze helemaal verliefd was. Ze pakten haar koffers, ze werd eruit geschopt en op dat moment voelde het alsof ze een enorm gewicht van haar rug hadden gehaald. Ze verhuisde uit de hoofdstad en verbleef nu aan het einde van de wereld zonder vrienden en zonder enig comfort. Ze zou eraan moeten wennen. Een paar minuten gaan voorbij en ze nadert het tankstation. Ze is er maar een paar meter van verwijderd. Ze fixeert haar haar en kleding om een goede indruk te maken. Ze ademt nog een laatste keer in, komt binnen en stelt zich voor.

"Ik ben Christine Matias, dochter van majoor Quintino. Ik ben op zoek naar Claudio, de tollenaar. Is hij thuis?

"Mijn zoon ging een snelle hap eten in een restaurant hier in de buurt. Ik zal voor hem sturen. Dit zijn mijn dochters Fabiana en Patricia, en ik ben meneer Pereira.

Christine begroette hen met kusjes op de wang.

"Jij bent dus de beroemde Christine. Ik kan niet geloven dat ik je nog niet eens heb gezien. Je blijft veel binnen en dat is niet goed. Nou, vanaf nu kunnen we vrienden zijn en samen rondhangen. (Fabiana)

"Het is een groot genoegen om je te ontmoeten. Jij, Fabiana en ik zullen goede vrienden zijn, jullie kunnen erop rekenen.

"Dank u wel. Ik ben ook erg blij om je te ontmoeten. Ik ga niet veel uit omdat mijn ouders de baas zijn. Ze vinden dat de dochter van een majoor een beetje terughoudend moet zijn. Ze zijn over beschermend.

"Nou, dat gaat veranderen. Beschouw jezelf als onderdeel van onze bende. Wij zijn de gekste kinderen op het blok. (Fabiana)

"Onze bende is geweldig. Je zult het geweldig vinden om er deel van uit te maken. (Patricia)

"Bedankt dat je me hebt uitgenodigd om deel uit te maken van je groep. Ik denk dat een paarrelaties en vrienden me geen pijn zullen doen.

Het gesprek ging nog enige tijd levendig door. Claudio komt rustig dichterbij en kijkt Christine aan. Hun ogen sluiten zich en nu lijkt het als magie alsof alleen de twee in het hele universum bestaan. De harten van beiden haasten zich bij ontmoeting en een innerlijke warmte reist door beide lichamen.

"Mijn vader belde me hier. Je bedoelt dat jij het meisje bent dat toezicht op me zal houden? Nou, ik denk dat ik me niet zo ongemakkelijk zal voelen.

Het compliment liet Christine een beetje geschokt achter. Ze vond mannen nog nooit zo direct.

"Mijn naam is Christine; Ik ben de dochter van de majoor. Ik ben je nieuwe partner op het werk. Kunnen we beginnen? Ik heb er zin in.

"Ja, natuurlijk. Mijn naam is Claudio. We zijn net op tijd om aan de slag te gaan. Het eerste commerciële etablissement dat we vandaag gaan bezoeken is de slagerij. Het is drie maanden geleden dat de eigenaar geen belasting heeft betaald en we moeten hem daartoe onder druk zetten. Ik denk dat uw aanwezigheid zal helpen.

"Laten we gaan, dan. Het was een genoegen om jullie, Fabiana en Patricia te ontmoeten. Tot ziens.

De twee zwaaien met hun handen bij het afscheid. Claudio en Christine vertrekken samen richting de slagerij. Christine gedachten stijgen intiem op en ze voelt zich een dwaas omdat ze Claudio zo heeft verafgood. Hij was niet zoals ze zich had voorgesteld, maar hij had iets in haar geroerd. Het gevoel dat ze hem moest leren kennen was als niets wat ze ooit had meegemaakt. Wat was het? Ze kon het niet definiëren, maar het was iets sterks en blijvends. De twee lopen naast elkaar en Claudio probeert een gesprek op gang te brengen.

"Christine, vertel eens wat over jezelf. Je komt uit Recife, toch?

"Nee, ik heb tien jaar in Recife gewoond. Eigenlijk kom ik uit Alagoas. Mijn jeugd heb ik daar vrijwel volledig doorgebracht.

"Heb je ooit een vriendje gehad?

"Ik had er een, maar het was al een tijdje geleden. Ik zou non worden. Ik heb drie jaar van mijn leven in een klooster doorgebracht om een betekenis voor mijn leven te vinden. Toen ik besefte dat ik geen roeping had, vertrok ik en ging ik terug naar het huis van mijn ouders.

"Het zou een grote verspilling zijn als je een non was, met alle respect. Niets tegen religie, maar het geven van jezelf aan God vraagt te veel van een mens.

"Nou, dat is allemaal verleden tijd. Ik moet me focussen op mijn nieuwe leven en mijn taken.

Het gesprek stopt plotseling en de twee lopen verder. Het komen en gaan van mensen is constant in de binnenstad. Mimoso was veranderd in een regionaal handelscentrum na de implantatie van de spoorlijn. Mensen kwamen uit de hele regio om te bezoeken en te winkelen in de winkels. De slagerij is vlakbij en Christine kan zich nauwelijks inhouden. Ze wist niet hoe ze moest handelen. Zij was immers de dochter van de majoor en moest het goede voorbeeld geven. De baan van tollenaar zou haar veel blootleggen. Uiteindelijk komen ze aan en Claudio richt zich tot meneer Helio, de eigenaar van de winkel.

"Meneer Helio, we zijn hier gekomen om de drie maanden aan belastingen die u verschuldigd bent van u te innen. De stad heeft jouw bijdrage nodig om te investeren in onderwijs, gezondheid en sanitaire voorzieningen. Doe je plicht als burger.

"Heb ik je niet verteld dat ik blut ben? De zaken hier zijn niet goed geweest. Ik heb een verlenging nodig om u te betalen.

"Ik accepteer geen excuses meer en als je niet betaalt, heb je problemen. Zie je dit meisje bij mij? Zij is de dochter van de majoor. Hij is niet tevreden met uw wanbetalingen. Het beste wat u kunt doen, mijnheer, zou zijn om uw schulden te betalen.

Helio dacht even na over wat hij moest doen. In een oogopslag kijkt hij Christine aan en overtuigt zichzelf ervan dat zij de dochter van de majoor is. Hij opent een lade, haalt een zak geld tevoorschijn en betaalt. Beiden bedanken hem en trekken zich terug uit het establishment.

De ochtend wordt besteed aan werken. De twee bezoeken huizen en bedrijven. Sommige belastingbetalers weigeren te betalen vanwege het gebrek aan kapitaal. Christine begint Claudio te bewonderen om zijn professionaliteit en vertrouwen. De ochtend gaat voorbij en de dag is voorbij. De twee nemen afscheid en dat ze over vijftien dagen weer samen aan het werk gaan.

De Picknick

De zon rukt op aan de horizon en warmt nog meer op naarmate het na de middag is. De beweging neemt af, boeren komen van de boerderij, de wasvrouwen arriveren met hun ladingen die ze aan het wassen waren in de Mimoso rivier, de ambtenaren worden vrijgelaten, de kantklossters krijgen een pauze op het werk en iedereen kan lunchen. Christine is niet anders dan de anderen en komt op dit moment ook weer thuis. Ze komt aan, opent de deur en gaat naar de hoofdkeuken. Haar ouders zijn al aanwezig en Gerusa serveert de lunch.

Vergeef ons dat we niet op u hebben gewacht om de lunch te serveren, mijn dochter, maar ik kwam moe en hongerig aan omdat ik in een zakelijke vergadering was. Het onderwerp veranderen, hoe was je eerste werkdag? (Majoor)

"Het is niet nodig om je te verontschuldigen. Mijn eerste werkdag was lang en vermoeiend. Claudio en ik hadden moeite om de belastingbetaler te overtuigen om te betalen. Sommigen zijn echter standvastig geworden in hun standpunten. Over het algemeen was het een goede dagtaak omdat ik veel heb geleerd. Ik weet alleen niet zeker of ik dit de rest van mijn leven wil doen.

"Vertel Claudio dat ik de details wil van degenen die niet hebben betaald. Ik ben de majoor en ik zal geen vertragingen meer tolereren.

"Heb je iemand ontmoet, dochter? Vrienden maken? (Helena)

"Ja, een paar mensen. Claudio's zussen zijn best aardig.

Gerusa serveert Christine en ze begint te eten. Ze bleef in die tijd stil omdat ze zo was opgevoed. Gerusa trok zich terug uit de keuken en ging naar haar vertrekken buiten het huis. De drie hoofden van het huishouden bleven, aan het eten. Christine maakt haar lunch af, staat op van tafel en neemt afscheid van haar ouders met kusjes op hun wangen. Ze gaat naar het balkon van het huis waar het goed geventileerd en koel is, zodat ze kan breien. Ze pakt haar draden op en begint te breien. De beweging van haar behendige handen neemt haar mee naar mysterieuze werelden waar alleen de verbeelding kan reiken. Ze ziet zichzelf daten met een man met sterke, gespierde schouders en een stevige houding. Ze stelt zich haar verloving en het daaropvolgende huwelijk voor. Op dat moment straft en verontrust een innerlijke angst haar. Het moment gaat voorbij en ze ziet zichzelf als moeder van drie prachtige kinderen. In haar verbeelding gaat de tijd snel voorbij en ziet ze zichzelf als een grootmoeder en een overgrootmoeder. De dood komt en ze ziet zichzelf in het paradijs omringd door engelen en door onze Heer, Jezus Christus. Haar behendige handen werken en even erkent ze in het doek dat ze een bekend mannengezicht aan het breien is. Ze schudt haar hoofd en de illusie gaat voorbij. Wat gebeurde er met haar? Was ze gek, of misschien zelfs verliefd? Ze wilde niet in deze mogelijkheid geloven. Ze blijft werken totdat ze haar naam met ongelooflijke intensiteit hoort uitspreken. Ze gaat terug naar de ingang van de tuin van haar huis van waaruit ze de stem had gehoord. Ze herkent Fabiana, Patricia en Claudio vergezeld door enkele andere jongeren.

"Mogen we binnenkomen, Christine?

"Ja, dat mag. Doe alsof je thuis bent.

Er waren precies zes jongeren die de tuin van het huis binnenkwamen. Ze gingen de trapladders op die toegang gaven tot het balkon en ontmoetten Christine. Fabiana zorgde voor introducties van de onbekende vrienden.

"Dit is mijn nicht Rafael en dit zijn mijn vrienden Talita en Marcela. Christine begroette hen met kusjes op de wang.

"Leuk je te ontmoeten. Als je Fabiana vrienden bent dan ben je ook vrienden van mij.

"Het plezier is helemaal van mij. Claudio sprak lovend over je. (Rafael)

"Nou, Christine, we kwamen hier om je uit te nodigen voor een mooie wandeling naar de top van de Ororubá-berg. We gaan buiten picknicken. Contact met de natuur is essentieel voor mensen om te evolueren en zichzelf te bevrijden van hun karma. (Claudio)

"Wil je gaan, Christine? Je zit veel binnen en dat is niet goed. (Fabiana)

"Wij dringen aan. (Ze herhalen allemaal)

"OK. Ik ga. U hebt mij overtuigd. Wacht even, ik ga het mijn ouders vertellen.

Christine komt even het huis binnen maar is al snel terug. Ze ontmoet de groep weer en samen spreken ze af om de reis naar de mysterieuze Ororubá-berg, de heilige berg, te maken. De zeven beginnen te lopen. Christine kijkt naar Claudio en concludeert dat hij de typische plattelandsman is: sterk, zelfverzekerd en vol charme. De eerste dag dat ze samenwerkten maakte een goede indruk, maar ze wist nog steeds niet hoe ze over hem dacht. Ze wist gewoon dat het een sterk en blijvend gevoel was. Nou, de picknick was een kans om hem beter te leren kennen, denkt ze. De zeven versnellen en staan al snel aan de voet van de berg. Claudio, de leider van de groep, stopt en vraagt iedereen hetzelfde te doen.

"Het is belangrijk dat we onszelf nu hydrateren, zodat we later geen problemen hebben. De wandeling is lang en uitputtend. (Claudio)

"Ik hoorde dat deze berg heilig is en magische eigenschappen heeft. (Talita)

"Het is waar. Volgens de legende gaf een mysterieuze sjamaan zijn eigen leven om zijn volk te redden. Vanaf dat moment werd de berg Ororubá heilig. Ze zeggen ook dat een geestelijke voorouder genaamd de bewaker van de berg al zijn geheimen bewaakt. (Fabiana)

"Dat is nog niet alles. Op de top is een majestueuze grot waarvan wordt gezegd dat het in staat is om elk verlangen te vervullen. Dromers van over de hele wereld zoeken het om zijn wonderen te verkrijgen. Voor zover we weten, heeft echter niemand het overleefd. (Patricia)

"Deze verhalen maken me nerveus. Zou het niet beter zijn als we terug zouden gaan? (Christine)

"Maak je geen zorgen, Christine. "Het zijn maar verhalen. Zelfs als het waar zou zijn, zou ik hier zijn om jullie te beschermen. (Claudio)

"Claudio is niet de enige. Ik ben ook een man en ik ben bereid om je te helpen als je het nodig hebt. (Rafael)

"En ik? Niemand beschermt me? Ik ben ook een jonkvrouw in nood. Ik ben gekwetst. (Marcela)

Rafael benadert Marcela en geeft haar een knuffel als teken dat ze niets te vrezen heeft. Drink allemaal water en begin aan de wandeling. Christine rukt iets verder op en zet zich naast Claudio, vooraan. Ze voelde zich onveilig na het horen van de informatie over de berg. Ze denkt aan de berg, de bewaker en de grot. Inticm ziet ze zichzelf de grot betreden en haar grootste wens op dat moment realiseren. Ze was ook een dromer zoals zovelen die hun leven hadden verloren in de grot op zoek naar hun dromen. Welnu, het was noodzakelijk om haar voeten op de grond te houden, in harde realiteit was ze de dochter van de majoor en dit beperkte haar vrijheid van handelen behoorlijk in relatie tot vrienden, liefdes en verlangens. Relatief gezien voelde ze zich vrijer in het klooster dan nu. Claudio geeft Christine een hand om haar op weg naar boven te helpen, want hij ziet dat ze het moeilijk heeft. Christine geest racet en ze denkt dat het goed zou zijn om een vriend te hebben die haar zou steunen en loyaal en eerlijk tegen haar zou zijn, een vriend zoals

Claudio. Ze schudt haar hoofd en probeert van de gedachte af te wijken. Het was onmogelijk omdat haar vader dit soort vereniging niet zou toestaan. Hij was een eenvoudige tollenaar en zij was de dochter van een majoor. Ze leefden in totaal verschillende werelden. De groep stopt nog een keer om zich weer op te frissen. De hitte is sterk en er staat weinig wind. Ze waren halverwege.

"Vanaf hier is het mogelijk om een goed deel van Mimoso te zien. Zie je, Christine? Daar is je huis. (Claudio)

"Het uitzicht vanaf hier is echt bevoorrecht. Ik vind de top nog mooier. De Berg van Mimoso ziet er vanuit dit uitzicht niet eens groot uit. (Christine)

"Ik denk dat het beste is om door te gaan. Het heeft geen zin om hier lang te blijven. (Fabiana)

"Daar ben ik het ook mee eens. Op deze manier kunnen we er langer over doen op de top die het belangrijkste deel van de berg is. (Rafael)

De meesten zijn het eens over het voortzetten van de wandeling. Het was tenslotte voorbij 13:00 uur Christine voelde zich al een beetje moe. Het beklimmen van een berg is extreem vermoeiend voor iedereen die dat niet gewend is. Ze herinnert zich de constante uitdagingen waaraan ze in het klooster werd onderworpen, maar niets ervan was vergelijkbaar met het beklimmen van een berg waarvan iedereen had gezegd dat die heilig was. Ze verzamelt kracht in het diepst van haar ziel en probeert heel hard zodat niemand haar moeilijkheden opmerkt. Claudio glimlacht naar haar en dat vervult haar met kracht, want voor hem zou ze elk obstakel overwinnen. Liefde, deze vreemde kracht, heeft de twee verbonden, zelfs zonder enig fysiek contact. Voor hem, als ze de kans had, zou ze de bewaker onder ogen komen en de grot binnengaan om haar droom te realiseren om zich bij hem te voegen gedurende de tijd dat ze samen in het leven moesten zijn. Ook al kostte het haar het leven. Immers, welke betekenis heeft het leven als we niet bij degenen zijn van wie we echt houden? Een leeg leven is vergelijkbaar met helemaal geen leven. De groep rukt verder op en nadert de top. Claudio probeert het te verhullen, maar hij wordt volledig aangetrokken door de schoonheid en gratie van Christine. Vanaf het moment dat ze elkaar ontmoetten veranderde er iets in zijn wezen. Hij kon niet goed eten of zelfs maar iets doen zonder aan haar te denken. Hij denkt na over hoe bevorderlijk de verhuizing van haar familie van Pesqueira naar het bloeiende dorp Mimoso was. Hij denkt na over hoe genereus het lot was om de twee praktisch in dezelfde baan te hebben herenigd. De picknick zou een geweldige gelegenheid zijn om het meisje misschien te verleiden. Hij hoopte geaccepteerd te worden, ondanks de verschillen tussen hen. De moeilijkheden, vooral haar bevooroordeelde ouders, waren obstakels die overwonnen konden worden. Uiteindelijk bereikt de groep de top en vieren ze allemaal feest. Nu restte alleen nog het vinden van een goede plek om te picknicken. De leden van de groep verdelen zich in drie kleinere groepen om de meest geschikte plaats te vinden. Een paar minuten gaan voorbij en een van de groepen geeft een signaal, fluitend. De plaats werd gekozen. De hele groep verzamelt zich weer en de picknick wordt opgezet. Elk lid van de groep droeg bij met iets voor het banket.

"Voel je het, Christine? Het gezang van de vogels, het lichte gefluister van de wind, de landelijke sfeer, het gezoem van insecten, dit alles leidt ons naar plaatsen en vliegtuigen die nog nooit eerder zijn bezocht. Elke keer als ik hier kom, voel ik me een belangrijk onderdeel van de natuur en niet alsof ik het bezit, zoals sommigen denken. (Claudio)

"Het is heel mooi. Hier, in de natuur, voel ik me een gewoon mens en niet de dochter van een majoor en je kunt je niet voorstellen hoe goed dit voelt. (Christine)

"Geniet ervan, Christine. Het is niet elke dag dat je dat kunt doen. Vooroordelen, angst, schaamte, dit alles verstoort ons dagelijks leven. Hier kunnen we dat vergeten, althans voor een moment. (Fabiana)

"In deze wilde groene onder kunnen we het universum voelen, zien en volledig begrijpen. Dit wonder gebeurt omdat de berg heilig is en magische eigenschappen heeft. (Talita)

"Ik wil ook mijn mening geven. Wij zijn zeven jonge mensen die zoeken wat? Ik zal zelf antwoorden. We zoeken avonturen, nieuwe ervaringen, vriendschappen en zelfs liefde. Dit is echter alleen mogelijk als we vrede hebben met onszelf, met anderen en met het universum. Het is deze langverwachte vrede die we hier hebben gevonden. (Rafael)

"Hier is alles een leerervaring. Het ritme van de natuur, het gezelschap van jullie allemaal en deze frisse lucht zijn lessen die we mee moeten nemen voor onze kinderen en kleinkinderen. (Marcela)

"Dit alles is een grote gemeenschap voor mij. Een gemeenschap van geesten die ons ertoe brengt om vele stadia van ons leven te overstijgen. (Patricia)

Geef immers hun mening over wat ze voelden op dat magische moment dat ze zichzelf beginnen te dienen. De gezellige omgeving zorgde ervoor dat ze tijdens de maaltijd stil bleven. Na de lunch kondigde Claudio aan:

"Eigenlijk, Christine, kwamen we niet alleen om te picknicken. We gaan ons kamp opzetten en hier overnachten.

Christine veranderde even van kleur en iedereen lachte. Zij was de enige in de groep die het niet wist.

"Huh? En hoe zit het met de gevaren van de berg? Mijn vader zal me vermoorden als ik hier overnacht. Ik denk dat ik ga.

"Ik raad je aan om niet te gaan. De voogd moet op de loer liggen, wachtend op de beste kans om aan te vallen. (Fabiana)

"Maak je geen zorgen, Christine. Zei ik niet dat ik je zou beschermen? Wat je vader betreft, maak je geen zorgen, hij weet dat we hier de nacht zullen doorbrengen. (Claudio)

Christine kalmeert. Het zou beter zijn als ze bij de groep bleef omdat ze de berg en zijn mysteries niet kende. Het zou echt eng zijn daar helemaal alleen. Wie weet wat er kan gebeuren? Het was beter om het niet te riskeren. De middag vordert en iedereen werkt samen aan het opzetten van twee tenten. Ze zijn in een mum van tijd klaar. Claudio en Rafael gaan op zoek naar hout om een vuurtje aan te steken, met als doel wilde dieren die de regio bewoonden te verjagen. De vrouwen zijn alleen in het kamp en ruimen de grond rond de tenten op.

"Het is geweldig om hier te komen, Christine. 's Avonds is deze hele plek nog mooier. Na het eten zul je zien: Het is een totale knaller. Vertel eens, is dit niet beter dan thuisblijven? (Fabiana)

"Ik geniet er ook van, maar je had me moeten laten weten dat je hier ging kamperen. Ik was behoorlijk verrast. (Christine)

"Is het je opgevallen hoe Claudio naar haar kijkt? Ik denk dat de twee verliefd zijn. (Talita)

"Je ogen spelen je parten, Talita. Er is niets tussen Claudio en mij. (Christine)

"Ik zou voor een deel heel graag uw schoonzus zijn. (Patricia)

"Ik ben het daarover met u eens. (Fabiana)

"Bedankt, jullie. Maar helaas, het is onmogelijk. (Christine)

Christine keek even serieus en ze stopten met de insinuaties. Claudio en Rafael keren terug met al het hout dat nodig is om het kampvuur de hele nacht brandend te houden. Claudio kijkt Christine aan en ze lijkt te corresponderen. De middag vordert en het wordt donker. Het vreugdevuur verlicht de omgeving terwijl de nacht invalt. Iedereen verzamelt zich eromheen en het diner wordt geserveerd door Fabiana en Patricia. Iedereen eet en praat een beetje. Claudio neemt afstand van de groep en als hij een bepaalde afstand krijgt, maakt hij een motie voor Christine om hem te vergezellen. Ze vangt het signaal op en gaat ook weg van de groep.

"Wat gaan we doen, Christine? Jij en ik, samen, mijmerend over deze sterren. Ze lijken getuigen te zijn van wat we allebei voelen. Ik denk dat niet alleen zij, maar het hele universum het voelt.

"Je weet dat dat onmogelijk is. Mijn ouders stonden het niet toe. Ze zijn erg bevooroordeeld.

"Onmogelijk? U zegt dat tegen mij, hier in deze heilige berg? Hier is niets onmogelijk.

"Maar, maar...

"Zeg geen woord meer. Laat je hart hardop schreeuwen, net als het mijne.

Claudio stapte een beetje naar voren en omhelsde Christine. Zachtjes boog hij zijn hand een beetje rond haar gezicht en raakte geduldig Christine lippen aan met de zijne. De kus beroerde Christine en even had ze het gevoel dat ze op lucht liep. Een veelheid aan gedachten drong door in haar hoofd en verstoorde haar kus. Als het afgelopen is, trekt ze zich terug en zegt:

"Ik ben er nog niet klaar voor. Vergeef me, Claudio.

Christine rent weg en gaat terug naar de groep. Claudio gaat met haar mee. Het vreugdevuur knettert en alles verzamelt zich eromheen omdat de kou intens is. Rafael staat naast het vuur, klaar om horrorverhalen over de berg te vertellen.

"Er was eens een dromer uit een klein stadje genaamd Triumph, in het achterland van Pajeú. Zijn naam was Eulalio. Zijn droom was om bandiet te worden en zijn eigen bende samen te stellen om misdaden te plegen, rijkdommen te vergaren, sociale macht en uiterlijk vertoon te hebben en daarmee ook veel vrouwen te fascineren en te verleiden. Hij had echter niet de moed en vastberadenheid die nodig was om dit te doen. Hij kon nauwelijks een zwaard hanteren. In zijn land had hij gehoord van de heilige berg Ororubá en zijn wonderbaarlijke grot, in staat om elk verlangen te vervullen. Toen hij dit hoorde, dacht hij geen twee keer na en pakte hij zich in om de felbegeerde reis te maken. Hij kwam aan op de berg, ontmoette de bewaker, voltooide de uitdagingen en ging uiteindelijk de grot binnen. Zijn hart was echter niet volledig zuiver en zijn verlangens waren niet rechtvaardig. De grot vergaf hem niet en vernietigde zijn leven en zijn dromen. Vanaf dat moment begon zijn ziel van pijn op de berg af te dwalen. Ze zeggen dat hij precies om middernacht een keer door jagers is gezien. Hij was verkleed als bandiet en droeg een groot geweer dat spookkogels afvuurde.

"Je bedoelt dat hij dapper werd na zijn dood? Toen voerde de grot gedeeltelijk zijn droom uit. (Talita)

"Niet helemaal, Talita. De grot vernietigde het leven van de dromer en liet in plaats daarvan alleen zijn ziel achter met de objecten van zijn verlangen. Bovendien is hij een verloren ziel die gestrand is in het lijden. (Fabiana)

"Dit is maar een verhaal. Er zijn talloze dromers die hun geluk beproefden in de grot en tot nu toe slaagde geen van hen erin om te overleven. Om deze reden wordt het de grot van wanhoop genoemd. (Rafael)

"Ik zou voor niets in die grot gaan. Mijn dromen zal ik waarmaken met planning, doorzettingsvermogen, toewijding en geloof. (Marcela)

"Ik zou voor de liefde gaan. Je kunt immers niet leven zonder risico's te nemen. (Christine)

"Altijd de romanticus. Christine is verliefd, mensen. (Patricia)

Iedereen lacht behalve Claudio. Hij was nog steeds rancuneus en gekwetst omdat hij in zekere zin door Christine was afgewezen. Hij had zijn hart en zijn gevoelens geopend; het was echter niet genoeg om haar van zijn liefde te overtuigen. Ze had gesproken over vooroordelen van haar ouders, maar zij was de bevooroordeelde geweest. De angst die hij op de bodem van zijn borst voelde, deed hem terug in de tijd reizen om zich een episode te herinneren die twee jaar geleden was gebeurd toen hij in Pesqueira woonde en een relatie had met een mooie blondine, de dochter van de burgemeester. Ze dateerden drie maanden verborgen omdat ze bang was voor de reactie van haar ouders. Op een dag kwam de vader erachter en was niet blij. Hij huurde twee lakeien in om hem te slaan en te slaan. Het was een pak slaag die hij nooit zou vergeten. Zo voelde hij zich nu: geslagen, geslagen en niet door haar ouders, maar door haar en haar eigen vooroordelen. Hij zou echter niet zo gemakkelijk opgeven van het leven en zijn eigen geluk. Hij zou Christine zijn waarde laten zien en ze zou begrijpen hoeveel dwaas het was geweest om kostbare tijd te verliezen.

De avond valt en iedereen maakt zich klaar om in hun tenten te slapen. Het vuur wordt aangestoken om hen te beschermen tegen de wrede dieren van de berg. Gehuil is echter van een bepaalde afstand te horen. Christine roert zich van de ene naar de andere kant en probeert haar angst te beheersen. Het was de eerste keer dat ze op een heilige plaats sliep. De harde grond stoorde haar nog meer dan ze dacht. Het gehuil gaat door en op dat moment is ook het geluid van voetstappen te horen. Christine houdt vertwijfelt haar adem in. Zou het bandieten-spook kunnen zijn? Of misschien een wild beest dat klaar staat om haar te verslinden? De geluiden van voetstappen komen in haar richting. Een harde wind slaat op de tent en een mysterieuze hand verschijnt in de deurklep. Ze is klaar om te schreeuwen, maar de man die verschijnt zegt:

"Ontspan, ik ben het.

Christine kalmeert en herstelt van de schrik. Ze herkent de stem. Het was Claudio. Maar wat hij op zo'n uur in haar tent deed? Haar gelaat, overschaduwd door de duisternis van de nacht, weerspiegelde deze twijfel. Claudio kruipt naar beneden en vraagt:

"Ik kwam langs om je te vragen of je je wens hebt gedaan.

"Wens? Welke wens?

"De berg is heilig en om middernacht zal hij een verlangen geven aan harten in liefde. Ik heb de mijne gedaan en weet je wat? Ik vroeg de berg om ons voor altijd samen te brengen in liefde.

"Gelooft u hierin? Ik denk niet dat een berg de plannen van mijn vader zal veranderen.

"Ik heb je al gezegd dat de berg heilig is. Geloof me. Het kan onze droom waarmaken.

Dat gezegd hebbende, Claudio sloeg de handen ineen met Christine en beiden sloten hun ogen. Op dat moment stortten de twee harten zich in een parallel vlak waar ze zowel gelukkig als vrij waren. Christine zag zichzelf met hem getrouwd en als moeder van minstens zeven kinderen. Het moment was genoeg voor hen om zich als één te voelen, verbonden met het universum. De stroom was gebroken; Claudio nam afscheid en Christine probeerde op de harde, droge vloer in slaap te vallen.

De afdaling van de berg

Als de nieuwe dag aanbreekt, staat Claudio op en begint de anderen wakker te maken. Christine is de laatste die opstaat. Claudio en Rafael duiken het bos in om wat vis te vangen in een vijver in de buurt. Het zou hun ontbijt zijn. Ondertussen proberen de vrouwen het vuur aan te steken met de rest van het overgebleven hout. Fabiana doorbreekt de stilte.

"Slaap lekker, Christine?

"Niet erg goed. Deze harde, droge grond deed pijn aan mijn rug. Het doet nog steeds pijn. (Christine)

"Dat is het leven van de scout voor jou. Maak je klaar want we hebben nog veel avonturen. (Talita)

"Vond je de wandeling in het algemeen leuk? (Patricia)

"Ja, ik vond het leuk. De berg ademt een lucht van rust en vrede. Ik hield van het contact met de natuur en uw bedrijf. (Christine)

"We hebben er ook van genoten, ook al is dit niet onze eerste keer. Nu maak je deel uit van ons team. (Patricia)

"Heb je gisteravond dingen geregeld met Claudio? (Talita)

"We hebben besloten om geen relatie te beginnen omdat we in totaal verschillende werelden leven. (Christine)

"Na verloop van tijd kom je er wel uit. Liefde is sterker dan de verschillen en zoals ik al zei zou ik graag je schoonzus zijn. (Fabiana)

"Ik ook. (Patricia)

"Ik benijd u. Claudio is zo schattig. Jammer dat hij niet in mij geïnteresseerd is. (Talita)

Het gesprek bleef levendig tussen de vrouwen, maar Christine wilde er liever geen deel van uitmaken. Praten over haar liefde, Claudio, deed haar ziel pijn omdat het voelde alsof het een onmogelijke liefde zou zijn. Ze kende haar ouders goed en wist dat ze totaal tegen dit soort relaties zouden zijn. Haar moeder koesterde nog steeds de hoop dat ze terug zou gaan naar het klooster en haar vader wilde haar zien trouwen met een man van hun sociale niveau. Beide opties sloten Claudio uit van haar leven, maar tegelijkertijd verlangde haar hart naar hem; ze wilde alleen hem. Dit waren haar twee "tegengestelde krachten" die ze zou moeten verzoenen, of zelfs kiezen tussen. Deze "tegengestelde krachten" drongen haar hart binnen en lieten haar nog steeds in twijfel. Ongeveer dertig minuten nadat ze vertrokken zijn, komen Claudio en Rafael terug met een behoorlijke hoeveelheid vis. Het vuur was al aangestoken en de vissen worden op de grill gelegd. De vissen worden volledig gebakken en verdeeld onder de leden van de groep. Claudio zegt:

"We waren aan het vissen en plotseling verschijnt er een oude dame die om wat vis vraagt voor haar maaltijd. Ik gaf ze aan haar en als dank zegende ze me en zei dat ik heel gelukkig zou worden. Ik kende die dame niet. Ik heb haar nog nooit in deze contreien gezien. Ze had een blik in haar ogen die me intrigeerde alsof ze de toekomst kende.

"Misschien is zij de voogd? Zegt de legende niet dat ze hier op de berg woont? (Fabiana)

"Zou kunnen. Dat dacht ik toen ik haar zag. (Rafael)

"Dan heb je veel geluk, mijn broer. Er zijn maar weinig mensen die geluk kunnen bereiken. (Patricia)

"Ze was echt raar. Ik voelde een rilling toen ik de vis aan haar gaf. (Claudio)

"Ik ben praktisch ingesteld. Ik geloof zelfs dat de berg heilig is door de ervaringen die ik hier heb meegemaakt. Maar dan geloven in bewakers en in grotten die wonderen verrichten, is veel terrein om te bedekken. Binnenkort ga je me proberen te overtuigen dat er geesten en kabouters zijn. (Talita)

"Als ik jou was, zou ik er niet aan twijfelen. Claudio is een serieuze man en geen leugenaar. (Marcela)

"Ik geloof hem ook. In het klooster leerden ze me om mensen aan hun ogen te beoordelen en Claudio was volkomen oprecht als hij over de voogd sprak. Hij is echt bevoorrecht dat hij haar heeft ontmoet. (Christine)

Stilte heerste in die volgende momenten rond het kamp en de leden van de groep waren klaar met het eten van hun vis. Claudio en Rafael braken de tenten af en de vrouwen verzamelden de voorwerpen die ze hadden meegenomen. De groep ontmoette elkaar in gebed dankbaar voor de momenten in de bergen en begon aan de wandeling terug naar het dorp waar ze woonden. Claudio bood zachtjes zijn hand aan Christine aan en zij accepteerde. De afdaling van de berg was gevaarlijk voor beginners. Fysiek contact met Claudio deed Christine hart nog meer springen. Deze man maakte haar zo gek dat ze sociale conventies bijna vergat toen ze met hem op de berg was. Het waren momenten die de kracht hadden om haar naar parallelle vliegtuigen te brengen waar niemand haar kon bereiken. Ze had zich op deze momenten echt gelukkig gevoeld. Op weg naar beneden zou ze echter haar dromen van fantasie moeten opgeven en de harde realiteit onder ogen moeten zien. Een realiteit waarin ze de dochter was van een corrupte, autoritaire en onvermurwbare majoor. Afgezien daarvan leefde ze voor de momenten waarop Claudio haar vasthield en kuste. Christine knijpt met kracht in Claudio's hand om er zeker van te zijn dat hij daar echt aanwezig is, naast haar. Ze had haar grootouders al verloren en zou geen nieuw verlies kunnen nemen. De groep daalt vanaf de top af en is al de helft van de afstand de steile bergpaden afgegaan. Claudio, de leider van de groep, stopt en vraagt iedereen hetzelfde te doen. Allemaal drinken ze water en lopen ze verder. Christine denkt aan haar moeder en de uitbranders die ze zou krijgen omdat ze de hele dag van huis was geweest. Ze behandelde haar als een kind, niet in staat om haar eigen pad te kiezen. Door haar invloed was ze in een klooster gegaan en bracht ze drie jaar van haar leven door als kluizenaar. Ze mocht alleen begeleide wandelingen maken en alleen met toestemming van de Moeder-Overste. In die tijd zou ze Latijn en de fundamenten van de christelijke religie leren. Cultuur en kennis waren de enige positieve dingen die uit haar verblijf daar kwamen. Meestal was het een verspild deel van haar leven omdat ze geen zin had om non te worden. Ze was het beu om het goede meisje en gehoorzaam te zijn, omdat dit haar alleen maar verlies bracht. De 'tegenkrachten' die ze in zich droeg, moesten worden opgelost. De groep versnelt zijn tempo en in korte tijd reizen ze helemaal terug naar huis. Ze nemen afscheid van elkaar en keren allemaal terug naar hun huizen.

De misstanden van de majoor

De ontvangst van Christine verliep vlot. Geen van haar ouders klaagde dat ze de nacht op de heilige berg doorbracht. Ze was immers niet alleen geweest. Na een gesprek met haar ouders nam ze een bad, ging naar haar kamer en viel in slaap omdat ze zich uitgeput voelde. De majoor en zijn vrouw zitten in de woonkamer te praten. Er is een klapgeluid te horen en Gerusa gaat prompt naar de deur om deze te openen. Lenice, een boerin, wacht om aanwezig te worden.

"Hoe kan ik je helpen?

"Ik wil met de majoor praten. Dat is heel belangrijk.

"Kom binnen. Hij staat in de woonkamer.

Lenice komt binnen en gaat naar de woonkamer.

"Meneer Major, ik wilde met u praten, meneer. Het gaat over mijn pasgeboren zoon, Jose.

"En hij? De vader wil geen verantwoordelijkheid nemen? Heb je hulp nodig om hem op te voeden?

"Nee, niets van dat alles. Ik zou willen dat u, Mijnheer, de Peetvader van zijn doopsel zou zijn.

"Wat? Peetvader? Tot welke belangrijke familie behoor je?

"Ik ben een Silva en we werken in de landbouw.

"Het is onmogelijk. Ik zou niet de vriend zijn van een eenvoudig lid van de Silva familie, zelfs als ik de laatste man op aarde was. U moet uzelf controleren voordat u hier met dergelijke verzoeken komt.

"Meneer Majoor, u hebt geen hart.

De arme vrouw, in tranen, verwijdert zich uit de kamer en vertrekt. Ze droomde ervan om een vriend van de majoor te zijn, net als velen uit het dorp. Haar zoon zou veel meer kansen hebben om te groeien als hij het petekind van de majoor was. Hij zou toegang hebben tot onderwijs, gezondheidszorg en een waardige baan omdat alles in dat dorp afhing van de invloed van de majoor. Allen, zonder uitzondering, wilden een soort van verbinding met hem om deze privileges te hebben. Wie dat niet kon, werd gedegradeerd tot een wereld van ellende en lijden.

Nadat hij de boer heeft verdreven, maakt de majoor zich klaar om naar het politiebureau te gaan. Zijn vrouw, Helena, trekt haar kleren recht.

"Heb je dat gezien, vrouw? Wat een impertinentie! Een majoor van mijn waarde kan niet de vriend zijn van een eenvoudige Silva.

"Deze mensen hier sterven om je vrienden te zijn. Goudzoekers!

"Als ze op zijn minst handelaren waren, zou ik het nemen. Heb je ooit zoiets gezien? Een majoor, bevriend met boeren.

"Ik ben blij dat je haar op haar plaats hebt gezet. Ik denk niet dat er nog meer boeren hierheen durven te komen.

De majoor neemt afscheid van zijn vrouw met een kus. Hij begint te lopen, opent de deur en vertrekt. Hij concentreert zich op wat hij gaat doen. Sinds hij officieel door de burgemeester was beëdigd als de belangrijkste politieke autoriteit in de regio, had hij nog geen actieve beslissingen genomen. De figuur van de "aardige" majoor irriteerde hem al. Hij moest een tandje bijsteken om gerespecteerd te worden door andere autoriteiten. De majoor en de kolonel hadden een sleutelrol in de consolidatie van een oneerlijke structuur genaamd de 'groep kolonels', die op dat moment regeerde. Vanuit deze onrechtvaardige structuur genoten ze van macht en praal. De majoor blijft lopen en al snel nadert hij het station al. Hij is volledig overtuigd van wat hij gaat doen. Hij leerde, in zijn tragische jeugd in Maceió, hoe hij beslissingen op de meest actuele manier kon nemen en hij erkende dat dit de beste tijd was. Hij voert het tempo op om spijt en schuldgevoelens te vermijden. Hij komt aan op het politiebureau, opent de voordeur en kondigt aan:

"Afgevaardigde Pompeu, we hebben een belangrijke kwestie te bespreken.

De majoor levert een lijst af aan de afgevaardigde in zijn kamer.

"Wat is dit?

"Dit is de volledige lijst van alle delinquente belastingplichtigen. Ik zal geen vertragingen meer tolereren en ik eis dat u, mijnheer, als afgevaardigde, dit zult afhandelen.

"Heb je ze uitstel gegeven om te betalen?

"Ja, ik heb alles gedaan wat in mijn macht lag. De tollenaar, Claudio, vertelde me dat ze slappe excuses geven om niet te betalen.

"Ik zie niet in wat ik kan doen. De wet staat mij niet toe om actie te ondernemen.

"Ik moet u eraan herinneren, meneer Pompeu, dat uw dierbare post van afgevaardigde in gevaar komt als u geen verdere actie onderneemt. De wet die ik ken dient de sterkste en als majoor zeg ik je om al deze schurken onmiddellijk gevangen te zetten en ze niet vrij te laten totdat ze hun schulden hebben betaald.

Afgevaardigde Pompeu schudde zijn hoofd en riep zijn twee agenten op om de slachtoffers te arresteren. De majoor is tevreden omdat aan zijn eisen wordt voldaan. Dit zou de eerste van vele willekeurige daden zijn die hij zou beschouwen als de grootste politieke autoriteitsfiguur in de regio.

Massa

Het was een mooie zondagochtend. De klokken van de kapel luidden ter aankondiging van de zondagsmis. In de vestiaire bereidt pater Chiavaretto zich voor op een nieuwe viering. Chiavaretto was de officiële priester van Mimoso. Oorspronkelijk afkomstig uit Venetië, Italië, de zoon van een middenklassengezin, was hij in 1890 gewijd. Zijn priesterlijke activiteit begon in zijn geboorteland in hetzelfde jaar van zijn wijding en duurde tot 1908. Dit jaar werd hij door vastberadenheid van de bisschop van Venetië officieel overgeplaatst naar Brazilië. Zijn missie was om het Evangelie te verspreiden en degenen die nog steeds in het heidendom volhardden te catechiseren. In twee jaar hard werken had hij vooruitgang geboekt in het kleine dorp. Een van de te bereiken doelen was echter om grotere aantallen op massa te krijgen. In het begin, toen hij in het dorp aankwam, was de aanwezigheid van de bevolking bij de mis groter. Na verloop van tijd verloren mensen hun enthousiasme, simpelweg omdat de mis die Chiavaretto uitvoerde volledig in het Latijn was. Het was een officiële beslissing van de Kerk in die tijd.

Voordat de viering begint, neemt de priester een kort moment van bezinning. De tijd in Venetië schoot hem te binnen en hij herinnerde zich het lot van elk van zijn broers en zussen. Een van hen besloot soldaat te worden in het leger en vertrok om een geïntegreerd front van vrede in een ander land te creëren. Hij had altijd de neiging gehad om de andere kinderen te beschermen. Een zus vertrok om non te worden en een ander trouwde en kreeg vier kinderen. De twee volgden tegengestelde paden in hun leven, maar geen van beiden vergat de ander of hield op vrienden te zijn. Beiden woonden in Venetië, Italië. Hij werd priester, maar niet uit vrije wil, maar door een teken van het lot. Hij werd door Jezus geroepen. De gebeurtenissen die hem deden besluiten priester te worden waren als volgt: Toen hij een kind was, speelde hij rustig met een van zijn vrienden op een brug die precies over een rivier ligt. Het spel dat ze speelden was tikkertje. Opgewonden over de wedstrijd klom hij door de reling van de brug om weg te komen van zijn tegenstander. Zijn benen trilden, hij werd duizelig en bij een valse stap viel hij precies in de rivier. De stroming was sterk omdat de rivier volledig onder water stond. Chiavaretto probeerde te zwemmen, maar hij had geen ervaring in het water. Langzamerhand zakte hij weg en zijn vriend keek alleen maar toe omdat hij ook niet wist hoe hij moest zwemmen. Op dat moment waren er geen volwassenen in de buurt. Beetje bij beetje verloor Chiavaretto kracht en ook bewustzijn. Toen hij voelde dat hij zijn einde naderde, riep hij de heilige naam van Jezus. Al snel voelde hij een krachtige hand die hem vasthield en een stem die zei:

"Pedro, vrees niet!

Dat was zijn naam: Pedro Chiavaretto. De machtige hand tilde hem op en uit het water. Toen hij gered werd, aan de oever van de rivier, verdween de mysterieuze man. Vanaf die dag wijdde Pedro Chiavaretto zich uitsluitend aan religie en werd priester. Deze ervaring was zijn geheim, hij vertelde het aan niemand.

Het korte moment van bezinning gaat voorbij en de priester gaat naar het altaar. Hij kijkt naar de gemeente en controleert of het precies dezelfde opstelling van mensen is als altijd: de rijken en machtigen, zittend in de beste kerkbanken en de minder bedeelden in de anderen. Dit soort verdeeldheid verontrustte hem omdat het precies het tegenovergestelde was van wat hij op het seminarie leerde. Mensen zijn gelijk voor God en hebben hetzelfde belang. Wat mensen onderscheidt en bijzonder maakt, zijn hun talenten, charisma en andere kwaliteiten. Toch kon hij niets doen. Met de proclamatie van de Republiek en de Grondwet van 1891 kwam er een officiële scheiding van kerk en staat. Brazilië werd vanaf dat moment een constituerend land zonder officiële religie. De kerk verloor ook veel van haar macht en privileges. Daarmee was de Groep der Kolonels (regerend in het noordoosten) oppermachtig in hun beslissingen, beslissingen waar de kerk niet tegenin kon gaan.

De priester begint de viering en de enigen die echt op zijn woorden letten zijn de vrome Christine en Helena, zoals beiden Latijn kennen. De anderen gingen naar de kerk om naar de kleding en stijlen van de anderen te kijken en te roddelen. Ze hadden geen idee van de ware betekenis van massa. De priester spreekt over vergeving en over het feit dat we aandacht moeten hebben voor de tekenen die uit ons hart komen. Hij zegt dat dit het beste kompas is voor verdwaalde reizigers. De mis gaat door en bereikt het moment van de communie. Wanneer de priester brood en wijn verandert in het lichaam en bloed van Jezus Christus, lijkt Christine Claudio te zien bij dat altaar, naast de Vader. Ze schudt haar hoofd en het visioen verdwijnt. Het was de tweede keer dat haar zoiets overkwam. De eerste keer dat het gebeurde, was ze aan het breien op de veranda van haar huis. Wat gebeurde er met haar? Haar gedachten zouden de massa niet eens respecteren. Christine besluit de communie niet te doen omdat ze niet voorbereid was en zich niet helemaal zuiver voelde om eraan deel te nemen. Helen wel. De viering gaat verder en Christine probeert zich te concentreren op de preek van de priester. Ze let op elk woord dat hij uitspreekt. Op dat moment is ze eindelijk in staat om Claudio een beetje te vergeten en de heerlijke picknick te vergeten. Ze gaf zich bijna aan hem op de berg. Een angst voor het oordeel en voor haar vader hield haar tegen. De priester geeft de laatste zegening en Christine voelt zich meer opgelucht. Ze hoefde zich geen zorgen meer te maken dat ze haar gedachten zou inhouden.

Reflecties

Christine, samen met haar ouders, verlaten de afhankelijkheden van de kleine kapel van St. Sebastian. De majoor neemt afscheid van hen en gaat zaken regelen in het gebouw van de Bewonersvereniging. De twee keren terug naar huis. Onderweg begint Christine na te denken over de preek die zojuist van de priester is gehoord. Had ze na het verlaten van het klooster vergiffenis gekregen van haar moeder? Was haar vergeven? Het antwoord op beide vragen is nee. Haar moeder, teleurgesteld na haar vertrek uit het klooster, was nooit meer dezelfde moeder van wie ze had leren houden en respecteren. Ze was niet langer liefdevol of toonde haar enige vorm van zorgzame emotie zoals voorheen. Haar moeder was niet langer haar vriendin, alleen een metgezel. Keer op keer sprak ze over het klooster en merkte ze op hoe blij ze zou zijn als ze een dochter had die non was. Ze voedde nog steeds haar eigen hoop dat Christine daar terug zou gaan. Over haar eigen lot koesterde Christine nog steeds twijfels. Ze was zeker van de gevoelens die hij voor Claudio had, maar was bang om zich volledig over te geven aan deze passie en uiteindelijk gekwetst te raken.

Christine had in het klooster geleerd dat mannen vele kanten aan hen hadden en niet te vertrouwen waren. Wat betreft het feit dat ze haar hart volgde, ze had geweigerd ernaar te luisteren op de meest cruciale momenten van haar leven. Ze luisterde niet toen ze zei zich niet te bemoeien met de zoon van de tuinman in het klooster. Eenmaal verdreven, liet hij haar zonder uitleg in de steek. Ze luisterde er ook niet naar toen ze vroeg om toe te geven aan Claudio, op de berg. In plaats daarvan gehoorzaamde ze liever aan sociale conventies en angst. Beide keren weigerde ze naar haar hart te luisteren, ze werd gehinderd. Christine sluit een pact met zichzelf en accepteert om ernaar te luisteren bij de volgende gelegenheid. De mis van pater Chiavaretto was nuttig gebleken.

Toekan

Het was een rustige dinsdagochtend. De dag ervoor had een stortregen de rivieren en beken gevuld. De plaats bruiste met veel zwemmers uit de hele regio die plezier hadden in de Mimoso rivier. Ondertussen was de groep jonge vrienden, onder leiding van Claudio, op weg naar de woning van Christine. Ze zouden haar vragen om nog een speciale reis te maken. Ze komen aan bij de woning en klappen in hun handen om gehoord te worden. Gerusa, de meid des huizes, beantwoordt de deur.

"Wat wil je?

"We zijn hier om met Christine te praten. Is ze thuis?

"Dat is ze. Wacht even. Ik bel haar.

Even later verschijnt Christine glimlachend en klaar om met hen te praten.

"Gerusa vertelde me dat jullie met me wilden praten. Hoe zit het?

Claudio, de leider van de groep, nam het woord.

"We zijn hier om u uit te nodigen om met ons op een interessante reis te gaan. Met de regen van gisteren stroomden de rivieren en beken van de regio over. De hele stad geniet ervan. Op de Frexeira Velha boerderij, hier in de buurt, is er een heel speciale plek die we u willen laten zien. Wat zeg je?

"Als je belooft dat er geen verrassingen zullen zijn zoals die keer bij de picknick, ga ik. (Christine)

"Dat zal er niet zijn. U zult blij zijn met de plaats. (Fabiana)

"We beloven je een heel speciale ochtend te laten zien. (Rafael)

De andere leden van de groep moedigen Christine ook aan om te accepteren en ze gaat uiteindelijk akkoord. Ze deed op dat moment immers niets belangrijks. Een beetje uitgaan zou haar helpen om beter na te denken over sommige ideeën. Met toestemming van Christine begon de groep naar een bestemming te lopen die ze negeerde. Claudio bood haar zijn arm aan en ze accepteerde, volgens de instincten van haar hart. Dat had ze van de priester geleerd. Fysiek contact deed Christine in parallelle universums duiken die de verbeelding van een gewoon mens ver te boven gaan. Op deze plaatsen was er voor niemand plaats, behalve voor haar en haar geliefde. Ze was getrouwd en had minstens zeven kinderen, allemaal van Claudio. Haar bevooroordeelde en moreel instabiele ouders misten de kracht om haar in haar eigen verbeelding te beïnvloeden. Als de berg Ororubá echt heilig zou zijn, zou het doorgaan met hun verzoek en deze plannen werkelijkheid maken. Hoewel dit om twee redenen bijna onmogelijk was. Ten eerste omdat ze de dochter was van een moeder die nog steeds de hoop koesterde dat ze non zou worden. Ten tweede had ze een vader die een toekomst voor haar voorspelde (naar zijn mening een gelukkige), door haar uit te huwelijken aan iemand van haar eigen sociale niveau. Bovendien waren beiden extreem bevooroordeeld.

De groep stopt een beetje zodat iedereen kan hydrateren. Claudio liet de arm van Christine geen moment los. In zijn gedachten zou Christine alleen van hem zijn, gezien hoe ze met elkaar verbonden waren. Vanaf het moment dat hij haar ontmoette, veranderde zijn leven. Hij begon minder belang te hechten aan drinken en roken. Daar is hij praktisch mee gestopt. Ook zijn vrienden merkten veranderingen op. Hij was een meer charismatische en vrolijke man geworden. Hij klaagde niet meer over werk of rekeningen. Hij werd verlicht door Gods liefde. Voor Christine was hij bereid om alles te doen: de gevreesde majoor en zijn vrouw onder ogen komen; om de publieke opinie het hoofd te bieden; om God en de wereld desnoods onder ogen te zien. Hij leerde de ware liefde kennen, in tegenstelling tot andere keren dat hij had gedatet.

De groep versnelt hun tempo en in ongeveer tien minuten bereiken ze de Frexeira Velha boerderij. Ze slaan rechtsaf en lopen nog een paar meter als een sluiproute hen naar de rand van een spoorweg bracht. Ze komen eindelijk aan op hun bestemming en Christine is verbaasd. Het kijkt uit op een natuurlijk zwembad uitgehouwen in steen en dat is met uitzicht op een klein beekje.

"Dit is dus wat je me wilde laten zien. Het is sensationeel!

"We wisten dat je het leuk zou vinden. Het is een geweldige plek om een beetje te ontspannen. Het heet Sucavão. (Claudio)

Ze rennen allemaal naar dit kleine wonder van de natuur. Claudio neemt een beetje afstand van Christine en begint gek in het water te springen. Hij blijft een paar seconden onder water staan. Christine maakt zich zorgen en gaat hem door het hele zwembad zoeken. Wanneer ze het minst verwacht, houden twee sterke armen haar dijen vast en Claudio komt weer tevoorschijn en omhelst haar.

"Was je op zoek naar mij?

Christine zegt niets en laat haar armpjes op Claudio's schouders rusten. Hij voelt het moment en komt dichter bij haar staan. Zijn indringende lippen zoeken naar de hare. De twee vinden elkaar en zorgen voor een storm van applaus. Christine en Claudio draaien zich naar de anderen toe en lachen. Hun relatie werd bevestigd. Iedereen blijft genieten van het zwembad. Claudio en Christine bewegen zich niet van elkaars kant. De groep brengt de hele ochtend door in Sucavão en keert later allemaal terug naar hun huizen.

De Markt

Er ontstaat een zeer zonnige woensdagochtend en Christine is net wakker geworden. Ze staat op uit bed en neemt een bad. Ze komt de badkamer binnen, zet de kraan open en het koude water overspoelt haar hele lichaam. Op dat moment reist haar geest en landt precies in de gebeurtenissen van de vorige dag. Ze denkt aan Claudio's omhelzing en de kus. Het eerste fysieke contact maakte haar nog zekerder over wat ze voor hem voelde. Het was iets heel blijvends. Ze zet het water uit, zeept op en angst begint haar intieme gedachten in haar greep te krijgen. Wat zou er van hen worden als haar ouders erachter kwamen? Zou liefde sterker zijn dan vooroordelen en sociale conventies? Had de berg echt op haar ver-

zoek gereageerd? Het antwoord op deze vragen wist ze niet. Het enige wat ze konden doen was zowel genieten van het moment als hopen dat het voor altijd zou duren.

Ze zet het water weer aan en de eerdere angst verdwijnt. Ze was bereid om voor deze liefde te vechten, zelfs als het haar duur kwam te staan. Het water uit de kraan doet haar denken aan Sucavão en hoe die plek magisch was. Ze vindt dat iedereen moet zijn als de stromende rivier die zich volledig overgeeft aan zijn bestemming. Zo zou ze handelen in relatie tot haar liefde, Claudio. Het koude water begint haar te storen en ze besluit het uit te zetten. Ze pakt twee handdoeken en begint zich af te drogen. Nadat ze zich helemaal heeft afgedroogd, kleedt ze zich aan en gaat ze naar de keuken om te ontbijten. Bij aankomst vindt ze Gerusa die haar ouders dient.

"Al omhoog? Je ziet er geweldig uit. Wat is er gebeurd?

"Niets, moeder. Ik heb net een goede nacht gehad.

"Mijn dochter is een goed meisje, vrouw. Ze zou niets tegen onze principes doen. (Majoor)

Een ijzige kilte trok over Christine lichaam en op dat moment leek het alsof haar ouders haar gedachten hadden geraden. Ze besluit te zwijgen om geen argwaan te wekken.

"Wat zegt u dat we vandaag naar de beurs gaan? Ik heb fruit, groenten en bonen nodig. (Helena)

"Ik ga graag met je mee, mama. (Christine)

"Nou, dat kan ik niet. Ik ga de zaken regelen. (Majoor)

De twee maken het ontbijt af en gaan naar de markt. De Mimosomarkt was een groot evenement geworden dat bezoekers uit de hele regio lokte. Op die dag was het intens druk en bloeide de handel op. Christine en Helena naderen Olivia's fruitkraam en op dat moment leek de hemel te kruisen in de uitwisseling van blikken tussen Christine en Claudio.

"Jij hier in de buurt? Dat had ik niet verwacht. (Christine)

"Mijn moeder liet me de leiding over haar tent. Wat zou een kind niet voor zijn moeder doen? Hoe gaat het met je, juffrouw?

"Heel goed.

"Ik wist niet dat jullie twee zulke goede vrienden waren.

Christine verhult haar gevoelens voor Claudio een beetje en reageert:

"Hij maakt deel uit van de vriendengroep met wie ik uitga en bovendien is hij mijn collega, ben je het vergeten?

"O ja. De tollenaar.

Claudio knipoogt naar Christine als teken van medeplichtigheid. De twee moesten het tot het juiste moment faken. Claudio vraagt:

"Wat zult u hebben?

"Ik wil twee dozijn bananen, drie papaja en zes mango's. (Helena)

Christine besteedt aandacht aan elk mannelijk detail van haar liefde en is onder de indruk. Ze twijfelde niet: Hij was de man die ze wilde, hoeveel obstakels ze ook moest overwinnen. Ze had in het klooster geleerd dat een winnaar iemand was die durfde. Claudio geeft ze de vruchten en Christine en Helena gaan naar een ander station. De markt is open tot 14:00 uur.

De zaak van de koe

Majoor Quintino werd als een van de pioniers van de regio een rijke plantage-eigenaar en daarmee een van de grootste veeboeren in de regio. Op een dag staken zijn medewerkers het vee over de spoorlijn over om toegang te krijgen tot een ander deel van de grond. Toevallig verscheen er op datzelfde moment een trein met grote snelheid aan de horizon. De medewerkers haastten zich naar de oversteekplaats en de treinconducteur probeerde te stoppen, maar zonder succes. Een van de koeien werd geraakt door de trein en overleed bij de botsing. De chauffeur vervolgde zijn reis en de medewerkers waren ontzet. Ze kwamen bij elkaar en besloten alles aan de majoor te vertellen.

Toen de majoor het verhaal hoorde, beval hij zijn werknemers om een gigantische rots op de sporen van de spoorweg te leggen. In dezelfde tijd bleef de majoor zitten wachten op de trein. Het verscheen precies op tijd aan de horizon en toen de ingenieur de rots opmerkte, stopte hij kort om te proberen de crash te vermijden. Gelukkig was het hem gelukt en raakte niemand gewond. De chauffeur ergerde zich, stapte uit de trein en vroeg:

"Wie heeft die steen in het midden van de spoorweg gelegd?

Op dat moment benadert de majoor hem en vraagt:

"Hoe heet u, mijnheer?

"Mijn naam is Roberto. Zeg me, wie heeft deze steen op mijn pad gezet?

"Het waren mijn mannen die het hier plaatsten. Ik zie dat u er vandaag in geslaagd bent om de trein te stoppen. Maar gisteren, meneer, was u niet succesvol en raakte u een van mijn koeien.

"Het was niet mijn schuld. De trein kwam op volle snelheid en toen ik me realiseerde dat de koe er nog was, was het te laat.

"Uw verontschuldigingen hebben voor mij geen nut. Maak je geen zorgen: ik zal je niet aanklagen bij de autoriteiten of eisen dat je voor de koe betaalt. Echter, vanaf morgen, elke keer dat je door dit dorp loopt, ben je verplicht om voor mijn huis te stoppen en te vragen of iemand van mijn familie zal reizen. Dan wacht je net zo lang als het duurt voordat we ons klaarmaken. Zo niet, dan kunt u uw reis volgen. Zijn we duidelijk?

"Nou, ik denk dat ik geen keuze heb. Boete.

De majoor beveelt zijn medewerkers om de steen terug te trekken, zodat de trein zijn reis kan vervolgen.

<u>De pers</u>

Majoor Quintino was in de hele regio beroemd om zijn martelmethoden. De bekendste van hen was zonder twijfel de gevreesde pers. Het was een ijzeren instrument met vijf ringen, één voor het plaatsen in de nek, twee voor elke hand en twee voor elk been. De vijanden van de majoor werden in de pers gegeseld, vaak tot de dood.

Op een keer had de majoor drie paarden gestolen en werd de dief gezien door een van zijn medewerkers. De dief verdween een tijdlang en de majoor kon hem niet lokaliseren. Toen de zaak gesloten was, besloot de dief terug te keren en werd hij gezien terwijl hij rond Mimoso slenterde. De majoor wist meteen dat hij het was en stuurde zijn medewerkers om hem vast te houden. De dief werd gepakt en in de pers gezet. Gemarteld en vernederd bekende de dief de misdaad en zei dat hij de paarden verkocht om wat kleingeld te krijgen. De woedende majoor vergaf het hem niet en beval zijn medewerkers hem de hele nacht door te slaan. De dief bezweek aan zijn verwondingen en overleed. De medewerkers van de majoor pakten het lichaam op en begroeven hem. Hij was een van de slachtoffers van dit archaïsche systeem van de samenleving; Een systeem dat al doodt voor het oordeel.

Bericht

Het was al een paar weken geleden dat Claudio en Christine stiekem aan het daten waren. De twee zagen elkaar om de vijftien dagen op het werk of in andere situaties met hun vriendengroep. Deze ontmoetingen werden goed gebruikt door de twee die strelingen en kusjes uitwisselden als niemand keek. Deze situatie was echter niet comfortabel voor Claudio. Hij voelde zich nog steeds onzeker over Christine voornemen om niemand over hun relatie te vertellen. Hij wilde zijn hart luchten en de hele wereld vertellen hoe gelukkig en voldaan hij zich voelde. Daartoe belde hij Guilherme (een straatkind) en overhandigde hem een briefje gericht aan Christine. De jongen gehoorzaamde snel.

Guilherme arriveert bij het huis van Christine, klapt in zijn handen en schreeuwt om gehoord te worden. Gerusa komt aan de deur.

"Wat wil je, jongen?

"Dit briefje is voor juffrouw Christine. Kun je haar bellen, alsjeblieft?

"U kunt het mij geven. Ik ben betrouwbaar.

"Nee. Dit briefje moet met de hand worden bezorgd.

Met tegenzin gaat Gerusa Christine bellen. Er ontstond een grote nieuwsgierigheid in haar hoofd. Ze was tien jaar lang het dienstmeisje van deze familie en naar haar mening bleef niets wat er in dat huis gebeurde onopgemerkt door haar ogen. Sinds Christine een kind was, zorgde ze meer voor haar en haar belangen dan voor haar eigen moeder. Ze was niet van plan om hier buitengesloten te worden. Christine is op haar kamer en als ze het nieuws krijgt gaat ze prompt naar de jongen toe. Ze neemt het briefje en Gerusa vergezelt haar. Onmiddellijk sluit Christine zichzelf op in haar kamer en laat een gekwelde Gerusa achter. Ze voelde zich niet gewaardeerd door de houding van Christine. De jaren van kameraadschap en medeplichtigheid gingen op dat moment tot stof. Want wat kan er zo belangrijk zijn dat Christine het wil verbergen?

Vergadering

Terwijl haar hart sneller gaat kloppen, begint Christine het briefje van Claudio te lezen. Daarin nodigt hij haar uit voor een bijeenkomst bij hem thuis. Christine twijfelt en denkt dat het riskant is om daarheen te gaan. De boze tongen van het dorp konden immers argwaan wekken over de twee en dat nieuws kon rechtstreeks bij haar ouders terechtkomen. Ze wilde de relatie behouden. Aan de andere kant wilde ze Claudio niet kwetsen en een vervreemding tussen hen uitlokken. De gevoelens die ze had voor haar liefde waren belangrijker. Ze denkt een beetje na en besluit te gaan. Zeker, het was de moeite waard om het te riskeren voor haar enige ware liefde. De eventuele gevolgen zouden ze samen onder ogen zien.

Christine maakt zich klaar en vertrekt zonder uitleg te geven aan Gerusa of aan iemand anders. Haar gedachten dwalen af naar plaatsen die onbekend zijn voor iemand anders die niet op de hoogte was van hun geschiedenis. Ze denkt aan het klooster, de zoon van de tuinman en aan haar liefde Claudio. Het klooster verschijnt als een oud beeld dat ze wil vergeten. Daar leerde ze Latijn, de grondbeginselen van religie, respect voor mensen en de ware betekenis van het woord liefde. Nog steeds in het klooster herinnert ze zich de zoon van de tuinman en het belang in rijping dat die beslissing had en hoe het haar leven had veranderd. Ze had het non-zijn opgegeven en had daar alle consequenties van genomen, zoals de teleurstelling en minachting van haar moeder. Ze denkt aan Claudio en met die gedachte vult een lichtpuntje haar hele wezen. Haar hoop is dat ze bij elkaar blijven, gesteund door een eeuwige liefde, zelfs als ze onoverkomelijke barrières moesten passeren. De picknick op de berg komt in haar op en hoe ze gelukkig waren, hoewel niet samen. Ze herinnert zich de knuffel, kus en wens die ze op de heilige berg maakte. In zekere zin was haar verzoek al begonnen te worden beantwoord toen zij en Claudio aan het daten waren. Naar de kerk gaan en leren wat ze had, had haar geholpen de relatie in Sucavão te beginnen. Die magische plek had de kracht om te betoveren en twee harten samen te brengen. Ze had geleerd om te zijn als de stromende rivier, zich volledig overgevend aan haar lot, Claudio. Het was voor hem dat ze besloot om naar de ontmoeting te gaan.

Christine versnelt haar stappen, gedreven door nieuwsgierigheid. Ze is al maar een paar meter van de plaats verwijderd. Ze kijkt om zich heen en zorgt ervoor dat niemand haar volgt of in de gaten houdt. Het instinct van zelfbescherming was sterker dan wat dan ook. Alle voorzorgsmaatregelen waren immers noodzakelijk in een relatie die nog niet bevestigd was. Ze gaat nog iets verder en komt uiteindelijk bij Claudio thuis aan. Ze klopt op de deur en wacht tot die beantwoord wordt. De deur gaat open en Claudio trekt haar naar binnen. Tot Christine verbazing wordt Claudio's hele familie herenigd.

"Hier is mijn vriendin, Christine, zoals ik beloofde. We zijn nu twee weken aan het daten. Dit is mijn moeder, Olivia (hij zei wijzend naar een vrouw met sterke gelaatstrekken die ongeveer vijftig jaar oud leek te zijn). De anderen die je al kent: Mijn zussen Fabiana en Patricia, en mijn vader, Paulo Pereira.

Christine is buiten adem met deze presentatie. Wat deed Claudio? Hadden de twee niet in het geheim afgesproken om te daten? Ongemakkelijk begroet Christine iedereen. Claudio laat haar aan tafel zitten waar iedereen is.

"Welkom bij de familie, Christine. Mijn man en ik keuren deze relatie goed. Je bent een serieus en goedaardig meisje. (Olivia)

"Dank u wel. Dit had ik niet verwacht. Claudio verraste me. (Christine)

"Ik kon deze situatie niet meer aan. Mijn ouders hadden het recht om het geliefde meisje van mijn hart te ontmoeten. (Claudio)

Dat gezegd hebbende, Claudio verstrikt Christine in zijn armen en kuste haar.

"Ik vertelde Christine al hoe blij ik zou zijn om haar schoonzus te zijn. Daarnaast wil ik zeggen dat ik uw vastberadenheid en vastberadenheid bewonder. (Fabiana)

"Ik ook. Ik wens jullie beiden veel geluk. (Patricia)

Paulo Pereira begint de cocktails te serveren en Christine is een beetje teruggetrokken, hoewel gelukkig. Het gesprek begint van en naar verschillende onderwerpen te reizen en Christine staat in het middelpunt van de belangstelling. Iedereen complimenteert haar houding en stijl. De tijd verstrijkt en Christine beseft het niet eens. Nadat ze haar een beetje hebben leren kennen, neemt Christine afscheid en Claudio vergezelt haar naar de deur. Ze knuffelen en kussen elkaar voordat ze afscheid nemen. Claudio's houding liet Christine zien dat zijn bedoelingen serieus en echt waren.

Bekentenis

Het was een mooie donderdagochtend en Christine maakt zich klaar om pater Chiavaretto te gaan bezoeken. Ze staat in een rij van vijf mensen. Angst, nervositeit en twijfel vullen haar hele wezen. De voorbereidingen die ze voor haar bekentenis had getroffen, waren niet in werking getreden. Alles wat ze als zonden beschouwt, komt in haar op: omissies, fouten en een gebrek aan voorzichtigheid. Ze wist echter nog steeds niet zeker of ze zelfs de hele waarheid zou vertellen. Aan de andere kant, als ze dat niet deed, zou ze in zonde blijven. De nonnen van het klooster waar ze drie jaar verbleef, waren in die zin vrij streng. De rij loopt leeg en Christine is de volgende. Ze gaat de biechtstoel in en knielt.

"Weesgegroet Maria, vol van genade.

"Ontvangen zonder zonde.

"Belijd uw zonden, mijn dochter.

"Welnu, Vader, ik heb een groot geheim dat op mij weegt. Het is al een tijdje geleden dat ik een relatie heb met de tollenaar Claudio. Dit geheim doodt me, vader. Soms kan ik 's nachts niet eens slapen. Als ik het echter vertel, weet ik zeker dat mijn ouders tegen deze relatie zullen zijn omdat ze erg bevooroordeeld zijn. Wat moet ik doen, Vader? Ik wil het niet uitmaken met Claudio omdat ik van hem hou.

"Mijn dochter, je moet de hele waarheid vertellen. Alleen dat kan je bewustzijn bevrijden van wroeging. Praat met je ouders en laat ze je standpunt zien. Wanneer liefde waar is, overwint het alle obstakels. Ik denk dat ik je een boetedoening ga geven om beter na te denken. Bid tien Onze Vaders en vijf Weesgegroetjes.

Christine dankt de Vader en gaat haar boetedoening vervullen. Ze zou nadenken over het advies dat hij gaf.

Roddel

Christine die naar Claudio's huis ging, ging niet helemaal onopgemerkt voorbij en de manieren waarop hij haar in het openbaar behandelde ook niet. Beatrice, de buurvrouw van Claudio, was achterdochtig dat dit bezoek niet alleen een vriendelijk bezoek was. Na afloop besloot ze de twee te onderzoeken om te zien of ze gelijk had in haar vermoedens. Uiteindelijk kwam ze achter de hele waarheid. Een tijdlang zweeg ze uit angst voor de reactie van de majoor en zijn vrouw. Later vond ze deze hele situatie niet erg eerlijk. Met rechtvaardigheidsgevoel besloot ze naar het huis van de majoor te gaan. Ze komt aan, klapt in haar handen en wordt opgewacht door Gerusa.

"Wat wil je?

"Ik wil met de majoor en zijn vrouw praten.

"Ze staan in de woonkamer. Kom binnen.

Snel komt Beatriz binnen en gaat voor de twee staan.

"Goedendag, majoor Quintino en madame Helena. Ik heb iets serieus om met je over te praten. Is je dochter thuis?

"Ze ging biechten. (Helena)

"Nog beter. Ik wil het met je over haar hebben. Ze heeft stiekem een relatie met Claudio, de tollenaar. Daar. Ik heb het gezegd. (Beatriz)

"Wat? Ben je gek, vrouw? Mijn dochter is een goed meisje. Ze zou zich niet met zo'n man bemoeien. (Majoor)

"Ik kan het ook niet geloven. Ik wil nog steeds dat ze non wordt. (Helena)

"Ik verzeker u dat wat ik heb gezegd waar is. Ik zag de twee omhelsd en zoenend met mijn eigen ogen, ik zweer het zo zeker als ik hier sta. (Beatriz)

"Toen heeft ze ons verraden. Ze vergist zich als ze denkt dat ze bij hem zal blijven. Ik zou mijn naam of mijn bloed niet mengen met een simpele Pereira. (Majoor)

"Ik kan het ook niet geloven. Ik laat haar niet trouwen. (Helena)

"Welnu, ik denk dat ik de daad van mijn barmhartige Samaritaan heb vervuld. Ik kan er niet tegen om onrecht te zien. (Beatriz)

"Bedankt voor het laten weten. Ik zal het u goedmaken.

De majoor staat op en overhandigt een zak geld aan Beatrice. Ze vertrekt blij en rustig uit de bungalow met de gedachte dat ze haar missie heeft volbracht.

Reis naar Recife

Het nieuws dat Christine een relatie had met een eenvoudige tollenaar had de majoor niet gelukkig gemaakt. Met zijn trots gekwetst plande hij een einde te maken aan deze ergerlijke situatie. Hij stuurde een briefje naar de burgemeester en naar de kolonel van Witte Rivier om hen uit te nodigen voor een reis naar Recife. De drie zouden met de gouverneur praten over zaken, politiek en persoonlijke zaken. Toen alles geregeld was, pakte de majoor zijn koffers toen hij de volgende dag naar Recife vertrok.

De dag begon met de zon heter dan ooit. De majoor staat meteen op en gaat een bad nemen. Hij komt de badkamer binnen, zet de kraan open en het koude water overspoelt zijn hele lichaam. Het koude water stelt zijn geweten gerust, maar zijn bloed kookt nog steeds. Hij herinnert zich Christine toen ze een kind was. Ze was zo lief en teder als een bloem. Ze speelde een keer met poppen en nodigde hem ook uit om te spelen. Hij accepteerde het onhandig. Christine speelde de rol van moeder en hij de vaderpop. Ze brachten lange tijd door met het simuleren van gesprekken en situaties binnen een gezin. Er was een moment dat ze zei: "Mijn pop heeft geluk dat ik een vader heb zoals jij. Het ontroerde hem behoorlijk en hij moest zich terugtrekken uit het spelen zodat ze hem niet zag huilen. Wat was er met dat kleine gevoelige meisje gebeurd? Hoe had ze hem zo kunnen verraden? Toen ze werd geboren, ontkende hij niet dat hij een bepaald ongunstig gevoel had voor het feit dat ze als vrouw was geboren. Het meest geschikte voor hem was om een zoon te hebben gekregen, iemand om hem op te volgen in tirannie, politieke macht en sociale uiterlijk vertoon. Maar na verloop van tijd toonde ze haar waarde en won ze iedereen in de familie. Zijn plannen veranderden in het regelen van een goede schoonzoon om voor zijn dochter te zorgen en hem op te volgen. Deze plannen leken bergafwaarts te gaan vanaf het laatste nieuws dat hij had ontvangen. Snel zet de majoor het water uit en verlaat de badkamer. Hij had haast om zijn plan uit te voeren.

Hij gaat naar de keuken en ontbijt. Hij groet zijn vrouw, maar doet alsof hij zijn dochter niet ziet. Christine neemt het initiatief en praat met hem, maar hij reageert bitter en droog op haar. Ze vindt de houding van haar vader vreemd, maar zwijgt. De majoor ontbijt, laat weten dat hij een paar dagen weg zal zijn, staat op en vertrekt. Al buiten het huis begint hij een plan van aanpak te vormen: eerst zou hij naar het politiebureau gaan en vervolgens in de trein naar Recife stappen. Zijn plannen vertalen zich in de staat waarin de majoor verkeert, onrustig, ongemakkelijk en teleurgesteld. Hij voelde zich ongemakkelijk om zich in deze huidige situatie te bevinden: de schoonvader van een eenvoudige ambtenaar. Hij voelde zich ongerust omdat hij niet precies wist welke resultaten hij op deze reis zou bereiken. Hij was teleurgesteld dat hij verraden was door zijn enige geliefde dochter. Wat kan er nog meer gebeuren? Nou, dat wist hij niet. Een paar minuten later kan hij het politiebureau al zien en groeit zijn haat nog meer. Wie dacht die schamele tollenaar dat hij was? Zelfs in zijn stoutste dromen kon hij zich niet bij de Matias-familie voegen. Dit was een familie die traditioneel was en die vrijwel al het land ten westen van Pesqueira had veroverd. Wie waren de Pereira? Gewoon een eenvoudige koopmansfamilie die niet op het niveau van zijn dochter was. Hij zou niet toestaan dat de twee bij elkaar bleven zolang hij leefde.

Uiteindelijk komt de majoor het station binnen en gaat naar het kantoor van afgevaardigde Pompeu. Hij knikt met zijn hoofd en begint te praten.

"Meneer Pompeu, ik heb een baan voor u. Ik wil dat je een man voor mij arresteert.

"Waarom? Wie is de man?

"Het is een man die mijn dochter niet heeft gerespecteerd. Zijn naam is Claudio, de tollenaar.

"Claudio? Hij leek zo'n goede jongen.

"Dat dacht ik ook. Hij heeft me echter teleurgesteld met zijn houding. Vanaf vandaag is hij mijn vijand en moet hij lijden voor zijn verraad. Ik wil dat u hem onmiddellijk arresteert en hem niet vrijlaat voordat ik dat zeg.

"Oké, ik zal het doen. Mijn mannen zullen hem vandaag arresteren.

"Dat is wat ik wilde horen. Je bent een goede vriend, Pompeu. Wie weet als ik burgemeester ben, ben jij mijn secretaresse.

"Tot uw dienst, mijnheer.

De twee vertrekken en de majoor gaat in de richting van het station. Een trein op weg naar Recife zou binnen een paar minuten vertrekken. De stappen van de majoor worden steeds regelmatiger en hij voelt zich beter. De eerste stap van zijn plan was gezet. Zijn vijand zou in korte tijd machteloos achter de tralies zitten. Christine zou moeten wennen aan het leven zonder hem. De majoor begint in zijn hoofd de tweede stap van zijn plan te ontwerpen, een stap die alleen hij en God kenden. Hij komt aan op het station, koopt een kaartje, zegt gedag tegen het personeel en de borden.

Bij het instappen van de trein komt hij Witte Rivier kolonel (mr. Henrique Cergueira) tegen. Hij zit naast hem en is blij dat de kolonel aan zijn verzoek heeft voldaan. Ze beginnen te praten en herinneren zich hun pioniersdagen. Ze herinneren zich het verzet van de inboorlingen en hoe ze wreed moesten zijn om bezit te nemen van hun land. Het waren momenten van glorie voor de twee. Majoor Quintino en boer Osmar namen bezit van het land in de Mimoso-regio en kolonel Henrique Cergueira nam het land in beslag in de Witte Rivier-regio, een dorp ten westen van Mimoso. De kolonel herinnert zich hoe hij een inheemse familie ervan wist te overtuigen dat hij hen geen kwaad zou doen. De tijd verstreek snel voor de twee die zich dat niet zo verre verleden herinnerden.

De trein fluit om aan te geven dat hij een stop zal maken. De majoor en de kolonel gaan naar buiten om een snelle snack te nuttigen. Ze komen aan bij de bar bij het treinstation van Pesqueira.

"Wat zult u hebben, heren?

"Twee kopjes van het goede spul dat je daar hebt en een bord rosbief. (Majoor)

"Nou, Majoor, je hebt me gevraagd om naar Recife te gaan, maar je hebt me niet uitgelegd waarom we daar echt naartoe gaan.

"Ik heb mijn plannen, maar ik kan nu niet praten. Ik moet een probleem met de gouverneur oplossen en dan een serieus gesprek met u voeren.

"Kun je me geen hint geven?

"Nee. Niet meer dan wat ik al zei.

Het gesprek koelde af en de twee maakten hun snack op. Ze verlieten de bar, gingen terug naar het treinstation en stapten weer in de trein omdat deze op het punt stond te vertrekken. Bij het instappen van de trein was de burgemeester al aanwezig. De majoor is blij dat hij ook op zijn verzoek heeft gereageerd. Ze blijven in dezelfde auto zitten om te praten over hun families, voetbalsterren en vrouwen. Over zijn familie gesproken, de majoor noemt zijn vrouw en dochter als zijn grootste schatten. De kolonel spreekt over zijn zoon Bernard en zijn dochter Karina en zorgt ervoor dat zij zowel in de politiek als in hun manier van handelen zijn rechtmatige opvolgers zullen zijn. De burgemeester zegt dat hij geen kinderen heeft omdat zijn vrouw onvruchtbaar is, maar hij is toch gelukkig getrouwd. Over sport gesproken, ze noemen Sport Recife en Nautico als de beste voetbalteams in de staat. Over vrouwen bevestigt de majoor dat hij van allerlei soorten houdt. De kolonel zegt dat hij de voorkeur geeft aan vrouwen met een donkere huidskleur en slanke lichamen. De burgemeester beweert dat hij naast zijn vrouw naar geen andere vrouwen kijkt. De anderen lachen om die uitspraak. Ze blijven praten en de tijd gaat snel voorbij. De trein maakt verschillende stopen voordat hij aankomt op zijn eindbestemming, Recife.

De drie dalen af en begroeten onmiddellijk een voertuig om hen naar het paleis te brengen dat de zetel is van de deelstaatregering. In de auto stelt de bestuurder zich voor en stelt een paar vragen. Ze reageren voortdurend in gesprek. De chauffeur praat over Recife en benadrukt de bruggen, stranden, rivieren, kerken en andere bezienswaardigheden. Hij besluit met te zeggen dat de mensen van Recife gastvrij en vriendelijk zijn. De majoor besteedt niet veel aandacht aan het gesprek omdat hij gefocust is op zijn plannen. Het gesprek met de gouverneur zou voor hem beslissend zijn. Enige tijd later stopt de auto voor het paleis en stapt iedereen uit.

De drie zwerven rond op de paar meter die hen van het paleis scheiden en komen binnen via de hoofdingang. Binnen krijgen ze instructies aan het kabinet en krijgen te horen dat de gouverneur hen zal zien. Ze komen het gebied binnen en worden ontvangen door de gouverneur. De burgemeester doet de juiste introducties.

"Dit is Majoor Quintino, de grootste politieke autoriteit in de regio van het bloeiende dorp Mimoso. En dit is de kolonel van Witte Rivier (Henrique Cergueira), een belangrijke pionier van de westelijke regio Pesqueira.

"Ik heb over Mimoso horen praten. Deze plaats is uitgegroeid tot een belangrijke handelspost van Pernambuco, met de inzet van de spoorweg. Wat u betreft, kolonel, u bent berucht om uw grote prestaties. Het is een eer om u hier te mogen verwelkomen in dit gebouw dat de kracht van ons volk en de trots van onze staat vertegenwoordigt. Waar kan ik je mee helpen?

"De majoor zou het moeten weten. Hij heeft ons uitgenodigd om hier te komen, maar heeft ons niet laten weten waarom. (Kolonel van Witte Rivier)

"Het is de waarheid. Met betrekking tot de volgende verkiezingen voor het burgemeesterschap van Pesqueira zou ik, met alle respect, mijnheer, willen dat u mij zou steunen als opvolger van onze dierbare vriend, de heer Horacio Barbosa.

"Wat? De regio Pesqueira heeft veel kolonels. Een van hen zou de opvolger moeten zijn.

"Geen van hen heeft mijn verstand en politieke macht. Ik heb een martelwerktuig geïmplementeerd dat de pers wordt genoemd en het is de absolute terreur van mijn vijanden geworden. Ik ben niet langer alleen een eenvoudige majoor. De heer Horacio en de heer Henrique, hier aanwezig, kunnen in mijn voordeel getuigen.

"Het is de waarheid. De Majoor Quintino valt op in de stad Pesqueira. Hij is een belangrijk lid van ons systeem van 'kolonels'. Ik, als kolonel van Witte Rivier, betuig hem mijn onbeperkte steun.

"Ik steun hem ook. Hij was een van de eerste pioniers van het land in de regio Mimoso. Zijn houding tegenover de inboorlingen was uiterst belangrijk en beslissend. Hij is de enige die mij als burgemeester kan vervangen.

"Welnu, als jullie twee zijn kandidatuur goedkeuren en bevestigen, heb ik geen bezwaar. Ik steun hem als de volgende burgemeester van Pesqueira.

De drie applaudisseren voor de gouverneur en majoor Quintino trekt de kolonel van Witte Rivier naar een andere kamer. Ze zouden een privégesprek voeren.

"Wat wil je me vertellen? Waarom heb je me op die manier getrokken?

"Ik heb u iets te bieden, Mijnheer. Ik heb een prachtige dochter genaamd Christine en wil dat ze zo snel mogelijk trouwt. Ik dacht aan mogelijke vrijers. Toen herinnerde ik me je zoon Bernard en hoe hij je rechtmatige opvolger is, zowel in houding als in politiek. Ik denk dat hij een perfecte match zou zijn voor mijn dochter. Wat zeg je? Het zou geweldig zijn als de twee onze families zouden verenigen.

Sir Henrique denkt even na en antwoordt.

"Ik dacht er ook aan om Bernard te laten trouwen. Er komt een tijd dat een man wijs moet worden en wortels moet leggen. Je dochter zou een groot voordeel voor hem zijn. Maar zou ze geen non worden?

"Dat idee heeft ze al laten varen. Mijn vrouw vulde haar hoofd toen ze nog een meisje was. Nu is ze gesetteld en klaar om te trouwen. Wanneer kunnen we de bruiloft opzetten?

"Ik denk dat een maand genoeg is om de regelingen te regelen. We moeten een groot feest houden en onze medegenoten binnen het systeem uitnodigen.

"Natuurlijk. Alles voor het geluk van de twee. Ik kan niet wachten tot mijn huis vol zit met kleinkinderen.

De twee schudden elkaar de hand en keren terug naar het kantoor van de gouverneur waar ze zich bij de burgemeester voegen. Ze nemen afscheid van de hoogste politieke autoriteit van de staat en gaan naar een nabijgelegen hotel. Ze zouden nog twee dagen doorbrengen in de hoofdstad Van Pernambuco om deel te nemen aan ceremonies en te genieten van de schoonheid van de stranden.

Terug naar het binnenland

De drie reizigers uit het binnenland vertrekken vanuit het hotel en de faciliteiten van de hoofdstad Van Pernambuco. Ze charteren een voertuig rechtstreeks naar het treinstation. In korte tijd komen ze aan op hun bestemming. Ze stappen uit de auto, kopen hun kaartjes en gaan uiteindelijk aan boord. Ze zitten in de eerste klas sectie. De burgemeester en de kolonel van Witte Rivier beginnen te praten, maar de majoor lijkt bedachtzaam, zijn gedachten verspreid. De beelden van Claudio en Christine schieten hem te binnen. Nee, ze konden nooit samen zijn omdat ze tot totaal verschillende werelden behoorden. Hij voedde zijn dochter niet op tot bediende in een winkel. Ze verdiende zoveel meer dan dat, omdat ze de dochter was van een majoor, de hoogste politieke autoriteit in de regio Mimoso. In gedachten ziet de majoor Claudio in de gevangenis en het geeft hem een vreemd gevoel van genot. Wie zei hem dat hij hem zo moest verraden? Wie gaf hem toestemming om zo hoog te dromen? Hij betaalde gewoon de prijs van zijn eigen waanzin. De majoor ziet de hele scène voor zich en heeft er geen spijt van. Hij behartigde immers de belangen van zijn dochter en haar toekomst.

De trein schokt en de majoor begint in gesprek te gaan met zijn twee metgezellen. Ze praten over hun toekomstige projecten. De kolonel van Witte Rivier verlangt ernaar om van zijn dorp binnen een paar jaar een stad te maken en later zijn onafhankelijkheid van de stad Pesqueira te verdienen. Hij droomt ervan om burgemeester te worden en goede posities te krijgen voor zijn vrienden en familie. De burgemeester spreekt over het verlaten van de politiek en het worden van een groot huisbaas in het achterland, rond Mooi dorp. Hij spreekt over het verzorgen van kuddes vee en het aanplanten van uitgestrekte plantages. Het geld dat hij kreeg door frauduleuze maatregelen zou genoeg zijn om dit plan te volbrengen. De majoor is bescheidener. Hij wil zijn dochter getrouwd zien en kinderen krijgen. Hij rekent ook op het woord van de gouverneur die beloofde hem te steunen als burgemeester. De drie praten verder en een medewerker biedt hun sap en snacks aan. Ze accepteren. De tijd verstrijkt snel en ze gaan door de grote steden van de staat. Als ze in Pesqueira aankomen, neemt de burgemeester afscheid van hen en stapt uit.

De resterende route (vijftien mijl) tussen Mimoso en het hoofdkwartier verloopt soepel en veilig. De majoor en de kolonel van Witte Rivier zwijgen het grootste deel van de tijd. Als de trein in Mimoso aankomt, neemt de majoor afscheid en stapt uit. Bij zijn vertrek is op zijn gezicht te zien hoe blij hij is, want hij is succesvol teruggekeerd.

Gearrangeerd huwelijk

Na het begroeten van de stationsbeambten gaat de majoor naar zijn huis. Hij ziet onderweg wat mensen, maar let niet goed op omdat hij nadenkt over hoe hij het nieuws het beste aan zijn vrouwen kan vertellen. Wat zou de reactie van Christine zijn? Wat zou zijn geliefde vrouw zeggen? De eerste had zijn vertrouwen beschaamd door een relatie te hebben met een eenvoudige tollenaar. De tweede wenste nog steeds dat haar dochter non was. Nou, het kon hem niet schelen. Hij was de man des huizes en de twee zouden zich aan zijn beslissingen moeten houden. Wat hij besloot was het beste voor het hele gezin. Met die gedachte haast de grote zich en komt al snel thuis. Hij opent de voordeur en gaat naar de woonkamer, maar daar is niemand. Hij belt zijn dochter en vrouw en ze reageren vanuit de keuken. Snel gaat hij erheen.

"Ik ben terug uit Recife. Wil je me niet knuffelen?

Christine en Helena reageren hartelijk op het verzoek van de majoor. Ze wisselen een tijdje strelingen uit.

"Ik breng goed nieuws voor u. Kijk, wat een eer, ik had het voorrecht om persoonlijk met de gouverneur te spreken.

"Ik heb altijd geweten dat je een groot man was. Sinds ik je ontmoette wist ik dat je de man van mijn leven was. Een man van visie en succes. Je kocht de rang van majoor, we verhuisden naar Recife en je had het lumineuze idee om een groot deel van het land ten westen van Pesqueira in handen te krijgen. Sindsdien hebben we veel prestaties geleverd. Ik ben trots op je, mijn lief. (Helena)

De majoor en zijn vrouw knuffelen en zoenen en Christine is dolblij met de scène. Ze wilde ook net zo gelukkig zijn als haar ouders.

"Welk nieuws heb je, vader? Ik wil het graag weten.

De majoor vraagt hen met een serieuze en mysterieuze blik op zijn gezicht te gaan zitten.

"Welnu, er zijn twee grote aankondigingen. De eerste is dat de gouverneur zijn volledige steun zal geven aan mijn kandidatuur voor het burgemeesterschap van de stad Pesqueira. Het tweede, en niet minder belangrijke, is dat ik een mooi huwelijk voor je heb gepland, Christine. Uw man zal de zoon zijn van de belangrijke kolonel van Witte Rivier. Zijn naam is Bernard en hij is even oud als jij. De bruiloft zal over een maand zijn.

Een koude rilling loopt over Christine ruggengraat en ze wordt een beetje duizelig. Had ze het goed gehoord? Deze realiteit was erger dan welke nachtmerrie dan ook.

"Wat? Je hebt een huwelijk voor me gearrangeerd? Dat had ik niet verwacht. Vader, ik ben er nog niet klaar voor. Ik weet niet eens dat deze man veel minder van hem houdt. Vergeef me alsjeblieft, maar ik ga niet met hem trouwen.

"Ik ben er ook tegen. Ik heb altijd gedroomd dat ze non zou worden. Ik heb nog hoop dat ze teruggaat naar het klooster. Het huwelijk zal mijn dochter geen geluk brengen.

"Het is beslist. Je dacht dat ik zou accepteren dat je flirtte met Claudio? Zelfs in zijn stoutste dromen kon hij nooit mijn schoonzoon zijn. Ik heb mijn dochter niet opgevoed om zichzelf aan zomaar iemand te geven. Wat liefde betreft, maak je geen zorgen, je zult het na verloop van tijd verwerven.

Christine begint te huilen over de hele situatie. Betekende dat dat hij al van haar en Claudio wist? Hij had niets gezegd.

"Vader, ik hou van Claudio met al mijn kracht. Zelfs als ik niet bij hem kan zijn, zou ik hem niet vergeten. Dit huwelijk dat je voor mij hebt gearrangeerd, zal alleen maar ongeluk brengen. Ik heb het gevoel dat dit niet goed zal aflopen.

"Onzin. Alles komt goed. Wat Claudio betreft, hij zal je geen kwaad meer doen. Ik heb hem eruit gehaald... omloop.

"Wat heb je met hem gedaan?

"Ik zei tegen afgevaardigde Pompeu dat hij hem moest arresteren. Daar zal hij spijt hebben van de dag dat hij je aanraakte.

"Je bent een harteloos monster. Ik haat je!

Christine verlaat de keuken en sluit zich op in haar kamer. Ze zou de rest van de dag huilen om haar onmogelijke liefde.

Bezoeken

De komst van een nieuwe dag leek Christine niet te bezielen. Ze was net wakker geworden maar bleef roerloos op het bed liggen. De dag ervoor was verwoestend geweest in haar leven. Met het nieuws van het gearrangeerde huwelijk werd haar hart vernietigd en haar hoop om gelukkig te zijn ook. Ze kon alleen maar aan Claudio en zijn lijden denken. Ze probeert op te staan, maar haar verzwakte lichaam verzet zich tegen de poging. Ze probeert het één, twee, drie keer tot ze kan opstaan. Ze kijkt in de spiegel en ziet een gevelde en verslagen Christine. Wat zou er van haar worden? Kon ze de walging verbergen die ze voelde voor deze vreemdeling die met haar zou trouwen? Hij was immers een mooi liefdesverhaal aan het vernietigen. Ze reflecteert beter en verandert van mening. De twee hadden geen schuld. Het archaïsche systeem dat zegt dat ouders huwelijken voor hun kinderen moeten regelen, was de schuld. Waar was de verafgode vrijheid die in de Franse Revolutie werd bedacht? Het bestond simpelweg niet in Brazilië. Gelijkheid en broederschap waren ook verre doelen die bereikt moesten worden. In een wereld waar de kolonels en autoritaire regeerden was er geen plaats voor mensenrechten.

Christine loopt weg van de spiegel en besluit een bad te nemen. Misschien zou een beetje koud water haar zenuwen en haar humeur kalmeren? Het is met die hoop dat ze naar de badkamer gaat. Zo'n twintig minuten later komt ze naar buiten op zoek naar iets beters. Water heeft echt het vermogen om krachten te herstellen. Ze droogt zich af en trekt een leuke outfit aan. Kort daarna gaat ze ontbijten in de keuken. Ze merkt dat haar moeder wordt bediend door Gerusa.

"Waar is vader?

"Hij vertrok vroeg. Hij ging vee kopen op de boerderij in de buurt. Later heeft hij een zakelijke bijeenkomst bij de Bewonersvereniging. (Helena)

"Is hij nog steeds gefixeerd op het idee om me te willen laten trouwen?

"Hij was gisteren heel duidelijk. Jullie bruiloft staat gepland voor volgende maand. Als ik jou was, zou ik het leren accepteren omdat hij niet van gedachten zal veranderen.

"Jij, mijn moeder, kon me niet aanspreken? Dit huwelijk zal niets goeds brengen voor ons gezin.

"Ik wil niet met je vader vechten. Ons huwelijk heeft zo lang geduurd omdat ik wist hoe ik voorzichtig en onderdanig moest zijn. Als je naar me had geluisterd en in het klooster was gebleven, zou je niet met deze situatie worden geconfronteerd. Je zou op dit moment gelijk hebben, in volledige gemeenschap met onze Heer Jezus Christus.

"Ik ging je droom niet leven, moeder. Ik heb mijn eigen leven. Er zijn vele andere manieren om onze Heer Jezus Christus te dienen.

"Vraag dan niets van mij.

Christine was rustig en klaar met ontbijten. Ze staat op en nodigt Gerusa uit om haar te vergezellen op een wandeling, en ze stemt meteen toe. De twee vertrekken om de argwaan van Helena niet op te wekken. Als ze buiten het huis zijn, geeft Christine instructies door aan de meid. Ze accepteert en de twee lopen verder. Ze waren op weg naar het politiebureau waar Christine van plan was om, al was het maar kort, haar grote liefde Claudio te zien. Ze was er kapot van toen ze dacht aan de gruweldaden waaraan ze hem onderwierpen. Ze haast zich met haar stappen en kijkt ernaar uit hem te zien. Ze was de momenten op de berg of Sucavão niet vergeten waar ze zich helemaal overgaf. Haar vader kon haar uithuwelijken aan een andere man, maar het zou het gevoel dat ze in haar hart droeg niet doden. Zelfs niet als hij dat wilde, kon hij dat niet.

Enige tijd later komen ze eindelijk op het politiebureau. Christine beveelt Gerusa om buiten te wachten en ze gaat naar het kantoor van de afgevaardigde.

"Wat een hele goedemorgen, juffrouw Christine, wat wil je?

"Ik wil met de gevangene, Claudio, spreken.

"Het spijt me, maar ik heb strikte orders dat hij van niemand bezoek mag krijgen. Trouwens, zijn ouders waren hier en ik stuurde ze weg. Hij wordt vastgehouden zonder bezoek.

"U weet heel goed dat zijn arrestatie illegaal is. Als de autoriteiten van de gemeente erachter komen, zit je in grote problemen.

"De enige autoriteit die ik ken is je vader, de majoor. Die man is verschrikkelijk, als je me vergeeft dat ik dat zeg.

"Je begrijpt me niet. Ik wil hem nu zien of ga je weigeren te reageren op een verzoek van de dochter van de majoor?

Afgevaardigde Pompeu dacht er even over na en besloot het niet te riskeren. Hij belde een van zijn ondergeschikten en beval hun om Claudio alleen achter te laten met Christine, in een gereserveerde kamer. De twee omhelsden elkaar en ze zoenden uitgebreid.

"Hoe gaat het met je? Doen ze je pijn?

"Ik ben in elkaar geslagen. Weg zijn van jou is de grootste kwelling van alle kwelling. De behandeling en het eten zijn niet goed, maar ik leef. Je had gelijk Christine; je ouders zijn erg bevooroordeeld.

Christine legt haar hand op Claudio's rug en realiseert zich dat er sporen van zijn lijden zichtbaar zijn. Een rilling gaat door haar lichaam en ze begint te huilen.

"Waarom moest dit allemaal gebeuren? Waarom kunnen twee mensen niet het recht hebben om vrijelijk lief te hebben? En het verzoek dat we deden om te gaan bergbeklimmen? Zal het ooit uitkomen?

"Heb vertrouwen in de liefde en in de berg, Christine. Zolang we leven, is er hoop, hoe klein ook. We gingen de grot van wanhoop in, zelfs als het in onze verbeelding was, en we versloegen de obstakels en vallen. De grot is in staat om de diepste verlangens waar te maken.

"Ja, dat is waar. Vaak ben ik in mijn verbeelding in parallelle gebieden gegaan waar alleen we met z'n tweeën wonen. Ik zie mezelf getrouwd met zeven van je prachtige kinderen.

"Dat is de manier. Je had echter niet zoveel risico moeten nemen door hier te komen. Deze plek bevlekt je schoonheid. Het komt goed, maak je geen zorgen. Als je een van mijn ouders ziet, vertel ze dan alsjeblieft dat ik ze mis.

"Ik heb een kans genomen omdat ik van je hou. Vergeet het nooit. Ik zal bidden tot Sint Sebastiaan, de dappere soldaat, en vragen om uw vrijheid.

"Dank u wel. Ik hou ook van jou.

De twee knuffelen, zoenen en nemen uiteindelijk afscheid. De tijd was om. Bij het verlaten van de kamer bedankt Christine de afgevaardigde en gaat weg. Gerusa staat buiten te wachten. "Christine geeft haar nog een paar instructies en de twee gaan terug naar huis.

Het pak slaag

Majoor Quintino is in een zakelijke bijeenkomst in het gebouw van de Bewonersvereniging. Hij gebaart, stelt afspraken voor en luistert naar klachten van de leden van de vereniging. Zijn rang van majoor gaf hem het recht om het laatste woord te hebben. Midden in de vergadering verschijnt afgevaardigde Pompeu en vraagt om vijf minuten aandacht. Hij verontschuldigt zich en gaat buiten de vereniging om met hem praten.

"Wat is er zo belangrijk dat je de vergadering moest onderbreken? Kon je niet wachten om later met me te praten? (Majoor)

"Ik kwam u vertellen dat uw dochter op het politiebureau verscheen en eiste met de gevangene Claudio te spreken.

"Wat? Je stond het toch niet toe?

"Ze drong zo aan, ik gaf toe. Ze is tenslotte je dochter.

"Je bent echt incompetent. Had ik niet het bevel gegeven om niemand op bezoek te laten komen? De enige reden waarom je niet meteen uit je bericht wordt verwijderd, is omdat je de community al relevant hebt bediend. Sta hem vanaf vandaag niet toe om nog meer bezoek te ontvangen, ook niet als het de paus zelf is. Mijn dochter liet me weer in de steek. Ik denk dat ik serieus actie moet ondernemen.

"Ik zal gehoorzamen, meneer. Bedankt dat je me niet hebt ontslagen.

"Je wordt ontslagen. Ik heb genoeg gehoord.

De grote neemt afscheid van de afgevaardigde en keert terug naar het verenigingsgebouw om hen te laten weten dat hij vertrekt. Sommige mensen klagen, maar het kan hem niet schelen. Verbijsterd gaat hij naar zijn huis waar Christine onschuldig wacht. Vlaag van gedachten vult de verwarde geest van de majoor. Hij herinnert zich het verraad van Christine en zijn bloed kookt nog meer. Met wie dacht ze dat ze te maken had? Met een uitgebreide en liefdevolle vader? Ze wachtte niet eens op de reactie van de majoor. Hij herinnert zich de reactie van Christine toen ze hoorde van het gearrangeerde huwelijk en hoe ze het verkeerd begreep. De ijver voor zijn gezin en de toekomst van zijn dochter stond voor hem op de eerste plaats. Hij zou over alle obstakels heen klimmen om zijn doelen te bereiken. Zelfs als dat betekende dat hij de liefde en genegenheid van zijn enige dochter verloor. Ze zou hem bedanken, later, in de toekomst. Enige tijd nadat de majoor thuiskomt, opent de voordeur en gaat naar binnen. De eerste persoon die hij ziet is zijn vrouw Helena.

"Waar is Christine?

"Ze ligt in haar kamer te rusten.

"Bel haar onmiddellijk. Ik wil met haar spreken.

Helena klopt op de deur van haar kamer en belt haar. Even later verschijnt ze en staat ze tegenover de majoor.

"Jij bent het met wie ik wil spreken. Wat is dit dat ik hoor over je praten met Claudio? Begrijpen jullie niet dat jullie twee geen toekomst hebben?

"Mijn hart zei me dat ik hem moest ontmoeten en moest zien hoe het met hem ging. Je kunt me dwingen om met een andere man te trouwen, maar niet uitwissen wat ik voor hem voel. Onze liefde is eeuwig.

"U zult duur betalen voor het feit dat u tegen mij bent opgekomen. Ik ben de belangrijkste, de hoogste beslissingsautoriteit van deze regio, en zelfs jij, mijn dochter, kan niet tegen mijn wil ingaan. Luister goed:

Vanaf vandaag verbied ik je om zonder mijn toestemming te vertrekken en ik zal iets doen wat ik al lang geleden had moeten doen.

De majoor ontrafelt de leren riem die aan zijn broek zit en grijpt Christine met een snelle beweging met een van zijn sterke, mannelijke armen. Christine probeert te ontsnappen, maar dat lukt niet. Genadeloos begint hij haar met de riem zware klappen toe te brengen. Christine schreeuwt het uit van de pijn en haar moeder, Helena probeert haar te redden. De majoor bedreigt haar en ze trekt weg. Hij blijft Christine een tijdje slaan en als hij beseft dat het genoeg is, stopt hij. Christine valt uitgeput en gewond op de grond. Helena schiet haar te hulp en de majoor gaat met pensioen. Christine huilt, niet van pijn, maar van het ontdekken dat haar vader een harteloze schurk is. Ze heeft geen spijt van wat ze heeft gedaan, noch van de liefde die ze voor Claudio voelde. Ze was bereid te lijden voor iets dat ze als heilig beschouwde. De afranselingen en bedreigingen van de majoor weerhielden haar er niet van om te dromen over haar ware liefde. Immers, welke betekenis zou het leven hebben als ze de hoop op leukigheid zou verliezen? Voor de liefde riskeerde ze desnoods haar leven te verliezen.

Helena helpt Christine met douchen en zich vervolgens op haar kamer verzamelen. Ze was niet in staat om iemand te ontvangen of deel te nemen aan enige activiteit.

Gerusa neef

Mimoso had een nieuwe bewoner gekregen die net op het treinstation was aangekomen. Het was Clemilda, de nicht van Gerusa. Oorspronkelijk afkomstig uit Bahia, was haar geboorte omgeven door mysteries. Ze was geboren op het exacte moment dat haar moeder deelnam aan een occult ritueel eerbetoon. Sinds haar geboorte toonde het meisje een bepaald natuurlijk vermogen om met deze krachten om te gaan. Uit angst voor haar geschenken liet haar moeder haar kort daarna achter bij de deur van een liefdadigheidsinstelling. Ze werd gered door medewerkers en opgevoed als hun dochter. Sinds haar adoptie begonnen zich in diezelfde instelling mysterieuze gebeurtenissen te voltrekken. Glas en spiegels braken vaak, branden ontstonden zonder duidelijke reden en het geluid van klauwen was te horen op het dak en op de ramen. Bij een van die branden was zij het enige kind dat ontsnapte. De instelling werd gesloten en ze was weer wees geworden. Ze werd vervolgens opgepakt door een dakloze man en begon kleine misdaden te plegen om te overleven. Haar gaven werden ontdekt en haar weldoener begon het in zijn voordeel te gebruiken om rijkdom te vergaren. Ze groeide op met valsspelen, stelen en knoeien met loterijresultaten. Kort daarna stierf haar weldoener en was ze vrij van zijn invloed. Ze was alleen in Salvador. Ze besloot toen een brief te schrijven aan haar neef Gerusa (die haar regelmatig bezocht en de enige familie was die ze ooit had ontmoet) om haar de situatie te vertellen. Ze nodigde haar uit om in Mimoso te komen wonen, waar ze als dienstmeisje in een rijk gezin werkte. Clemilda accepteerde het graag.

Ze was daar nu, op het station, volledig overtuigd en gerustgesteld van haar beslissing. Ze zou haar plan in werking stellen zodra ze totale controle had over de occulte krachten. Mimoso zou de ideale plek zijn voor haar koninkrijk van onrecht. Nadat ze Mimoso had veroverd, was ze van plan de wereld over te nemen. Om dit te laten gebeuren, zou ze echter de "tegengestelde krachten" uit balans moeten brengen en ze in haar voordeel moeten gebruiken. De stappen om dit te bereiken waren het inzetten van een vloek, het vervormen van een ware liefde en het veroorzaken van een tragedie. Met alles compleet, kon ze de ware religie verstikken en de controle over alles overnemen.

Ze controleert het adres in haar brief en vraagt een persoon in de buurt hoe ze daar moet komen. Ze wordt aangestuurd door de persoon en begint te lopen. Haar gedachten zitten vol negatieve energie en ze denkt alleen maar aan vernietigen, vernederen en perverteren. In haar koffer draagt ze een orakel dat dient als tussenpersoon tussen haar en de God van de Duisternis. Ze herinnert zich haar eerste contact met de onderwereld en hoe ze zich gelukkig en krachtig voelde om zo'n prestatie te leveren. Daarna had ze tal van contacten. Het laatste bericht dat ze ontving, had bepaalde voor haar onbekende feiten opgehelderd. Nu was ze klaar om actie te ondernemen en haar koninkrijk van onrecht te beginnen.

Ze loopt verder en ziet al snel de prachtige bungalow. Ze voelt een mengeling van angst en lijden in huis. Ze lacht als ze plezier beleeft aan deze situaties. Ze loopt wat sneller en komt al snel bij het huis. Ze klapt en schreeuwt dat ze verzorgd moet worden. Even gaan voorbij en Gerusa komt de deur beantwoorden.

"Mijn nicht, Clemilda. Wat is het goed om je hier te zien.

"Ik ben een tijdje geleden aangekomen. Heb je een plek voor mij?

"Nog niet. Het huis van de majoor en je kunt persoonlijk met hem praten. Kom alsjeblieft binnen.

Clemilda ging meteen op de uitnodiging in. Ze komt het huis binnen (vergezeld door Gerusa) en gaat praten met de majoor. Ze vindt hem in de woonkamer.

"Meneer Major, dit is mijn nicht, Clemilda, die uit Bahia komt. Ze kwam om te spreken met uw genade.

"Leuk je te ontmoeten. Mijn naam is Quintino en zoals u waarschijnlijk al weet, ben ik de grootste politieke autoriteit in deze regio. Wat wil je?

"Mijn neef Gerusa nodigde me uit om hier in Mimoso te komen wonen omdat ik alleen in Salvador was. Ik vroeg me af of u, meneer, mij een goede baan kon geven en ook een plek om te wonen.

"Nou, een van mijn huizen is leeg en gezien het feit dat je Gerusa niet bent, en ze al zoveel jaren bij ons is, kan ik het je geven. Over de baan komt er op dit moment niets in me op, maar als ik een goede kans zie, laat ik het je weten. Was dat alles? Gerusa geeft u de sleutels van het huis. In feite is het een gigantisch kasteel. Ik denk dat je het misschien leuk vindt.

"Dat is alles. Bedankt.

Blij dat ze onderdak had gekregen, vertrok de heks naar haar nieuwe huis. De volgende dag zou het begin zijn van haar wrede plan.

De "Zegen"

Een dag na de aankomst van Clemilda zitten de bewoners van de prachtige bungalow aan het ontbijt. Christine vermijdt om met haar vader te praten, omdat ze nog steeds een hekel heeft aan het pak slaag dat ze heeft gekregen. Helena en de majoor praten vrijuit.

"Je bedoelt dat de jongen onze dochter niet wil ontmoeten? Dat vind ik absurd. (Helena)

"Zijn vader heeft het liever zo. Het is om een bepaalde sfeer van mysterie in stand te houden. Het is jammer dat onze dochter niet geniet van het idee om te trouwen. Ik zou alles geven om haar ervan te overtuigen dat het de beste is. (Majoor)

"Vergeet het maar. Vraag niet om het onmogelijke.

Gerusa hoort het en besluit in te grijpen.

"Ik ken iemand die kan helpen. Mijn nicht Clemilda is ervaren in relaties.

"Ik denk dat het een goed idee is. Gerusa, begeleid mijn dochter naar het huis van mevrouw Clemilda. Als je slaagt, zal ik je belonen. (Majoor)

"Ik ga niet. (Christine)

"Je hoeft het niet te willen. Laat me je niet opnieuw zweepslagen geven. (Majoor)

Een huivering loopt door het lichaam van Christine en herinnert zich de straf. Ze was niet bereid om dat gevoel nog een keer te ervaren. Ze stemt toe, ondanks dat het niet haar eigen wil is. Ze staat op van de tafel en vergezelt Gerusa. De twee verlaten het huis en kunnen Clemilda woning, die aan de overkant van de straat ligt, al zien. Een koude rilling voelt Christine als een waarschuwing dat ze niet moet gaan. De angst voor haar vader was echter groter en ze besloot haar mond te houden. De paar meter die naar de residentie leidden, waren bedekt. Gerusa klopt op de deur om opgewacht te worden. Even later verschijnt Clemilda.

"Ik wachtte op je. Kom binnen. Jij bent Christine, nietwaar?

"Hoe kent u mij, mevrouw?

"Iedereen geeft opmerkingen over je. Ze praten over je schoonheid en je goede manieren. Ik ging er gewoon van uit toen je aankwam. Nou, kom maar binnen.

Gerusa en Christine komen binnen en de omgeving zat vol negatieve gevoel. De voorwerpen die eerder de horrorscène vormden, waren al door Clemilda verwijderd.

"Ik heb Christine hierheen gebracht om haar te adviseren het huwelijk te accepteren dat de majoor heeft gearrangeerd. Ze verzet zich tegen dit idee.

"Nou, ik denk dat ik met haar kan praten. Gerusa, kun je ons even met rust laten? Trouwens, er is een stapel dingen die in de keuken moeten worden gewassen.

"Je verandert nooit. Altijd proberen me uit te buiten.

Gerusa gehoorzaamt en gaat naar de keuken. Clemilda benadert Christine en begint om haar heen te cirkelen.

"Ik zie een man op je pad. Zijn naam is Claudio, nietwaar? Hij is een jonge man, gespierd en mooi. Je ontmoette elkaar op je werk en het zaad van liefde werd in je hart gedeponeerd. Maar denk met me mee, waarom zou hij niet in jou geïnteresseerd zijn? Je bent jong, mooi, intelligent en bovenal de dochter van een machtige majoor. Zou het kunnen dat de liefde die je voelt niet beantwoord wordt? Ik garandeer je dat hij zijn redenen zou hebben: trots, ambitie en macht. Dat is waar mensen naar op zoek zijn. De liefde die je in je hart hebt getrokken, is slechts een illusie.

"Je gaat me niet zo snel overtuigen. Ik ken Claudio en wat we voelen is echt. Ik hoef zijn gedachten niet te lezen om zeker te zijn van zijn gevoelens. Illusie is dit huwelijk waar ze me in hebben gekregen.

"Hebt u overwogen dat het slechts een plan van hem kan zijn? Vind je het niet vreemd de plotselinge vriendschap die je bent begonnen? Mensen zijn echt voorspelbaar. Wat ze willen is bovenaan eindigen, ongeacht de gevoelens van anderen.

"Je giftige mond zal me niet verwarren. Ik had hier niet moeten komen omdat ik me niet goed voel.

"Wacht even, lieverd. Laat me je zegenen zodat je gelukkig zult zijn in je huwelijk.

Voordat Christine kon reageren, legde Clemilda haar hand op haar hoofd. Ze sprak onverstaanbare woorden en Christine begon duizelig te worden. Een wervelwind van energie sprong uit haar handen en in Christine hoofd. De operatie duurde iets meer dan dertig seconden. Later nam Christine haar hand af en riep om Gerusa. Ze antwoordde; de twee verlieten de woning en keerden terug naar huis. De zegen had Christine in een mutant veranderd.

Fenomenen

Na de intrigerende ontmoeting met Clemilda de tovenares begon Christine zich totaal anders te voelen dan voorheen. De gebruikelijke activiteiten die ze uitvoerde en die haar plezier gaven, zoals breien, lezen en naar haar werk gaan, waren vervelend geworden. Wat intact bleef en het enige was wat ze deed, was het gevoel dat ze had voor Claudio. Bovendien begonnen zich vreemde verschijnselen om haar heen te voordoen. Het breien dat ze als kind leerde, zou ineens niets meer opleveren. De lijnen leken nergens meer op te slaan. Tijdens het lezen van een boek werd de pagina die ze aan het lezen was getroffen door een vuurstraal en verbrand. Ze voelde haar ogen branden op dat moment. Langs metalen voorwerpen trok ze aan. Bij elke ontdekking werd ze angstig en vroeg ze zich af wat het allemaal betekende. Was het een vloek? Wat ze geworden was? Niemand kon het weten of anders zou ze het risico lopen om in het ziekenhuis te worden opgenomen en artsen van over de hele wereld zouden met haar gaan experimenteren.

Om te voorkomen dat ze erachter kwamen, stopte ze met uitgaan met haar vrienden en nam ze alleen deel aan sociale activiteiten die strikt noodzakelijk waren, zoals werk, bijvoorbeeld. Te allen tijde probeerde ze zichzelf te beheersen, omdat de verschijnselen zich alleen voordeden als ze emotioneel instabiel was. Om van de vloek af te komen, nam ze haar toevlucht tot verschillende methoden, maar geen van hen bleek effectief. Verbitterd en boos isoleerde Christine zich steeds meer in haar eigen wereld.

Een nieuwe vriend

De routine van het werk, om de vijftien dagen, was praktisch de enige sociale activiteit waaraan Christine deelnam. Hierdoor leerde ze talloze mensen kennen en maakte ze vrienden. Onder hen was een jong meisje, min of meer even oud als Christine, genaamd Rosa. De sympathie was wederzijds en elke keer als ze elkaar zagen, brachten ze een goede tijd door met praten. Bij een van die gelegenheden vroeg Christine haar om naar haar huis te komen en ze accepteerde het graag. Op de dag en op het moment dat ze hadden besloten, kwam Rosa aan, kwam in de tuin van het huis en klapte om zichzelf aan te kondigen. Gerusa, de dienstmeid des huizes, deed de deur open.

"Hoe kan ik je helpen?

"Ik kwam met Christine praten.

"Ik ga haar even bellen.

Enige tijd later verschijnt Christine en nodigt haar uit om met haar uit te gaan op de veranda van het huis, omdat het de meest geventileerde en ontspannende plek was om te zijn.

"Nou, Christine, ik wil je beter leren kennen. Je vertelde me eerder dat je non zou worden. Hoe was het leven in het klooster?

"Ik heb er drie kostbare jaren van mijn leven doorgebracht. Nou, de nonnen waren aardig voor me, ook al waren ze vrij streng. De tijd die aan gebed werd besteed was vrij uitgebreid en dat verveelde me soms. Ik was van mening dat als een mens in contact met God wil komen, het niet nodig was om zo onbaatzuchtig en toegewijd te zijn, omdat God alwetend is en alles begrijpt wat we willen. Na verloop van tijd realiseerden ze zich dat ik geen roeping had en ze schopten me eruit.

"Dus je verliet het klooster en keerde terug naar de wereld. Heb je geen spijt van deze beslissing?

"Het hangt er allemaal van af hoe je het bekijkt. Onmiddellijk niet. Maar nu mijn vader me dwingt om te trouwen, denk ik dat het beter zou zijn als ik er was. Al zou ik me dan alleen maar verstoppen voor een oneerlijke wereld waarin we leven waarin ouders beslissen over de toekomst van hun kinderen.

"Heb je ooit een verliefdheid gehad of ben je verliefd geworden?

"Toen ik in het klooster was, ontmoette ik een zoon van de tuinman die me fascineerde. Ik dacht dat het op dat moment liefde was, maar al snel na zijn verlating besefte ik dat het gewoon passie was. Ware liefde vond ik eindelijk bij Claudio, mijn collega. De tegenstand van mijn ouders maakte onze relatie echter onmogelijk. Mijn enige hoop is het verzoek dat ik op de berg heb gedaan waarvan iedereen beweert dat het heilig is. Vertel eens wat over jezelf. Heb je ooit van iemand gehouden?

"Zoals ik al zei, heb ik een vriend genaamd Felipe, de zoon van de eigenaar van het magazijn. We houden allebei van elkaar en misschien kunnen we ooit trouwen. Onze ouders hebben ons volledig gesteund.

"Ik benijd u. Je weet niet hoeveel pijn het onbegrip van mijn ouders me doet. Ik wou dat ik gewoon een gewoon meisje was en niet de dochter van de almachtige majoor.

De tranen stromen over Christine gezicht en haar vriend probeert haar te troosten. De last die ze op haar rug droeg was te zwaar voor hun onvolwassenheid. Ze wilde gelukkig zijn en zag de kans om zo door haar vingers te glippen. Er restten haar nog maar twee dagen om zich over te geven aan een bruiloft zonder toekomst en aan een vreemdeling die ze alleen bij naam kende. Rosa zag dat haar vriend geen zin meer had om te praten, nam afscheid en beloofde nog een keer terug te komen. Hun vriendschap was belangrijk voor Christine omdat ze zich niet zo geïsoleerd en volledig verlaten voelde.

De dag voor de bruiloft

De nabijheid van het huwelijk zorgde ervoor dat Christine steeds geagiteerder werd. Ze had met de priester gepraat, met een vriend gepraat en had nog een laatste poging gedaan om haar ouders ervan te overtuigen het idee om haar uit te huwelijken op te geven. Tot nu toe had ze geen resultaten geboekt. De priester stelde voor dat ze ontslag zou nemen en haar situatie zou accepteren. Hoe kon ze dat doen? Het waren haar leven en geluk die op het spel stonden. Ze leerde in het klooster dat alle mensen vrijwaren om hun eigen beslissingen te nemen en hun eigen lot te leiden. Haar rechten werden onderdrukt door een samenleving waarin kinderen door hun ouders worden uitgehuwelijkt. Met haar vriend overlegde ze over haar en Claudio's toekomst. Geen van beiden had een echt en tastbaar alternatief gevonden dat ertoe kon leiden dat de twee samen zouden zijn, anders dan de hoop op de heilige berg en het verzoek dat Christine eraan deed. Het was het enige wat haar nog te doen stond; wacht op een wonder of het onwaarschijnlijke dat zal gebeuren.

Christine gaat richting het terras en begint naar de lucht te kijken. Ze herinnert zich de momenten op de berg en de sterren die zij en Claudio samen waarnamen. Ze waren getuigen van het gevoel dat de twee verenigden en zelfs als de majoor en zijn sociale conventies het nooit zouden toestaan, zouden de twee van elkaar blijven houden. Kijkend naar de hemel, hoopt ze dat de volgende wereld een eerlijkere en betere plek zal zijn en dat degenen die echt de ware liefde kennen geluk kunnen bereiken. Ze herinnert zich God en hoe ze leerde hoe geweldig hij is. Ze vraagt God om de wensen van de eenvoudigste dromers in te willigen zonder een grot of iets dergelijks te hoeven betreden. Ze vraagt ook om kracht om haar martelaarschap tot het einde te verdragen. Ze voelde zich een mutant en was teleurgesteld in de liefde. Ze huilt de laatste tranen die ze nog had om te huilen en gaat naar huis.

Tragedie

Het was eindelijk daglicht en dit betekende dat de verschrikkelijke dag was aangebroken. Christine wordt wakker maar probeert te doen alsof ze slaapt om de realiteit niet onder ogen te zien. Wie wist dat ze haar zouden vergeten en misschien was alles wat ze de afgelopen dagen had geleden slechts een eenvoudige nachtmerrie geweest? Ze wilde haar ogen openen en Claudio vinden, haar ware liefde. Ze wilde met hem trouwen, niet met een vreemde, met deze zoon van de kolonel van Witte Rivier. Even voelt ze zich alsof ze in Sucavão is en herinnert ze zich elk detail van wat daar is gebeurd. Ze lijkt daar de kracht van het water te voelen, de mannelijke omhelzing van Claudio en zijn geur te ruiken. Ze duikt diep in deze gedachte totdat een stem haar stoort en haar terugbrengt naar de realiteit. Het was haar moeder.

"Christine, mijn dochter, word wakker, de bruiloftsgasten komen er al aan. Ben je vergeten dat het om 8:00 uur wordt gehouden?

"O, Moeder, heb geduld. Ik heb de hele nacht nauwelijks geslapen toen ik aan dit huwelijk dacht.

Christine staat nogal humeurig op en gaat naar de badkamer om een bad te nemen. Haar moeder wacht in haar kamer. Ongeveer twintig minuten later komt ze terug en vindt haar prachtige jurk uitgespreid op het bed. Ze observeert het en vindt het mooi, hoewel melancholisch. Haar moeder helpt haar met aankleden en make-up opdoen. Met alles klaar, nadert ze de spiegel om te zien hoe ze eruitziet. Ze ziet een diepbedroefde versie van zichzelf, ook al is ze prachtig opgemaakt. Ze denkt na over het idee van wat er ging gebeuren en over haar toekomst aan de zijde van een onbekende man. Plotseling barst en breekt de spiegel, met een grote klik. Christine schreeuwt en haar moeder snelt te hulp. Gelukkig raakte ze niet gewond. Ze voelt pijn in haar borst en vraagt zich af wat er gaat gebeuren. Ze herinnert zich haar terugkerende dromen. Haar moeder kalmeert haar en zegt dat het niets is. De twee gaan de woonkamer in om de familie van de bruidegom te ontmoeten en enkele gasten te ontvangen. De majoor pakt Christine hand en begint haar voor te stellen.

"Meneer Henrique, dit is mijn dochter Christine. Is ze niet mooi?

"Ja, ze is heel mooi. Mijn zoon is een gelukkig man. Vandaag zal de vereniging van onze families voltooien en dit maakt me erg blij.

Christine dwingt een lach af om niet onaangenaam te zijn. De moeder van de bruidegom probeert ook aardig te zijn.

"Nadat je getrouwd bent als je hulp nodig hebt, aarzel dan niet om het me te vragen. De vrouwen van onze familie zijn heel close.

Karina, de zus van de bruidegom, stapt ook naar voren en prijst Christine haar. De Majoor en Helena verwelkomen hun gasten die nog steeds aankomen. Als de klok precies 8:00 uur slaat gaat iedereen naar het terras waar het huwelijk zal plaatsvinden. Christine wordt door de majoor naar het geïmproviseerde altaar gelopen. Op weg naar het altaar heeft ze de gelegenheid om in één oogopslag gezichten met angstige uitdrukkingen te zien. Ze ziet de Moeder-Overste en de nonnen die bij haar in het klooster hadden gewoond. Ze ziet ook haar eerste professoren en haar neven en nichten die uit Recife kwamen. Al met al voelt ze de voorpret en opwinding van het moment. Als ze iets verder gaat, ziet ze de bruidegom en pater Chiavaretto al. Plotseling neemt een woede in haar haar over en zorgt ervoor dat ze allebei haat. Waarom had die man genaamd Bernard ermee ingestemd om met haar te trouwen? Hij was immers een man en had meer vrijheid van handelen. Ze zou zich overgeven aan een huwelijk zonder toekomst en zou de rest van haar leven ongelukkig zijn. Hoe zit het met de Vader? Hoe kwam hij opgesloten in deelname aan die klucht? De kerk had haar moeten bijstaan en haar handlanger moeten zijn in plaats van de situatie te accepteren.

Ze komt dichter bij de bruidegom en haar woede neemt niet af. Bij het zien van hem komt een bliksemstraal recht uit haar ogen en raakt hem recht in de borst. Hij valt om, dood. De commotie in het publiek laait op en Christine valt aan zijn voeten.

"Ze is een monster! (Sommigen schreeuwen)

De majoor handelt snel en stuurt zijn handlangers om Christine te helpen opstaan en haar te beschermen tegen de boze menigte. Ondertussen kruisen de nonnen zichzelf, niet gelovend wat ze zojuist hadden gezien. De familie van de bruidegom probeert de afgevaardigde onder druk te zetten om actie te ondernemen, maar de majoor wijst zijn acties af. Uiteindelijk wordt Christine gered en stuurt de majoor de gasten weg. Het feest en alle festiviteiten zijn afgelast. Het gearrangeerde huwelijk had tot een tragedie geleid.

De Zwarte Wolk

Toen de tragedie voltooid was, begon Clemilda een betovering uit te spreken die de hele regio Mimoso zou bereiken. Ze had de autoriteit om dit te doen omdat ze de drie stappen had vervuld: ze had een vloek ingesteld, had de ware liefde vervormd en een tragedie veroorzaakt. Nu was de bediening van de onheiligs klaar voor actie en verstikte het christendom. Ze komt dicht bij de ketel en stopt er de laatste ingrediënten in voor haar betovering. Ze spreekt onverstaanbare woorden uit en danst eromheen. Plotseling stopt ze en zegt met een diepe, sterke stem: "Donkere wolk, verschijn!

Onmiddellijk bedekt een grote, zwarte, dikke wolk de hemel van Mimoso. De zon is ook bedekt en daarmee neemt het natuurlijke licht van de lucht aanzienlijk af. De vloek was geprogrammeerd om elke dag na 12:00 uur van kracht te worden. Hiermee zou de heks haar macht verdubbeld zien en vrijer kunnen handelen.

De martelaren

Kort na de inzet van de zwarte wolk begint de heks te handelen. Ze huurde twee heidenen in, Totonho en Cleide om haar te helpen bij haar occulte werken. Bovendien droeg ze de twee op om zich te ontdoen van de vertegenwoordigers van het christendom in de plaats. De eerste slachtoffers waren pater Chiavaretto en de broeder Nunes, die Mimoso bezocht. Bovendien werden sommige gelovigen onthoofd en anderen op staken gezet om in een vreugdevuur te verbranden. Na de moorden begonnen ze met het vernietigen van de kleine kapel die was opgericht ter ere van St. Sebastian. Er was vrijwel niets anders over dan het kruis dat intact bleef ondanks de pogingen om het te vernietigen. Het was het symbool dat het christendom nog leefde en kon reageren.

Toen de overheersing voltooid was, werd de cirkel van "tegengestelde krachten" ontbonden en ontstond er een onevenwichtigheid. Als de situatie lang zo zou blijven, zou Mimoso het risico lopen te verdwijnen. Dat komt omdat de krachten van het goede niet gevangen zouden blijven voor deze heiligschennis. Uiteindelijk zou dit resulteren in een onvoorspelbare oorlog die beide werelden zou kunnen vernietigen.

Einde van de visie

De opeenvolging van beelden uit het visioen die mijn geest vulde, stopte plotseling. Geleidelijk aan keert het bewustzijn terug en ik merk dat ik een pagina krantenpapier vasthoud met de kop: Christine, het Jonge Monster. Ik observeer het en denk dat de kop jammerlijk ontoereikend is, omdat de tragedie die is gebeurd op geen enkele manier haar schuld was. Ze was slechts een ander slachtoffer van de wrede en machtige tovenares Clemilda. Plotseling begin ik te begrijpen waarom mijn tijdreizen en mijn overwinning op de grot tot stand kwamen. Ik maakte deel uit van een complot van het lot om te proberen de gezegende Mimoso uit de armen van de tragedie te halen. Mijn missie was om de "tegengestelde krachten" te herenigen en de eigenaar van de schreeuw in de grot te helpen. Ik was er absoluut zeker van dat de eigenaar van die stem de mooie Miss Christine was. Een gemuteerde, totaal bittere Christine wachtte me op. Ik zou haar moeten overtuigen om te reageren en haar tot mijn bondgenoot te maken in de strijd tegen de krachten van het kwaad. Uiteindelijk zou ik me de leringen van de bewaker en de gevreesde grot van wanhoop moeten herinneren, de grot die mijn dromen had gerealiseerd en me de Ziener had gemaakt. Ik had nu een nieuwe uitdaging en was bereid die aan te gaan.

Met de krant in de hand las ik het hele verhaal over Christine. Ze beweerden dat ze van kinds af aan een monster was en dat het toen pas was ontdekt. Een mengeling van verontwaardiging en woede vult mijn hele wezen. Hoe hebben die journalisten de moed gehad om dat te publiceren? Ze hadden van een tragedie gebruik gemaakt om leugens te vertellen. Christine was nooit een monster en kon dat ook nooit zijn. Ze was net vervloekt door een boze en perverse heks. Het was aan goede mensen om haar te helpen en te genezen. Ik blijf de krant lezen en ze beweren dat Christine een jonge rebel was die het klooster verliet vanwege slecht gedrag. Ik kom weer in opstand. Ik heb zin om de hele krant te verscheuren. Verdomde journalisten, ze verdraaien alles om geld te verdienen. Christine was een jong, onderdanig meisje en had het advies van haar moeder opgevolgd om zich in een klooster te onderdompelen. Toen de zusters beseften dat ze geen roeping had, schopten ze haar eruit. Ik stopte met het lezen van het nieuws omdat het niet waar was. De visie was voor mij genoeg om te weten waar ik aan toe was. Ik pak de krant en breng hem terug naar de kastlade, naast de tafel, waar ik hem vandaan had gehaald. Ik sta op en begin in gedachten een plan van aanpak op te stellen. Ik zou op de een of andere manier de "tegengestelde krachten" moeten herenigen en Christine moeten helpen het ware geluk te vinden. Ik nader de deur en ik sta op het punt om hem te openen.

Getuigenis

Als het opengaat, ben ik verrast om een bijeenkomst van mensen te zien in de kleine foyer van het hotel. Wat was de betekenis van dat alles? Ik kom dichterbij zodat ik het kan vragen.

"Wat is hier aan de hand?

Pompeu, de afgevaardigde, komt aan het woord.

"We zijn hier omdat er ernstige beschuldigingen tegen u zijn geuit. Je moet met ons mee, jongen.

De afgevaardigde signaleert naar zijn ondergeschikten en ze brengen handboeien mee. Ze zetten ze om mijn polsen en ik voel me onrecht aangedaan, als een slaaf in de oude tijden. Carmen probeert in te grijpen, maar de afgevaardigde luistert niet.

"Is dat echt nodig? Ik heb een zuiver geweten.

"Dat zullen we zien op het station, zoon. (Majoor)

Gehoorzamend aan zijn bevelen begin ik te lopen en de trein vertrekt ook. Bij het verlaten van het hotel realiseer ik me dat er veel meer mensen aanwezig waren, geïnteresseerd in wat er aan de hand was. Wat wilden ze met mij? Had ik een misdaad begaan? Sinds ik in Mimoso aankwam, had ik heel erg mijn best gedaan om de aandacht niet op mezelf te vestigen. Maar nu werd ik in de boeien geslagen en naar het politiebureau gebracht. Ik begin me zorgen te maken over wat ik ze precies moet vertellen. Ik kon niet de hele waarheid vertellen en de missie in gevaar brengen. Ik zou me met gezond verstand en intelligentie tegen de beschuldigingen moeten verdedigen. Ik begin te denken aan Claudio en de manier waarop hij in de gevangenis werd gegooid. Ik zou een manier bedenken om te voorkomen dat mij hetzelfde overkomt.

Zo'n tien minuten na het verlaten van het hotel komen we eindelijk aan bij het imposante politiebureau. Majoor Quintino en afgevaardigde Pompeu komen met me mee. De anderen staan buiten te wachten op een beslissing. Bij binnenkomst in het privékantoor van de afgevaardigde doen ze mijn handboeien af en daarmee ben ik meer opgelucht.

"Nou, ga zitten, meneer de ziener. Ik ben nu degene die de vragen zal stellen. Ten eerste, wat is je echte naam en waar kom je vandaan? (Gemachtigde)

"Mijn naam is Aldivan en ik kom uit Recife.

"Wat doe je hier als je uit Recife komt? Wat is je beroep?

"Ik ben verslaggever voor de Hoofdstedelijke Krant en ik ben op zoek gegaan naar een goed verhaal. Ik verzeker u, mijn intenties zijn de best mogelijke. Ik ben geen crimineel en ik wil niemand kwetsen.

"Wat heb je te zeggen over de meedogenloze ondervragingen waaraan je de mensen van deze plek hebt onderworpen? Wat bedoelt u hiermee precies?

"Het maakt deel uit van mijn werk, een strategie om informatie te verzamelen. Als dit echter voor iemand onhandig is geworden, stop ik ermee.

"Zoals u wellicht weet, heeft koningin Clemilda een decreet tegen uw persoon uitgevaardigd. Wat zegt u daarop? Ben jij toevallig haar vijand?

"Ik denk dat ik die vraag beter niet kan beantwoorden.

"Nou, ik heb verder geen vragen. Majoor, heb je nog vragen die je aan deze man wilt stellen?

"Ja. Ik wil weten of hij werkt voor de tegenstanders van de regering.

"Nee, helemaal niet. Ik ben er niet op uit om mezelf te betrekken bij politieke kwesties, hoewel ik denk dat het huidige systeem behoorlijk oneerlijk is.

"Nou, meneer Aldivan, ik denk dat ik u een paar dagen in de gevangenis laat blijven om te controleren of alles wat hier is gezegd waar is.

"Ik blijf hier niet. Dat is oneerlijk. Als u deze grillige beslissing neemt, zal ik u aanklagen bij de gouverneur die een goede vriend van mij is.

De majoor en de afgevaardigde zijn verbaasd over mijn reactie en over het nieuws dat ik zojuist had gegeven. Ze komen samen om in stilte te communiceren en besluiten het niet te riskeren. Uiteindelijk word ik vrijgelaten ondanks de protesten van sommige mensen buiten het politiebureau. Mijn plan had gewerkt.

Terug naar het hotel

Als ik het station verlaat, begin ik me af te vragen waarom de mensen van Mimoso zo passief hebben gereageerd. Ze leefden onder de tirannie van een wrede heks en majoor. Ik denk dat het misschien angst is die elke vergelding van hen tegenhoudt. Plotseling begin ik me de drie deuren te herinneren waaruit ik moest kiezen om verder te komen in de grot. Ze vertegenwoordigden angst, falen en geluk. Daar leerde ik mijn angsten te beheersen en ze te confronteren, ondanks alle factoren in de grot die me vergeleken met struikelen, zoals het donker, het onverwachte en alle valkuilen. Ik heb ook geleerd om mislukkingen onder ogen te zien, niet als het einde, maar als de hervatting van een nieuw plan. Uiteindelijk koos ik voor de deur van geluk en dat is wat mensen niet vaak kiezen.

Velen zijn slaven van hun dagelijks leven, van egoïsme, van moraliteit, schaamte en hun eigen vermogen om te dromen. Dat zijn degenen die falen en bang zijn. Ze lopen niet eens het risico de grot binnen te gaan om hun verlangens te vervullen. Het worden ongelukkige mensen zonder zelfliefde.

Ik kijk opzij. Ik zie mensen die mij nog niet eens kennen die heel boos zijn over mijn vrijlating van het politiebureau. Op de bodem van hun hart hebben ze mij al veroordeeld en veroordeeld. Hoe vaak doen we dat? Hoe vaak denken we dat we de waarheid bezitten en dat we de macht hebben om te veroordelen? Denk aan wat Jezus zei: Verwijder eerst de straal uit uw eigen oog voordat u hem op uw broeder richt. Hij zei dat omdat we allemaal gebreken hebben en dit maakt onze oordelen partijdig en obscuur. Alleen degenen die het menselijk hart kennen en die vrij zijn van alle zonde hebben het vermogen om alles duidelijk te zien. Ik kijk voor de laatste keer naar deze mensen en ik heb medelijden met hen omdat ze hun hebzuchtige rechtvaardigheidsgevoel verkiezen in plaats van na te denken over hun eigen leven. Ik laat ze achter en vervolg mijn weg terug naar het hotel. Ik begin elke stap die ik zou zetten mentaal te organiseren om de "tegengestelde krachten" te herenigen en juffrouw Christine te helpen. Zij was de eigenaar geweest van die schreeuw die ik hoorde in de grot van wanhoop en die me ertoe bracht door de tijd te reizen. Deze reis maakte deel uit van een proces van spirituele en menselijke verbetering voor mij en had tegelijkertijd het doel om onrecht te corrigeren. Ik loop verder en na een minuut of vijf kom ik bij het hotel. Renato en Carmen wachten bij de poort. Zij zijn mijn metgezellen in deze strijd. De volgende dag zou het meest geschikte moment zijn om met mijn plannen te beginnen.

Het idee

De eerste zonnestralen strelen mijn gezicht en de kracht van natuurlijk licht heeft me zojuist wakker geschud. Ik blijf een tijdje onbeweeglijk omdat ik niet zo'n goede nacht heb gehad. Ik herinnerde me nog de nachtmerrie die ik gisteravond had waardoor ik wakker werd. In de droom was ik met een paar jonge mensen aan het praten over mijn boek. Ik sprak over mijn verwachtingen en de hoop om er een commerciële uitgever voor te krijgen. Er komt een duiveltje dat iedereen lastigvalt en bang maakt. Mensen sloegen op de vlucht en de demon, die zijn gezicht niet liet zien, riep uit: "Dus je hebt het allemaal uitgezocht!

Op dat moment eindigt de nachtmerrie en word ik midden in de nacht wakker, overvloedig zwetend. Wat betekende dit? Had het iets te maken met de geschiedenis van Mimoso? Ik wist het niet zeker. Wat ik wel wist, is dat ik een fatsoenlijke plaats in het universum wilde hebben en als mijn lot en mijn roeping in de literatuur lagen, zou ik die met grote passie volgen. Immers, waarom was ik de grot binnengegaan als ik niet de Ziener wilde worden, iemand die in staat was de tijd te overstijgen, de toekomst te voorspellen en de meest verwarde en bedroefde harten te begrijpen? Met die gedachte draai ik me om in bed en sta op. Ik observeer Renato die nog slaapt en vraag me af waarom de voogd er zo op had aangedrongen dat ik hem meenam. Tot nu toe had hij nauwelijks een bijdrage geleverd. Wat kan een kind voor mij betekenen? Nou, dat wist ik niet. Ik leid mijn aandacht van hem af en ga naar de badkamer om snel in bad te gaan. Het bad zou me toegankelijker maken. Ik ga naar binnen, zet het water aan en begin de voordelen al te voelen. Ik denk aan mijn familie en ik heb heimwee. Ik herinner me mijn moeder en mijn zus en hoe ze zo tegen mijn droom in gingen. Een gevoel van vergeving dringt mijn wezen binnen en ik vergeet dit feit uiteindelijk. Ik was het immers die moest geloven in mijn eigen talent en roeping. Naast het wassen van mijn lichaam, probeer ik mijn geest vrij te maken van eventuele onzuiverheden, omdat ik voorbereid moest zijn om de obstakels en uitdagingen die zich kunnen voordoen te overwinnen. Ik zet het water uit en zeep op.

Op dat moment raakt een kleine druppel vanzelf mijn hoofd en reis ik onmiddellijk door verre dimensies. Ik zie mezelf in de hemel, praat met engelen en vraag hen wat de zin van het leven is. Als reactie hoor ik gebel en dit laat me meer in de war. Na de engelen praat ik met de apostelen en een van hen vertelt me dat ik heel speciaal ben voor God. Hij beschouwt mij als zijn zoon. Ik zie van een afstandje de Maagd en ze ziet er voor mij hetzelfde uit als de andere keren dat ik haar heb gezien: zuiver en wijs. Daarna zie ik Jezus Christus op zijn troon, met al zijn glorie, en hij zegt me goed te zijn en op mijn talent te vertrouwen. Dit alles was gebeurd in minder dan een seconde, de tijd dat het de druppel water kostte om mijn hoofd te raken. Dan zie ik de kraan, het water dat langs mijn lichaam loopt, en ik kom terug bij de realiteit. Ik besluit het uit te zetten omdat ik schoon genoeg ben. Als ik uit de badkamer kom, zie ik Renato nog slapen en ik ben overstuur. Ik schud zijn lichaam krachtig om hem wakker te maken. Hij staat mopperend op en gaat in bad. Ik maak van de gelegenheid gebruik om naar de keuken van het hotel te gaan en te ontbijten. Als ik aankom, word ik door iedereen goed ontvangen en Carmen serveert me wat snacks.

"U bedoelt dat de afgevaardigde u gisteren zomaar heeft vrijgelaten? (Rivanio)

"Ik heb hem kunnen overtuigen. Hij had geen reden om me daar gevangen te houden.

"Je hebt geluk gehad, jongen. Het is gebruikelijk in dit dorp dat er veel onrecht gebeurt. Een voorbeeld is Claudio. Hij is gearresteerd omdat hij betrokken raakte bij de dochter van de majoor. (Gomes)

"Het is echt zonde. Als ik iets voor hem kon doen...

"Je kunt beter niet durven. De majoor zou je als zijn vijand beschouwen en dat zou een nachtmerrie zijn. De methoden die de majoor gebruikt om met zijn vijanden om te gaan, zijn niet prettig. (Carmen)

De waarschuwing van Carmen liet me behoorlijk nadenken. Ik moest echt oppassen, want de majoor en de heks mochten niet voor de gek gehouden worden. Ik betrad me in vijandelijk gebied en moest de juiste zetten spelen om als winnaar uit de bus te komen. Het gesprek gaat verder naar andere onderwerpen en ik maak mijn ontbijt af. Zodra ik klaar ben, belt Carmen me voor een privégesprek.

"Nou, het is tijd om de betaling te bespreken zoals ik eerder had gezegd. Heb je geld?

De vraag verraste me een beetje, maar ik herinnerde me dat ik wat had meegenomen op de reis. Ik verontschuldigde me, keek in mijn tas en kwam terug met wat kleingeld. Carmen nam het geld aan en vroeg;

"Uit welk land komt dit geld? Ik heb nog nooit van 'Reais' gehoord. Helaas kan ik het niet accepteren. Ik wil nationale munt.

De reactie van Carmen was als een klap in het gezicht en toen besefte ik dat mijn geld in 1910 geen waarde had. Ik had geen reactie.

"Nou, ik zie dat je geen geld hebt. Dan zul je een baan moeten krijgen om mij te betalen. Hoe zit het als je als journalist voor de major werkt?

"Ik vind dat geen goed idee. Het is echter de enige optie die ik heb. Ik ga met de majoor praten en om een baan vragen.

"Dat is de manier. Ik wens u veel succes.

Carmen geeft me een knuffel en trekt zich terug. Haar idee was niet zo slecht. Ik zou de gelegenheid hebben om Christine te ontmoeten en wie weet, misschien zelfs een soort van contact met haar te hebben.

De figuur van de majoor

Kort nadat ik Carmen had gesproken en haar me op het idee had gebracht, besloot ik het allemaal op te zetten. De klok tikte immers en ik had nu iets meer dan twee weken de tijd om de "tegenkrachten" te verzamelen en Christine te helpen haar lot te vinden. Met dat in gedachten ging ik naar mijn kamer, trok goede kleren aan en vertrok. Bij het verlaten van het hotel begin ik me te concentreren en na te denken over de beste manier om de majoor te behandelen, omdat hij een moeilijke man was, erg bevooroordeeld, trots en aanmatigend. Christine en Claudio waren enkele van de slachtoffers van zijn manier van denken en handelen. Ik wilde er niet meer een worden en zou de juiste woorden moeten kiezen. Ik blijf nadenken over de grote en denk aan de vele moeilijkheden die hij doormaakte toen hij nog maar een kind was. Hij leek echter niets te hebben geleerd, omdat hij geen kans kon missen om mensen te vernederen en te schaden. Het leven had zijn hart en zijn ziel verhard. Hij was niemands idee van een perfecte baas, maar ik had de baan nodig om mijn plannen uit te voeren.

Even denk ik er niet meer aan en versnel een beetje omdat ik in de buurt van de bungalow ben. Ik kijk om me heen en de mensen die ik zie zijn verdrietig en geconformeerd. Ik denk dat de mensen van Mimoso gedeeltelijk verantwoordelijk zijn voor de huidige situatie van tirannie en onrecht die zich op deze plek voordoet. Ze werden gedomineerd door een boze heks en door de belangrijkste vertegenwoordiger van het kolonelssysteem. De een bedreigde de mensen met zwarte magie en de ander gebruikte geweld om te intimideren en te pesten. Beiden konden worden omvergeworpen als allen zich verenigden in opstand tegen hen. Een gebrek aan initiatief en conformisme hield hen in dezelfde situatie, domineerde. Dus de krachten van het goede kwamen in actie en lieten me naar een berg reizen waarvan iedereen zei dat die heilig was. Daar ontmoette ik de bewaker, het jonge meisje, de geest, de jongen, voerde drie uitdagingen uit en betrad een grot die in staat was om de diepste dromen waar te maken. In de grot ontsnapte ik aan vallen en ik ontwikkelde scenario's totdat ik het einde bereikte. Ik werd getransformeerd in de Ziener en ik reisde in de tijd op jacht naar een stem die ik niet kende. Het was de stem van juffrouw Christine, de onlangs gewisselde dochter van de majoor. Een majoor die ik nu zou tegenkomen om een baan te krijgen en te betalen wat ik Carmen verschuldigd was. Uiteindelijk kom ik bij de bungalow en komt de meid des huizes me begroeten in de tuin.

"Hoe kan ik u helpen, meneer?

"Mijn naam is Aldivan en ik ben journalist. Ik wil met de majoor praten. Is hij thuis?

"Ja. Kom binnen, hij is in de woonkamer.

Met kloppend hart betreed ik de prachtige bungalow. Mijn angst en nervositeit deden me de das om. Ik ga de kamer in en groet de majoor.

"Wat brengt u hier, meneer de ziener?

"Nou, zoals uwe Excellentie weet, ben ik journalist. Dus ik dacht dat uwe Excellentie misschien mijn diensten nodig zou hebben en ik besloot hierheen te komen om mijn contract te herzien.

"Kijk, ik ken je niet goed en ik weet nog steeds niet zeker of je een spion bent of dat je tot de oppositie behoort. Ik denk niet dat ik je kan helpen.

"Ik garandeer me dat ik betrouwbaar ben en dat een majoor als jij journalistieke steun nodig heeft om door de samenleving te worden goedgekeurd. Het is zoals het gezegde luidt, de media zijn wie een man creëert.

"Als ik het zo bekijk, denk ik dat het misschien een goed idee is. Laten we een experiment doen om te zien of het werkt. Als je echter mijn imago schaadt, word je als een vijand behandeld en heb je misschien gehoord dat dit op geen enkele manier comfortabel is om te laten gebeuren. Wat salaris betreft, zal het goed geld zijn. U hoeft zich geen zorgen te maken.

"Dank u wel. Ik beloof u niet teleur te stellen. Wanneer begin ik?

"Ga zo snel mogelijk aan de slag. Ik wil dat mijn naam in heel Pernambuco circuleert. Ik wil legendarisch zijn en door vele generaties herinnerd worden.

"Het zal zo zijn, Majoor. Dat beloof ik je.

Ik neem afscheid en vertrek. Nu de missie is volbracht, voel ik me meer ontspannen en zelfverzekerd. Het overtuigen van de majoor was niet zo moeilijk geweest omdat hij dorstte naar macht en roem. Ik had op zijn zwakte ingespeeld en zo kwam ik als winnaar uit de bus.

De job

De majoor gaf me mijn eerste instructies en ik begon te werken om zijn naam te bevorderen. Kortom, mijn taak was om hem te versterken door zijn daden en gunsten te verspreiden onder de lokale bevolking en bij te dragen aan zijn campagne wanneer hij zich kandidaat zou stellen voor het burgemeesterschap van de gemeente. Deze opdrachten brachten me niet in een comfortabele positie omdat ik totaal in strijd was met de idealen van het kolonelssysteem en de houding van de majoor. Ik wist echter dat dit de enige kans was om dicht bij Christine te komen, omdat ze volledig gereserveerd was na de tragedie. Mijn motto was: Het is het doel dat de middelen heiligt. Een van de eerste nieuwsartikelen die ik moest onthullen was als volgt: de belangrijkste hulpbehoevende gezinnen. Ik specificeerde de datum, sprak over de goedheid van de majoor en zijn daden, en ik noemde de dank van het volk en de catastrofale situatie waarin ze zich bevonden. Het belangrijkste werd echter niet bekendgemaakt. Ik heb niet gezegd dat het geld dat werd gebruikt om de voedselmanden te kopen afkomstig was van belastingen en dat in ruil daarvoor de majoor de families verplichtte om op hem te stemmen voor burgemeester. De daad van "vriendelijkheid" was niets anders dan een spel van belang dat erg populair was tijdens de heerschappij van het kolonelssysteem. Ik ben nu medeplichtig geworden aan dit systeem, zelfs tegen mijn eigen wil. Ik probeer er niet meer aan te denken en blijf werken. Mijn strategie was nu om een manier te vinden om met Christine te communiceren en haar haar eigen lot te laten vinden.

De eerste ontmoeting met Christine

Met veel geproduceerd materiaal nader ik de bungalow waar de majoor woont. Zijn goedkeuring was vereist voor verdere publicatie van het werk. Onderweg komen er ideeën naar me toe en ik denk dat ik ze aan hem zou vertellen. Ik denk er beter over na en geef het idee uiteindelijk op omdat de majoor een harde man was en over het algemeen geen suggesties accepteerde. Ik loop nog een paar stappen en uiteindelijk kom ik bij de residentie. Als ik klap, komt er een mooi meisje me begroeten.

"Wat wilt u, meneer?

"Ik ben gekomen om met de majoor te spreken.

"Hij is er niet. Kun je een andere keer komen?

"Geen probleem. Mag ik met u spreken? Jij bent toch juffrouw Christine?

"Ja. Mijn naam is Aldivan en ik ben verslaggever voor de Hoofdstad krant. Ik werk voor je vader.

"O, mijn vader heeft over u gesproken. Je doet toch artikelen over hem?

"Ja. Daarnaast ben ik benieuwd naar jouw verhaal. Kunnen we even praten?

"Mijn verhaal? Ik denk dat het je niet aangaat.

"Ik sta erop. Ik kan je helpen jezelf te vinden. Geef mij de kans.

Plotseling richten Christine ogen zich op de mijne en onze ketenen van gedachten verenigen zich. Over een paar momenten heeft ze de kans om mij wat beter te leren kennen. Ze denkt even na en beslist.

"Oké, ik ga twee stoelen voor ons halen om hier op de veranda te gaan zitten.

Ze komt het huis binnen en komt kort daarna terug. Ze zit naast me en ik ruik haar heerlijk natuurlijk geurende parfum.

"Wel, Christine, wat mijn aandacht trok, was het nieuws dat ik onlangs in de krant in Recife las. Het sprak van een tragedie en over jou als persoon.

"Wat er geschreven staat is waar en werd in heel Pernambuco gerapporteerd. Ik ben een monster! Ik ben een monster! Ik heb het leven van die jongen beëindigd. Hij was net als ik slachtoffer van die situatie. Nu, na de tragedie, ben ik alleen en loopt iedereen van me weg. Ik heb geen vrienden meer, zelfs God niet. Ik zit op een dieptepunt.

"Zeg dat niet, Christine. Als je je schuldig voelt, stop dan, want wat er gebeurde was een smerig complot van de krachten van het kwaad vertegenwoordigd door Clemilda. Ze namen alles van je af, zelfs van je God. Als je reageert, is er misschien hoop.

"Hoe weet je dit allemaal? Wie ben je eigenlijk?

"Als ik het je nu zou proberen uit te leggen, zou je het niet begrijpen. Ik wil dat je weet dat je in mij een grote vriend hebt, voor altijd. Je bent niet meer alleen.

Tranen stromen over Christine gezicht met mijn oprechtheid. Ze omhelst me en zegt dat het haar de laatste tijd aan genegenheid ontbreekt. Ik probeer het gesprek weer op gang te brengen.

"Vertel me, hoe was je ervaring in het klooster. Heb je daar God gevonden?

"Ja, dat heb ik gedaan. Maar we kunnen God overal vinden. Hij is in het water van de waterval die neerdaalt, volledig afgeleverd op zijn bestemming, Hij is in het zingen van de vogels bij het aanbreken van de dag, en Hij is in het gebaar van de moeder die haar zoon beschermt. Hoe dan ook, hij zit in ons en vraagt voortdurend om gehoord te worden. Toen ik dit doorhad en naar hem leerde luisteren, begreep ik dat mijn roeping niet die van non was. Ik leerde dat ik Hem op andere manieren kon dienen.

"Ik bewonder u voor dit gebaar en ik ben het eens met uw definitie. Hoeveel mensen bedriegen zichzelf hun hele leven en geven zich over aan paden in het leven die niet voor hen zijn. Soms gebeurt dit onder invloed van ouders, de maatschappij, of gewoon niet weten hoe te luisteren naar die innerlijke stem die we allemaal hebben en die je God noemt. Sinds je hebt besloten om het religieuze leven te verlaten, neem ik aan dat je de liefde hebt gevonden.

"Ja, maar ik wil er niet over praten. Het doet nog steeds zoveel pijn, de tragedie en alle gebeurtenissen die eraan voorafgaan.

Ik neem me voor om Christine stilzwijgen te respecteren en durf haar niets meer te vragen. Ik neem afscheid en vraag of we nog een keer kunnen praten. Ze zegt ja en daar word ik blij van. Mijn eerste ontmoeting met Christine was een succes geweest.

Terug naar het kasteel

Na de eerste ontmoeting met Christine besloot ik het opnieuw op te nemen tegen de machtige tovenares Clemilda. Ze moest weten dat de krachten van het goede aan het werk waren en dat het ministerie van het kwaad ten einde liep. Met dit in gedachten ga ik weer naar het gevreesde zwarte kasteel. Het heeft hetzelfde aspect als de tijd ervoor en ik begin te rillen, adem onregelmatig en mijn hart werd nogal versneld. Wat voor mystiek was dit? De "tegengestelde krachten" schreeuwden in mij. Terwijl ik dichterbij kom, proberen verontruste en verwarde stemmen me van mijn pad af te krijgen. Ik kniel op de grond en probeer mijn hoofd leeg te maken om verder te gaan. De stemmen zijn echt sterk. Ik begin me de leringen van de bewaker, de uitdagingen en de grot te herinneren. Ik herinner me ook mijn meditatie en hoe het me hielp. Ik pas toe wat ik heb geleerd en begin me beter te voelen en ik kan verder. Ik sta op en loop de laatste stappen, eindelijk aangekomen. De toegangsdeur gaat meteen open en zonder angst ga ik er doorheen. De horrorscène van vroeger herhaalt zich, maar ik besteed er geen aandacht meer aan. Kordaat en resoluut ga ik naar de gang waar ik word begroet door Totonho, een van Clemilda trawanten. Hij stuurt me naar een kamer. Binnen, in het midden, draagt Clemilda een capuchon.

"Waaraan heb ik de eer van een nieuw bezoek van de Ziener te danken? Ben je gekomen om het werk dat ik doe op deze rustieke plek te feliciteren?

"Begin niet bij mij. Je weet, nog meer dan ik, dat de onevenwichtigheid in de "tegengestelde krachten" Mimoso en zelfs het universum bedreigt. Ik wil dat je hier zo snel mogelijk vertrekt. De pijn die je mensen hebt aangedaan, met name een jong meisje genaamd Christine, is te veel. Ik ben blij dat ik vrienden met haar ben geworden en ik begin haar haar eigen lot te laten zien.

"Ik betwijfel of je haar kunt overtuigen om een zelfverzekerd, volledig schuldvrij, jong meisje te zijn. De tragedie beïnvloedde haar zintuigen en gevoelens. Over de 'tegenkrachten' heb je gelijk, maar het zal niet gemakkelijk zijn om me hier weg te krijgen. Ik stel een deal voor. Als je Christine overtuigt om echt van koers te veranderen en als je drie uitdagingen op drie verschillende dagen voltooit, heb je recht op een eindstrijd. De "tegengestelde krachten" zullen elkaar ontmoeten en tegenover elkaar staan, en wie wint, zal voor eeuwig regeren.

"Een strijd? Is het niet gevaarlijk? Het heelal dreigt te verdwijnen als er iets misgaat.

"Je hebt geen keuze. Het is te nemen of te laten. Wil je Mimoso echt redden? Zie dan de kracht van "Duisternis" onder ogen.

"Deal. Ik zal het doen.

Dat gezegd hebbende, trok ik me terug uit de kamer en zocht naar de uitgang. Er stond een oorlog op het punt te beginnen tussen de "tegengestelde krachten" en ik was een van de hoofdpersonen van deze confrontatie. Ik wist niet wat er ging gebeuren, maar ik was bereid om alles te doen om de onevenwichtigheid van "tegengestelde krachten" te keren en Christine te helpen.

De Boodschap II

De ontmoeting met Clemilda liet me weten dat ik onmiddellijk moest handelen en mijn plan in daden moest omzetten. De oorlog tussen de "tegengestelde krachten" werd verklaard en ik had er een grote rol in. Dus besloot ik een briefje te schrijven, gericht aan Christine, en haar uit te nodigen voor een nieuwe ontmoeting. Nadat ik het had geschreven, belde ik Renato en vroeg hem het briefje in haar handen te bezorgen. Hij nam het aan en vertrok zonder vertraging. Zo'n twintig minuten later kwam hij terug en bracht het antwoord met zich mee. Ik pak het papier voorzichtig vast en open het langzaam alsof ik bang ben voor het antwoord. Het bevat het volgende bericht: Ontmoet me om 7:00 uur op de weg naar Climério. Ik ben blij om te horen dat ze op de uitnodiging is ingegaan en mijn hoop om haar te recupereren. Ze was een belangrijke speler in de strijd tegen de kracht die tegen ons was.

Reis naar Climério

De dag van de bijeenkomst was eindelijk aangebroken. Ik sta op en regel de meest geschikte strategie die tijdens de vergadering moet worden gebruikt. Ik ga naar de wc en neem een bad, poets mijn tanden en ga ontbijten. Na het voltooien van al deze stappen ben ik klaar om Christine te vinden. De ontmoetingsplek die ik goed kende. Het was in Climério, gelegen ten oosten van Mimoso. Met de instelling waarmee ik wakker was geworden, begon ik richting de ontmoetingsplek te lopen. Het was voorbij 7:00 uur en precies op dit moment had Christine haar huis al moeten verlaten. De herinnering aan onze eerste ontmoeting komt in me op en ik vraag me af of Christine me al vertrouwt, want ze was tijdens de eerste momenten van het interview volop ingetrokken. Nou, geen wonder. Ik was een vreemdeling, een vreemdeling die zeer goed op de hoogte bleek te zijn van de details van haar leven. Dit genereert een ongekende impact. Ik ben blij dat ik duidelijk had aangegeven dat ik haar vriendin wilde zijn en toen ik zag hoe ze zich de laatste tijd extreem eenzaam voelde, accepteerde ze, althans tijdelijk, mijn raad en mijn advies. Nu was ik klaar voor de tweede etappe die de belangrijkste was.

Ik loop een tijdje in dezelfde richting en verderop zie ik de figuur van Christine. Meteen begin ik te rennen om haar te ontmoeten.

"Hoe gaat het met je, Christine? Heb je een goede nacht gehad?

"Sinds de tragedie heb ik geen goede nachten meer gehad. Ik droom altijd over mijn huwelijk en alles wat daar gebeurde. Ik weet niet hoe lang ik zo ga leven.

"Je moet het loslaten, Christine. Vergeet de schuld en wroeging, want ze schaden je alleen maar. Ik heb geleerd dat we in het leven in het huidige moment moeten leven en ons kwetsende verleden moeten vergeten. De goede tijden zijn de tijden die we moeten onthouden om onszelf te versterken en met opgeheven hoofd te blijven lopen.

"Dat zijn slechts woorden. De pijn die ik van binnen voel is nog steeds te veel.

"Op een dag zul je het overwinnen. Ik weet het zeker. Nou, Christine, ik heb iets serieus om met je over te praten. Het gaat over deze heks Clemilda die de machten van de duisternis inriep om het dorp Mimoso over te nemen. Zij was verantwoordelijk voor de tragedie en alle andere slechte gebeurtenissen hier sindsdien. Ik confronteerde haar en ik ben vastbesloten om haar heerschappij te beëindigen. Als reactie bood ze me een deal aan. Nu moet ik de "krachten van het goede" verzamelen voor een strijd. Wat zeg je? Ben je klaar om me te verdedigen in deze strijd?

"Ik weet niet of ik er klaar voor ben. Clemilda is de nicht van Gerusa en Gerusa was praktisch een moeder voor mij. Ik weet dat ze slecht is en ik ben totaal tegen haar acties. Aan de andere kant is ze praktisch familie. Het zijn de "tegengestelde krachten" die mijn hart verwarren en me in twijfel laten trekken.

"Ik begrijp het. Ik moet u eraan herinneren dat u een sleutelrol speelt in de komende oorlog. Denk voordat je beslist aan de mensen, aan het christendom en aan jezelf.

"Ik beloof dat ik erover zal nadenken. Wil je me nog iets anders vertellen?

Ik denk even na voordat ik antwoord en ik vraag me af of ze er echt klaar voor is. Ik besluit het risico te nemen.

"Ja, de hele waarheid. Christine, jarenlang was ik een jonge dromer en vol hoop. Ondanks mijn inspanningen kon ik mijn doelen echter niet bereiken. Ik heb drie jaar van mijn leven volledig verlaten doorgebracht: ik had geen baan en ik studeerde niet. Het feit dat ik op een dieptepunt was, bracht me in een crisis die me bijna tot waanzin dreef. Tijdens deze crisis probeerde ik dichter bij de Schepper te komen om wat vrede en troost te verkrijgen. Maar hoe meer ik aandrong, hoe minder ik antwoorden kreeg. Dus probeerde ik mijn toevlucht te zoeken tot de Duivel op zoek naar genezing en antwoorden. Ik ging naar een sessie en ze beloofden me dat ik in staat zou zijn om te genezen en gelukkig te zijn. In ruil daarvoor zou ik van religie moeten veranderen en precies moeten doen wat ze zeiden. Op de dag en op het uur dat was gemarkeerd voor mijn terugkeer naar deze plaats, kreeg ik het antwoord dat God om me gaf. Hij stuurde zijn Engel en waarschuwde me om niet terug te gaan, dat ik niet het langverwachte geluk en genezing zou vinden. Dus ik sloeg acht op de waarschuwing en durfde er niet meer heen te gaan. Ik zag een arts en hij zei dat mijn geval niet ernstig was, dat het een eenvoudige zenuwinzinking was. Dus ik nam wat medicatie en verbeterde. God gebruikte die dokter om mij te helpen. Hoe vaak doet hij dat niet zonder dat we het doorhebben. Tijdens mijn crisis ben ik gaan schrijven om een beetje plezier te hebben, als therapie. Toen besefte ik dat ik een talent had dat me nooit was opgevallen. Na de crisis kreeg ik een baan en ging ik weer naar school. Tegelijkertijd groeide het verlangen om schrijver te zijn en met mensen te communiceren in mij. Toen hoorde ik over de Ororubá-berg, de heilige berg. Het werd heilig vanwege de dood van een mysterieuze sjamaan en het heeft een majestueuze grot op de top die de grot van wanhoop wordt genoemd. Het is in staat om elke droom te verwezenlijken, zolang het maar puur en eerlijk is. Dus besloot ik in te pakken en aan een reis naar de berg te beginnen. Ik nam afscheid van mijn familie, maar ze begrepen mijn droom niet. Toch ben ik vertrokken. Ik moest geloven in mijn eigen talent en potentieel. Dus beklom ik de berg en ontmoette de bewaker, een oude geest. Met haar leringen was ik in staat om de uitdagingen te overwinnen die mijn ticket naar de grot waren. Het verhaal is echter nog niet af. De grot van wanhoop had nooit iemand toegestaan om zijn of haar dromen er doorheen uit te voeren. Iedereen die het geprobeerd heeft, werd standrechtelijk weggevaagd. Ik had echter een droom en het riskeren van mijn leven zou geen obstakel voor me zijn. Ik besloot de grot in te gaan. Ik begon erin te lopen en al snel verschenen de eerste vallen. Ik wist ze allemaal kwijt te raken en kort daarna kwam ik drie deuren tegen. Ze vertegenwoordigden geluk, falen en angst. Ik koos de juiste deur en ik ging de grot in. Toen vond ik een ninja en met zijn vechtsporten probeerde hij me te vernietigen. De ervaring leidde me naar de overwinning en ik viel de ninja.' Daarna ging ik verder in de grot en vond een doolhof. Ik ging erin en verdwaalde. Toen had ik een idee en wist ik mijn weg naar buiten te vinden. Toen vond ik een set spiegels. Dit scenario zette me aan het denken en hielp me mezelf te vinden. Dus duwde ik iets verder de grot in. Kortom, ik was in staat om alle scenario's van de grot vooruit te helpen en het zag zich verplicht om mijn wens in te willigen. Ik werd de Ziener en ik reisde terug in de tijd, een stem volgend die ik niet kende. Deze stem was van jou, Christine, en ik ben hier om je te helpen.

"Dat is veel informatie tegelijk. Ik weet niet of je gek bent of dat ik mijn verstand verlies omdat ik het hoor. Ik had al gehoord van de grot en zijn prachtige krachten, maar had nooit gedacht dat iemand naar binnen was gegaan en het vuur had overwonnen. Ik moet een beetje nadenken en nadenken over alles wat ik heb gehoord.

"Denk na, Christine, maar doe er niet te lang over. Mijn tijd hier raakt op en ik moet mijn missie vervullen.

"Ik beloof u spoedig een reactie te geven. Nou, nu moet ik mijn wandeling afmaken en terug naar huis gaan.

Ik neem afscheid van Christine en ga terug naar het hotel. Ik had mijn deel gedaan, nu restte alleen nog het antwoord. Mijn hoop was in handen van het lot en ik wist niet welke kant het op wees. De oorlog tussen de "tegengestelde krachten" zou snel plaatsvinden en de reactie van Christine zou de doorslag geven.

Beslissing

De dreigende oorlog tussen de 'tegengestelde krachten' liet me op geen enkele manier zeker. Ik had nog nooit deelgenomen aan een wedstrijd van dit type en het zou een unieke ervaring zijn. Om mijn hart en mijn geest te verlichten, verlaat ik het hotel en richt ik me op de ruïnes van de kapel van St. Sebastian, die heel dichtbij is. Onderweg vraag ik me af welke uitdagingen ik zal tegenkomen en of ze net zo moeilijk zullen zijn als de obstakels in de grot. Welnu, ik zou er alles aan doen om te winnen te midden van eventuele moeilijkheden. Mijn gedachten verheffen zich en ik denk aan mijn droom en elk obstakel dat daarbij komt kijken. Ik vraag me af of ik een commerciële uitgever voor mijn boek zou krijgen. Zou hetzelfde genoeg investeren om het boek tot een succes te maken? Ik ben me er heel erg van bewust dat de grot me echt had geholpen, maar niet al mijn problemen zou oplossen. Ik verwachtte dat de grot slechts het begin was van een lange en krachtige literaire carrière. Het was voor mij echter niet het moment om me daar zorgen over te maken. Ik had belangrijkere dingen te doen. Ik zou de "tegengestelde krachten" moeten herenigen en Christine moeten helpen zichzelf te vinden. Deze doelen brengen me dichter bij de ruïnes en even later raak ik de overblijfselen van het symbool van het christendom aan. Ik zoek naar het kruisbeeld dat intact is gelaten en bij het aanraken begin ik meer te begrijpen over mijn religie en haar stichter. Hij had zich voor ons overgegeven, simpelweg voor een liefde die we niet kunnen begrijpen. Een liefde die zo groot was dat ze wonderen kon verrichten. Dat was wat ik nodig had: Een wonder.

Ik stond op het punt om onbekende krachten onder ogen te zien die zich voedden met egoïsme, verslavingen, zwakheden en menselijke haat, krachten die in staat waren om het menselijk leven te vernietigen. Ik kijk nog eens naar het kruisbeeld en het vervult me met moed. Er was een voorbeeld van een winnaar. Hij was ook een dromer zoals ik en zijn leringen hebben de wereld veroverd. Hij leerde ons om anderen lief te hebben en te respecteren en dit was de boodschap die ik in mijn dagelijkse leven predikte. Ik kijk om me heen naar alles wat dichtbij is: ik zie mensen, de blauwe lucht, en ver weg, de horizon. Ik kon hen en mezelf niet teleurstellen. Met alle kracht in mijn borst roep ik:

"Ik ben er klaar voor!

De aarde begon te beven en binnen enkele seconden voel ik me weggerukt van de plek waar ik was. Ik word geleid door het haar en de emotie van het moment verduistert mijn zicht, alles is donker en leeg.

De ervaring in de woestijn

Ik ben net wakker geworden en ik sta op om precies te weten waar ik ben. Ik kijk in de vier richtingen en ik zie alleen zand en de lucht. Het voelde alsof ik midden in de woestijn was. Wat deed ik hier? Wat voor grap was dit? In een oogwenk was ik bij de ruïnes van de kapel (in Mimoso) en in een andere was ik op deze donkere, lege plek. Ik begin te lopen, op zoek naar iets. Wie weet vind ik wel een oase of iemand die me kan begeleiden en precies kan vertellen waar ik ben. Het gevoel van eenzaamheid neemt elke minuut toe, ondanks mijn overtuiging dat ik altijd vergezeld word door een engel. Op deze momenten herinner ik mezelf eraan hoe belangrijk het is om vrienden te hebben of iemand die je kunt vertrouwen. Geld, sociale uiterlijk vertoon, ijdelheden, succes en over- winning zijn zinloos als je niet iemand hebt met wie je het kunt delen. Ik loop verder en het zweet begint te druipen, honger begint me te knagen en dorst doet dat ook. Ik voel me verloren zoals ik deed in het grotten- labyrint. Welke strategie zou ik nu gebruiken? De oase kan overal zijn. Ik sta even stil. Ik zou mijn kracht moeten hervinden en ademen. Ik had mijn grenzen nog niet bereikt, maar ik voelde me behoorlijk moe. De wandeling de steile trap op komt in me op, die in het Heiligdom van Onze-Lieve-Vrouw van Genade, de bewakersplaats, in spanten. Ik was nog maar een kind en de inspanning van de klim had me veel gekost. Bij aankomst op de top belandde ik op een veilige plek uit angst om van de steile bergkam af te vallen. Mijn moeder stak een kaarsje aan en betaalde de belofte die ze had gedaan. Het heiligdom werd door veel toeristen be- zocht en het kreeg op die plaats de verschijning van de Maagd Maria.

Het verhaal was als volgt: In 1936 reden de bandiet Virgulino Fer- reira, de "Lantaarn", en zijn bende door Pesqueira waar ze wreedheden hadden begaan tegen de lokale boeren. Maria da Luz had Conceição gevraagd wat ze zou doen als de Lantaarn daar op dat moment zou ver- schijnen. Het meisje had gezegd: " Oh mijn, ik zou een manier moeten vinden zodat deze boosdoener ons geen kwaad zou kunnen doen". Toen zagen ze, kijkend naar de bergrug, een beeld in de vorm van een vrouw. De verschijning herhaalde zich in de volgende dagen en het nieuws verspreidde zich over de hele regio. Het Vaticaan heeft toegegeven dat Onze-Lieve-Vrouw van Genade verscheen in Pesqueira en op nog eens vijf locaties in verschillende delen van de aarde. De verschijning op de horlogesite was de enige die op het Amerikaanse continent werd gereg- istreerd.

Bij het afdalen van het heiligdom voelde ik me meer ontspannen en zelfverzekerd. Zo zou ik me voelen bij het vinden van een oase. Ik keer terug naar mijn wandeling en heb een vraag in mijn hoofd die niet uit mijn hoofd zal komen. Waar lag de uitdaging? Het had voor mij geen zin om zonder antwoorden te blijven lopen. Omdat ik de reis naar de heilige berg had gemaakt, de uitdagingen had volbracht en de grot was binnengegaan, had ik een plan en een doel. Ik was nu stuurloos en zonder richting. Ik begin na te denken over de lucht en ik zie wat vogels. Een geweldig idee komt in mijn hoofd op en ik besluit ze te volgen zoals ik deed met de vleermuis in de grot. Na dertig minuten in de achtervolging zie ik een meer waar de vogels landen en mijn hoop wordt met een grotere kracht teruggegeven. Ik kom bij het meer en begin het water te drinken. Ik drink een beetje maar de slechte smaak doet me stoppen. Dus ik ga een beetje aan het meer zitten om mijn benen en voeten te laten rusten die moe waren van de reis. Even later raakt een hand mijn schouder en draai ik me om. De bewaker die ik op de berg ontmoette, stond recht voor me.

"Jij, hier? Dat had ik niet verwacht.

"Mijn zoon, je ziet er een beetje moe uit. Wil je niet naar huis? Je familie mist je heel erg.

"Dat kan ik niet. Ik moet mijn missie vervullen. Het was dezelfde dame die me naar Mimoso stuurde om de "tegengestelde krachten" te herenigen en Christine te helpen.

"Vergeet je missie. Je hebt niet de kracht om je tegenstander te verslaan. Bedenk dat zelfs uw meester Jezus Christus aan het kruis omkwam omdat hij ongehoorzaam was aan de duivel.

"Je vergist je. Jezus Christus kwam als winnaar uit de bus van dat geschil en het kruis is het symbool van zijn overwinning. Wachten. Zo heb je nog nooit gesproken. Wie ben je?? Ik ben er zeker van dat u niet de voogd bent, ondanks uw uiterlijk.

De vrouw slaakte een kreet van sarcasme en verdween. Het was dus gewoon een visioen dat met me wilde knoeien. Ik zou heel voorzichtig moeten zijn met uiterlijkheden. Ik blijf zitten zonder enig idee hoe ik die uitgebreide en lege plek kan verlaten. Ik voel alleen mijn hart kloppen, mijn benen trillen en mijn onderbewustzijn zeggen dat het nog niet voorbij is. Wat ontbrak er? Ik ben deze uitdaging al beu. Ik kijk naar de horizon en in de verte. Ik zie iemand naderen. Was het meer dan alleen

een visie? Ik zou voorzichtig moeten zijn. Toen ik dichterbij kwam was ik bang en kon het niet geloven. De persoon omhelst me en ik geef het terug ondanks het wantrouwen.

"Ben je echt mijn moeder? Hoe ben je hier terecht gekomen?

"Ik wel. De voogd hielp me je te vinden. Nadat je was vertrokken, ging ik naar de berg omdat ik me grote zorgen maakte. Dus ik vond de voogd en zij begeleidde me.

"Wacht. Ik moet bewijs hebben dat je echt mijn moeder bent. Wat was de naam van mijn favoriete kat en welke bijnaam gaven mijn neefjes me?

"Dat is makkelijk. De naam van je favoriete kat was Pecho en je bijnaam is oom Divinha.

Het antwoord kalmeert me en ik omhels haar. Ik had echt iemand nodig die bekend was in die woestijn.

"Wat doe je hier?

"Ik ben hier om je ervan te overtuigen dit allemaal op te geven. Jullie riskeren groot gevaar in deze woestijn. Kom op, laten we gaan. Ik had je het huis niet uit moeten laten gaan.

"Dat kan ik niet. Ik moet een missie voltooien. Ik moet de "tegengestelde krachten" herenigen en Christine helpen. Daarnaast moet ik alles vastleggen in een boek zodat ik mijn literaire carrière kan beginnen.

"Deze missie van jou is waanzinnig. Je kunt de krachten van de duisternis niet verslaan en je kunt ook geen boek publiceren. Hoe vaak moet ik zeggen dat het schrijven van boeken je geen resultaten gaat opleveren? Je bent arm en onbekend. Wie koopt ze? Daarnaast heb je geen talent.

"Je vergist je volledig. Ik kan de "tegengestelde krachten" herenigen en mijn droom waarmaken. Ik kan niet geloven dat je mijn moeder bent, ook al moedigde ze me ook niet aan. Ik weet dat ze een sprankje hoop heeft dat ik echt schrijfster word. Ik heb talent, anders was ik de grot niet ingegaan om de berg te vragen me in de Ziener te veranderen.

Onmiddellijk werd mijn moeder een man met een lichtgekleurd uiterlijk en met ogen van vuur. Ik schrok een beetje, maar ik vermoedde dat zij het niet was. De man begon om me heen te draaien.

"Ziener, Zoon van God. Heb je er ooit over nagedacht wat al deze namen betekenen? Helderziendheid is een geschenk dat een individu helpt de toekomst te kennen of het exacte idee te hebben van wat er elders aan de hand is. Je hebt deze vaardigheden niet. Eigenlijk heb je een onderontwikkelde helderziendheid. Het is behoorlijk pretentieus van je om te beweren een krachtige paragnost te zijn. Wat betreft het feit dat je de Zoon van God bent, dat is een grote grap. Herinner je je de fouten die je in een woestijn hebt begaan niet precies zoals deze? Denk je dat God je vergeven heeft? Hoe heb je dan het lef om jezelf Zoon van God te noemen? Voor mij ben je meer een duivel dan een zoon van God. Dat klopt. Jij bent de Duivel, net als ik!

"Ik ben misschien geen krachtige paragnost, maar ik krijg boodschappen van de Schepper. Hij vertelt me dat ik een mooie toekomst zal hebben. Ik bouw het elke dag op in mijn werk, in mijn studie en in de boeken die ik schrijf. Wat mijn fouten betreft, ik ken ze en ik heb vergeving gevraagd. Wie maakt er geen fouten? Ik heb me erop gericht om een nieuwe man te worden en ik ben al mijn verleden vergeten. De boodschappen die ik ontvang zijn dat God mij als zijn zoon beschouwt en ik geloof er heilig in. Anders had hij me niet zo vaak gered.

Met ogen vol tranen kijk ik naar het universum en keer mijn rug naar mijn aanklager. Ik slaak een stevige kreet.

"Ik ben niet de Duivel! Ik ben een mens die op een dag ontdekte dat ik een oneindige waarde voor God heb. Hij redde me van de crisis en wees me de weg. Nu wil ik bij hem blijven en mezelf vervullen, ongeacht de obstakels en moeilijkheden die ik moet overwinnen. Zij zullen mij volwassener maken en ik zal een beter mens worden. Ik zal blij zijn, want daar spant het universum voor samen.

De Duivel trok zich een beetje terug en zei:

"We zullen elkaar weer ontmoeten, Aldivan. De oorlog tussen de 'tegengestelde krachten' is nog maar net begonnen. Uiteindelijk kom ik als winnaar uit de bus.

Dat gezegd hebbende, hij was weg. Het moment erna ben ik weer in vervoering. Binnen enkele seconden bevind ik me in het vorige scenario, opnieuw onder de ruïnes van de kapel. Ik neem me onmiddellijk voor om terug te keren naar het hotel om uit te rusten en mijn kracht en geest te herstellen. De eerste uitdaging was voltooid, nu waren er nog maar twee over.

De aanbidders van de duisternis

De volgende dag ga ik terug naar dezelfde plek waar ik naar de eerste ervaring was gebracht. Onbewust denk ik dat het de poort is naar de uitdagingen. Als ik naar de ruïnes kijk, voel ik mijn hart verscheurd door de verlatenheid van de plaats. Het ware pad was gesmoord door een goddeloze en perverse heks. Nu was het mijn taak om de "tegengestelde krachten" in evenwicht te brengen en de vrede die op die plaats verloren was gegaan, te hervatten. Klaar, ik herhaal het wachtwoord van de dag ervoor en opnieuw word ik vervoerd. Ik bevind me op een vreemde en donkere plek waar een ritueel wordt uitgevoerd. Er zijn een stuk of tien mensen, gerangschikt in cirkels die woorden mompelen in een taal die ik niet ken. In het midden zit een man op zijn hurken en de anderen gieten een vloeistof met een ondraaglijke geur op zijn hoofd. Even later groeien er twee hoorns op zijn hoofd en wordt zijn gelaat er vreselijk uitziend. Hij ziet me en staat op. Hij nadert, pakt een zwaard en gooit er nog een naar me. Ik word nerveus omdat ik niet gewend was om met wapens om te gaan.

Hij roept me om te vechten en begint wat klappen uit te delen. Ik probeer ze te blokkeren met mijn zwaard en dat doe ik, bijna bij wonder. Hij blijft aanvallen en ik verdedig mezelf. Ik begin naar zijn bewegingen te kijken om vervolgens reacties te kunnen geven. Hij is vrij snel en bekwaam. Gaandeweg begin ik terug te vechten en hij lijkt verrast.

Een van mijn bewegingen doet hem pijn, maar hij lijkt nog steeds onvermoeibaar. Dus ik neem me voor om in beroep te gaan. Ik benader hem en zonder dat hij het merkt, bereid me voor op een laatste aanval. Het zwaard helpt me hem uit balans te brengen en met gebalde vuisten sla ik hem met alles wat ik heb. Hij valt bewusteloos op de grond. Tegelijkertijd word ik meegevoerd naar de ruïnes van de kapel. De tweede uitdaging was aangegaan.

De ervaring van bezit

De derde dag was eindelijk daar. Weer ga ik naar de kapelruïne. De derde ervaring was gemarkeerd en ik kon niet langer wachten. Wat stond me te wachten? Ik weet het echt niet, maar ik voelde me overal klaar voor. De bewaker, de uitdagingen en de grot hadden hier een belangrijke bijdrage aan geleverd. Ik was nu de Ziener en kon niet langer bang zijn. Zelfverzekerd en kalm herhaal ik het wachtwoord van de dag ervoor. Een koude wind slaat toe, mijn lichaam trilt en onophoudelijke stemmen beginnen me te storen. In een oogwenk wordt mijn geweten naar mijn geest getransporteerd en als ik daar aankom, hoor ik iemand op een deur kloppen. Ik neem me voor om het te beantwoorden. Bij het openen van de deur komt een lichtgekleurd onderwerp, slank, met honingkleurige ogen en een doornenkroon op zijn hoofd binnen.

"Wie ben jij?

"Ik ben Jezus Christus. Herken je mijn kroon niet? Het was ermee dat ze mijn hoofd verwondden.

"Wat doe je hier, in mijn gedachten?

"Ik ben gekomen om bezit van u te nemen. Als je het ermee eens bent, zal ik je de machtigste en meest getalenteerde van de mannen maken.

"Hoe weet ik dat je bent wie je zegt dat je bent? Ik wil bewijs.

"Dat is makkelijk. Je bent een jongeman van zesentwintig, rustig, aardig en heel intelligent. Je droom is om schrijver te worden en daarom heb je de reis gemaakt naar een berg die allemaal beweren heilig te zijn.

Je ontmoette de bewaker, het jonge meisje, de geest, de jongen, versloeg uitdagingen en betrad de gevaarlijkste grot ter wereld. Valstrikken ontwijken en scenario's voortschrijden, je hebt gewonnen. Dus het vervulde je droom en veranderde je in de Ziener. De grot was echter slechts één stap in je spirituele groei. Nu heb je me nodig om het pad voort te zetten.

"Je bent dus echt Jezus Christus. Ik weet echter niet of ik iemand in mijn hoofd wil. Het is moeilijk om te wennen aan een stem die me de hele tijd begeleidt. Kun je me niet helpen vanuit de Hemel? Het zou voor mij comfortabeler zijn.

"Als ik hier niet blijf, word je een mislukkeling. Beslis snel: Wil je een man zijn of wil je een God zijn? Als je de tweede optie kiest, zal ik je laten vliegen, over water laten lopen en wonderen verrichten.

"Ik geloof het niet. Nogmaals, ik heb bewijs nodig.

Ik draai mijn lichaam naar een uiterwaard, waar de rivier Mimoso passeert. Ik wilde echt bewijs hebben van wat me overkwam. Bij aankomst bij de rivier probeer ik mijn eerste stappen op het water te zetten. Bij het oversteken krijg ik het bewijs van zijn bedrog te zien. Ik werd bedrogen.

"Monster! U bent Jezus Christus niet! Ga nu uit mijn gedachten, ik beveel je!

De man werd omgetoverd tot een wezen met hoorns en een lange staart. Een harde wind begon over hem heen te waaien en duwde hem recht naar de toegangsdeur van mijn geest. Hij stapt uit en de deur is dicht. Mijn geweten wordt weer normaal en ik voel me beter. De ervaring had mijn kracht uitgeput en dus besloot ik meteen terug te keren naar het hotel met de derde uitdaging. Nu hoefde ik Christine alleen nog maar te overtuigen en te vertrekken naar de eindstrijd.

De gevangenis

Bij aankomst in het hotel word ik verrast door de aanwezigheid van afgevaardigde Pompeu en zijn ondergeschikten.

"Nou, kijk eens wie er is aangekomen, precies op wie we hoopten. Meneer waarzegster, u meneer, bent gearresteerd. (Pompeu)

"Hoe? Wat is de beschuldiging?

"Hij wordt gevangengezet op bevel van koningin Clemilda en dat is genoeg.

Snel deden de ondergeschikten mijn handboeien om. Een mengeling van verontwaardiging en woede vult mijn hele wezen. De Krachten van de Duisternis gebruikten hun laatste redmiddel om de triomf van het goede te voorkomen. Gevangen kon ik niets doen en daarmee zou Mimoso verloren gaan. Wat zou er gebeuren met de 'tegengestelde krachten' en met Christine? Precies op dat moment had ik alle hoop al verloren. Ze bevalen me om te lopen en dat is precies wat ik doe. Op weg naar het station komen alle onrechtvaardigheden die ik in mijn leven heb geleden in me op: een slecht gecorrigeerde test, een onmenselijke ambtenaar, een slecht proces en onbegrip van anderen. In al die situaties voelde ik me op dezelfde manier: vertrapt. Ik richt mijn aandacht op de afgevaardigde en vraag hem of hij geen wroeging voelt. Hij zegt dat hij dat niet doet, maar hij zou het wel doen als hij de bestelling niet zou uitvoeren, omdat hij zeker zijn baan zou verliezen. Ik begrijp zijn punt en ik heb geen vragen meer. Enige tijd later komen we aan op onze bestemming. Ze doen mijn handboeien af en stoppen me in een cel waar nog wat andere gevangenen zitten. Ik breng mijn eerste nacht volledig opgesloten door.

Tweespraak

In korte tijd vind ik een manier om bij de andere gevangenen te passen. Ze zijn er om verschillende redenen: een voor het stelen van kippen, anderen voor het weigeren om belasting te betalen en sommige omdat ze niet hebben gestemd op de kandidaat die door de majoor is genomineerd. Onder hen is Claudio. Ik begin met hem te kletsen.

"Ben je hier al lang?

"Ja, een lange tijd. Ik ben hier al sinds de majoor ontdekte dat ik met zijn dochter aan het daten was. En jij, waarom zit je in de gevangenis?

"Nou, ik had een meningsverschil met een dame die Clemilda heette. Ze heeft tirannie gepleegd door me hier zo op te sluiten. Maar vertel eens over jezelf, je houdt zoveel van dit meisje dat je het risico liep om de major onder ogen te zien?

"Ja, ik hou van haar. Sinds ik Christine heb ontmoet, ben ik een nieuwe man. Ik ben de echt belangrijke dingen gaan waarderen. Ik gaf ook mijn slechte gewoonten en wilde manieren op. Zonder haar weet ik niet wat er van mijn leven zal worden.

"Ik begrijp het. Op het moment dat ik haar ontmoette, vond ik haar echt bijzonder. Het is jammer dat ze zo'n tragedie heeft moeten meemaken.

"Ik hoorde over de tragedie hier, in de gevangenis. Ik weiger echter te geloven dat de vrouw van wie ik hou een moordenaar is. Haar temperament komt daar niet mee overeen.

"Ze was gewoon een ander slachtoffer van de heks Clemilda. Dit schepsel bracht de "tegengestelde krachten" uit balans en bedreigt het hele universum. Het werd dus aan het lot overgelaten om me naar de heilige berg te moeten sturen waar ik de bewaker, het jonge meisje, de geest en de jongen ontmoette. Ik voltooide de uitdagingen en veroverde daarmee het recht om de grot van wanhoop binnen te gaan, de grot die je diepste dromen schenkt. Door valstrikken te ontwijken en scenario's voor te schotelen wist ik het einde te bereiken. Toen veranderde de grot me in de Ziener en maakte ik een reis in de tijd na een schreeuw die ik hoorde. Deze schreeuw was van Christine. Toen ik op de huidige dag aankwam, stond ik op tegen Clemilda en ze gaf me drie uitdagingen die ik voltooide. Nu is het enige wat je nog hoeft te doen je geliefde overtuigen om een laatste gevecht te voeren. Ik zit nu echter in de gevangenis en dat weerhoudt me ervan om actie te ondernemen.

"Wat een verhaal! Ik had al gehoord van de grot en zijn prachtige krachten, maar had nooit gedacht dat iemand het zou kunnen overwinnen. U was de eerste die ik erover hoorde spreken. Kijk, als je mijn hulp nodig hebt, ben ik beschikbaar.

"Dank u wel. Is er een manier om hieruit te ontsnappen?

"Het spijt me, maar dat is er niet. Deze poorten zijn zeer sterk en de uitgangen van het gebouw worden allemaal bewaakt.

Claudio's antwoord ontmoedigde me. Wat zou er gebeuren met de 'tegengestelde krachten', Christine en Mimoso? Elk voorbijgaand moment werd het erger met mij in de gevangenis. Nu was het enige wat je moest doen bidden en wachten op een wonder.

Renato bezoek

Ik ben net wakker geworden en het gevoel dat ik voelde, alsof alles fout was, geeft me helemaal geen goed gevoel. Deze plek was niet geschikt voor mij omdat ik werd beïnvloed door de hoge negatieve lading. De "tegengestelde krachten" schreeuwden in mij en waren actiever dan ooit. Even later komt een van de bewakers en opent de cel voor ons om de zon in te gaan. Ik kom in de rij die gevormd wordt. We lopen een stukje rond en in korte tijd worden we teruggebracht naar de cel. Bij terugkomst krijg ik te horen dat er iemand op me wacht in het bezoekgebied. Een bewaker vergezelt me en ik ga naar deze persoon. Bij binnenkomst in de bezoekkamer ben ik verrast.

"Jij? Wat doe je hier, jongen?

"Ik kwam om je te helpen. De tijd is nu gekomen voor mij om te bewijzen dat ik nuttig ben en dat de voogd gelijk had om mij te sturen om u te vergezellen.

"Help mij? Hoe?

"Maak je geen zorgen. Ik heb alles al op de planning staan. Als alles gebeurt, denk dan niet twee keer na, ren.

"Wat bent u van plan te doen? Is het niet gevaarlijk?

"Ik kan niets zeggen. Doe gewoon wat ik zeg.

"Dank je, maar riskeer niet zo veel alleen voor mij. Je bent nog maar een kind.

"Ik ben een kind, maar ik weet wel hoe ik een menselijk hart moet onderscheiden. Ik vind je een heel bijzonder mens.

Renato woorden raken me en ik omhels hem. Hij is vrijwel de hele tijd bij me geweest sinds de reis begon en dit heeft genegenheid tussen ons gecreëerd. Ik voelde me al zijn vader, maar op dat moment was hij degene die me troostte en aanmoedigde. Na de omhelzing neemt hij afscheid en ga ik terug naar de cel, begeleid door een bewaker. Ik vind Claudio en we beginnen een nieuw gesprek. Ongeveer dertig minuten na Renato vertrek ruik ik een vreemde geur, rook bedekt de behuizing en iedereen begint in paniek te raken, inclusief ikzelf. De gemachtigde wordt aangeroepen en geeft opdracht om alle cellen te openen. In de verwarring herinner ik me Renato advies en ik dirigeer mezelf het politiebureau uit zonder dat iemand me ziet, omdat de rook zo dicht is. Op weg naar buiten vind ik Renato en we ontsnappen samen. We gaan terug naar het hotel en daar zet Carmen ons in een speciale kamer. Het had een ondergrondse ingang en daar werden we gehuisvest. Ik zou veilig zijn tot de eindstrijd.

De derde ontmoeting met Christine

Christine besloot uiteindelijk en was bereid om me weer te ontmoeten. Ze hoorde dat ik was gearresteerd en dit feit hielp haar om te beslissen. Ze was ook moe van het onrecht dat haar vader en de boze tovenares Clemilda hadden begaan. Op een bepaalde manier had ze haar "tegenkrachten" al onder controle en dit was van het grootste belang geweest in haar beslissing. Dus besloot ze Carmen, de eigenaresse van het hotel, te zoeken. Ze was er zeker van dat Carmen iets wist van mijn verblijfplaats. Ze klapte in haar handen bij de ingang van het hotel en werd meteen opgevangen.

"Bent u mevrouw Carmen? Ik moet met u spreken mevrouw.

"Ja. Kom binnen.

Christine ging op de uitnodiging in en ging naar binnen. Carmen ging thee en koekjes halen. Ze komt terug met een innemende glimlach.

"Wat kan ik voor je doen, lieverd? (Carmen)

"Ik ben op zoek naar Aldivan, de Ziener. Hij zat in de gevangenis, maar vandaag hoorde ik dat hij uit de gevangenis ontsnapte. Heb je enig idee waar hij is? Het is belangrijk.

"Ik heb geen idee. Sinds zijn arrestatie heb ik geen contact meer met hem.

"Het is niet mogelijk. Ik heb zowel hem als Mimoso zo hard nodig. Dus dan blijft alles gewoon zoals altijd? Hoelang zullen we Clemilda dictatuur nog duren?

De tranen stromen over Christine gezicht en ze raakt vertwijfeld. Haar reactie ontroert Carmen en ze gaat haar troosten.

"Als deze ontmoeting met hem zo belangrijk is, dan denk ik dat ik een manier kan vinden.

Carmen gaat even weg uit de woonkamer en roept me een kamer in. Als ik hoor over de aanwezigheid van Christine word ik blij en besluit ik meteen naar haar toe te gaan. Ik draai me terug naar de woonkamer terwijl Renato in de kamer blijft en Carmen naar de keuken gaat om het avondeten klaar te maken. Als ze me ziet, staat Christine op en rent om me te knuffelen. Ik beantwoord de genegenheid. We zaten naast elkaar in de kamer.

"Dus, heb je besloten?

"Ik heb veel nagedacht over wat je zei en ik wil zeggen dat ik het geloof. In het klooster leerden ze me herkennen wanneer iemand oprecht is.

"Ben je, naast geloven, bereid om je leven te veranderen?

"Ja, en ik wil alles vergeten wat er is gebeurd. U had gelijk dat ik niet schuldig ben aan de tragedie. Het was een vloek die die heks op me afvuurde toen ze mijn hoofd aanraakte. Ik heb nog steeds hoop dat ze verslagen is en dat de wens die ik naar de berg heb gedaan, wordt ingewilligd.

"Dus deed ik het. Je hebt jezelf gevonden. Je lijkt niet langer het verdrietige, onthutste jonge meisje te zijn. Ik ben blij voor je. Nu kan ik recht hebben op een eindstrijd. De ontmoeting van de 'tegengestelde krachten' nadert.

"Strijd? Waar praat je over?

"Het is de deal die ik met Clemilda heb gesloten. Als ik drie uitdagingen zou vervullen en jullie zou overtuigen om jullie bestemming te vinden, zou ik het recht hebben op deze strijd. Het is de enige kans om de "tegengestelde krachten" te verzamelen en opnieuw in evenwicht te brengen.

"Ik begrijp het. Kan ik helpen? Mijn mutantenkrachten zouden van grote hulp zijn in de strijd.

"Ik weet het niet. Het is heel gevaarlijk. Als je gekwetst wordt, Christine, zou ik mezelf niet kunnen vergeven.

Ik denk even na over haar voorstel. Ik vraag me af of ze echt nodig zou zijn op het slagveld. Ik wist niet wat voor oorlog dit zou zijn.

"Oké, dat kan. Je moet echter achter me blijven. Ik zal jullie beschermen tegen de Krachten van duisternis. Ondertussen bedek je de achterkant met je mutantenkrachten.

"Dank u wel. Wanneer gaat dit gebeuren?

"Morgen. Ontmoet me bij de ruïnes van de kapel om 7:00 uur.

Ik neem afscheid en vraag haar om mijn locatie geheim te houden. Ze stemt toe en vertrekt. Een zekere bekering vreet aan mij omdat ik een strijd heb aanvaard, maar het is te laat. De volgende dag zou definitief zijn met betrekking tot het lot van Mimoso en ik zou deelnemen aan een strijd die mijn leven en zeker ook het universum volledig zou veranderen.

De aanroeping van de Engel

Christine en ik kwamen op tijd aan bij het rendez-vouspunt. Ze vraagt me waarom deze specifieke site en ik antwoord dat dit de toegangspoort was tot mijn ervaringen. Ik leg haar de details uit over de "tegengestelde krachten" en de huidige onevenwichtigheid. Daarna vraag ik om stilte en begin de Engel aan te roepen omdat het van grote hulp zou zijn in de strijd.

"De oorlog tussen de "tegengestelde krachten" nadert. In deze strijd zullen materiële en immateriële wezens tegenover elkaar staan. Onze groep bestaat uit slechts twee mensen: ik, de Ziener, en Christine, die een mutant is. We hebben een hogere macht nodig om ons een ongrijpbare zekerheid te geven, dus vragen we van Onze Vader om zijn Engel te sturen om ons te vergezellen en te beschermen in deze gevaarlijke strijd. Mimoso lot hangt in de weegschaal en de kracht van goedheid moet compleet zijn.

Ik herhaal het gebed drie keer en op het laatste voel ik mijn hart trillen met onregelmatige slagen en wordt mijn zesde zintuig volledig geslepen. Even later staan mijn deuren open en heb ik toestemming om de mysteries van de andere wereld te ontrafelen. Ik zie, in een grote zaal van een koninklijk paleis, een deur opengaan en daaruit vertrekken zeven engelen die samen God zelf vertegenwoordigen. Een van hen draagt een beker in zijn hand waarvan de inhoud mijn indringende gebed is. De zeven engelen naderen de troon van de Almachtige God. Degene die de kelk heeft, morst het over het vuur aan de rechterkant van de Vader. Donderslagen en veranderde stemmen zijn te horen. De deur tussen de twee werelden wordt geopend en de engel met de kelk gaat er doorheen. De deur is verzegeld en vergrendeld totdat deze terugkeert. Op dat moment zijn mijn deuren gesloten en ga ik weer normaal. Als ik weer bij bewustzijn ben, zie ik Christine knielen en naast me een brandende Engel met lange en heldere vleugels, die de hele plaats verlicht. Op het gezicht staat Koning der Koningen en Heer der Heren geschreven. Zijn voeten en benen lijken in brand te staan en zijn slanke lichaam overwint elk beeldhouwwerk. Ik sta even toe te kijken en bewonder de schoonheid ervan. Het besluit contact met mij op te nemen via de krachten van het denken. Het vraagt me om kalm te blijven en Christine op te tillen omdat ze geen reden had om hem te aanbidden. Ik gehoorzaam de Engel en vraag hem wat er gaat gebeuren. Het vertelt me dat het niet weet, dat de ontmoeting tussen de "tegengestelde krachten" onvoorspelbaar is. Het verzekert me dat we er veilig mee zullen zijn. Met hernieuwde krachten en hemelse bescherming, neem ik me voor om hetzelfde wachtwoord van mijn vorige ervaring te proberen. Met alle kracht in mijn borst roep ik:

"We zijn er klaar voor!

De grond schudt, de lucht wordt donkerder, de sterren worden verbrijzeld en het hele universum voelt de emotie van het moment. De eindstrijd zou beginnen en de toekomst van beide werelden stond op het spel.

De eindstrijd

Het scenario is nog steeds aan het veranderen. De vloer verdwijnt en de engel moet ons krachten geven zodat wij ook kunnen vliegen. Aan de horizon verschijnt een scheidslijn als een soort krachtveld dat ons verhindert om te passeren. Dan komt het moment waarop alles begint. Een immense duisternis nadert samen met een vampier en enkele mannen met een capuchon. Aan de andere kant staat Clemilda, die alles beheerst met haar machiavellistische superkrachten. Het gevecht begint eindelijk. De engel en de demon, Christine en de vampier, en ik en de mannen met de capuchon. De strijd tussen ongrijpbare wezens is simpelweg onvoorstelbaar. De twee bewegen met ongelooflijke snelheid en hun slagen zijn extreem krachtig. Bij elke impact lijken de twee werelden te beven. Ook de clash tussen Christine en de vampier is even evenwichtig. Ze gebruikt haar vuurstralen om zichzelf te beschermen tegen zijn aanvallen. Ik loop ook tegen problemen aan. De mannen met capuchons zijn bekwame vechtersbazen. Ik moet al mijn helderziende krachten gebruiken om ze te confronteren. De oorlog tussen de "tegengestelde krachten" was nog maar net begonnen en de moeilijkheden waren talrijk.

Het gevecht gaat door en de botsing begint geleidelijk te veranderen. Sommige mannen met capuchons vallen uitgeput en ik voel me vrijer. Het gevecht tussen de engel en de demon en Christine en de vampier bleef gelijk, maar vanuit mijn oogpunt was het goed aan het winnen. In een paar ogenblikken lukt het me om mijn recente tegenstanders omver te werpen. Dan rust ik een beetje uit en observeer de gevechten van de ander. Ik hoop op overwinningen voor hen allemaal. Clemilda ziet haar dreigende nederlaag en roept met haar krachten de ontdoen aan. Ze verlaten het graf van een oude inheemse begraafplaats en zijn allemaal mensen die zich op de een of andere manier van hun ware paden laten afleiden. Zij zijn mijn nieuwe tegenstanders in de strijd. Onder hen herken ik inheemse Kualopu, een tovenaar die bijna het uitsterven van de Xukuru-natie veroorzaakte. Hij is mijn meest gevreesde tegenstander omdat hij, net als Clemilda, de duistere krachten domineert. Voordat ik aan het gevecht begin, begin ik me de leringen van de bewaker, de uitdagingen en de grot te herinneren. Al deze stappen hebben gediend als verbazingwekkende spirituele groei voor mij. Nu zou ik dit in mijn voordeel moeten gebruiken in de strijd. Het gevecht begint en de levende doden proberen me te omsluiten met als doel me in één keer aan te vallen. Ik ben snel van deze belegering af en val aan. Met de kracht van mijn aanval scheuren sommigen van hen uit elkaar. Kualopu begint een stil gebed te herhalen en op hetzelfde moment stelt een lichtgevende cirkel me veilig en laat me onbeweeglijk achter. De andere ontdoen gebruiken om mij aan te vallen. De herinnering aan de grot komt naar boven toen ik een heel scenario van spiegels onder ogen moest zien. Drie bespiegelingen kwamen tot leven en stelden een vijftienjarige jongeman voor die zijn vader, een kind en een oude man had verloren. Ik ging tegen al deze aspecten in en ontdekte dat geen van hen in het heden een zesentwintigjarige jongeman was, een schrijver, met een licentie in wiskunde. De cirkel die me vasthield vertegenwoordigde alle zwakheden, die ik bij het betreden van de grot wist te beheersen. Hierover nadenkend concentreerde ik mijn krachten en met een impuls wordt de cirkel doorbroken. Ik kon toen wraak nemen en een groot aantal van de ontdoen vernietigen. Kualopu weigerde mijn kracht te herkennen en met een laatste klap kon ik hem overwinnen. Toen Clemilda dit zag, raakte ze in paniek en begon ze haar nieuwste strategie te verwoorden.

Terwijl Clemilda zich voorbereidde, merkte ik op dat de andere krachten van het goede al in het voordeel waren ten opzichte van de andere kracht. Dit maakte me blij en ontspannen. Ik neem ook de tijd om te ontspannen en op adem te komen. Uiteindelijk beslist Clemilda. Ze vertrekt om zich rechtstreeks tegen mij in de strijd te mengen. Met behulp van duistere krachten bewapent ze zich met een zwaard en schild. De engel ziet mijn situatie en geeft me met zijn krachten dezelfde wapens. De krachtmeting begint en ik sta versteld van de behendigheid van mijn rivaal. Ze was geen amateur. Ik blijf een tijdje in het defensief om haar in alle opzichten te observeren. Mijn houding zorgt ervoor dat ik mijn evenwicht verlies en de tovenares kon me in het gezicht slaan. Ik reorganiseer mijn plannen en probeer in de tegenaanval te gaan. Mijn antwoord krijgt resultaat en ik kom terug in de strijd. Met nog een logeer ontwapen ik haar en ze heeft geen verdediging meer. Om de situatie verder in balans te brengen, doe ik ook mijn pantser af. Ik pak haar vast en we meten onze krachten. Zij roept de Duivel en ik aan, Jezus Christus en zijn kruis. Op datzelfde moment valt ze verslagen neer. De demon en de vampier verdwijnen; de zon en de grond verschijnen. De engel straalt meer dan ooit en ik hoor vanuit de Hemel een geluid van groot feest. Ik was erin geslaagd om de "tegengestelde krachten" te verzamelen en Christine te helpen. In een oogwenk neemt de engel afscheid en verdwijnt ook. Mijn reis in de tijd was een succes geweest en ik zou het herhalen wanneer het nodig was om dit te doen.

De ineenstorting van de bestaande structuren

Met de val van Clemilda verdwenen de zwarte wolken, haar handlangers vluchtten en Christine werd genezen. Hiermee keerde Mimoso terug naar normaal en nam het christendom zijn plaats weer in. Om dat te vieren organiseerde Christine een viering in het gebouw van de Bewonersvereniging. Ik was de hoofdgast. Het feest zat vol met verslaggevers die vragen bleven stellen.

"Is het waar, meneer waarzegster, dat u Mimoso hebt gered uit de klauwen van een kwaadaardige tovenares? Hoe heeft dit kunnen gebeuren?

"Welnu, ik was slechts een instrument van het lot en mijn strijdende metgezel hier, Christine. De "tegengestelde krachten" waren onevenwichtig en mijn missie was om ze weer te herenigen.

"Wat gaat u nu doen, Mijnheer?

"Nou, dat weet ik niet. Ik denk dat ik moet wachten op een nieuw avontuur.

"Bent u getrouwd, mijnheer? Wat is je beroep?

"Nee, ik geef prioriteit aan mijn studie. Over mijn vak ben ik administratief medewerkster. Daarnaast heb ik een licentie in wiskunde en ben ik schrijver.

De vragen gaan door, maar ik trek me terug van de verslaggevers. Ik ga met Christine praten en kijken hoe het met haar gaat. Ze zegt dat ze de tragedie is vergeten, maar ze maakt zich nog steeds zorgen om Claudio. Hij is enige tijd geleden gearresteerd en ze heeft geen nieuws gehad. Ze bevestigt haar liefde en zegt dat hij onvergetelijk is. Ik troost haar en probeer haar op te vrolijken. Tijdens het feest blijf ik bij haar om haar kracht te geven. Als het afgelopen is, neem ik afscheid van haar en keer ik terug naar het hotel.

Gesprek met de majoor

Voordat ik Mimoso verliet, besloot ik nog een laatste poging te doen voor Christine. Een grote liefde als die van haar en Claudio kon niet zonder een laatste kans. Dus ging ik naar de woning van de gevreesde majoor voor een laatste gesprek met hem. Bij het betreden van de tuin van het huis kondigde ik mezelf aan en kort daarna stond ik voor hem.

"Meneer Major, ik kwam met u praten over uw mooie dochter Christine. Ik was net bij haar en besefte dat ze lijdt. Waarom geef je de tollenaar, Claudio, geen kans? Kijk, zie je niet hoe hij de meest geschikte man voor haar is?

"Betrek je niet in familiezaken. Ik heb mijn dochter niet opgevoed met een tollenaar als mijn schoonzoon.

"Ik bemoei me ermee omdat ik haar vriendin ben en haar geluk belangrijk voor me is. Majesteit wijst Claudio af omdat hij arm en eenvoudig is. Ben je je arme jeugd in Maceió vergeten? Majesteit is ook eenvoudig geweest. Waar het in een mens om gaat zijn kwaliteiten, zijn talent en charisma. Onze sociale status definieert ons niet. Wij zijn wat onze daden van ons zeggen.

Mijn antwoord schudt de majoor wat wakker en de tranen vloeien uit zijn ogen. Hij veegt ze weg van schaamte.

"Hoe weet je dat? Ik heb nooit iemand verteld over dit donkere deel van mijn leven.

'Je zou het niet begrijpen, zelfs niet als ik het zou uitleggen. Het probleem is dat je oneerlijk bent tegenover Christine en haar de ware liefde ontneemt. Zie je de tragedie die je hebt uitgelokt met je gearrangeerde huwelijk? Dat systeem werkt niet.

De majoor was even bedachtzaam en antwoordde kort daarna.

"Prima. Ik zal de twee toestaan om te daten en dan te trouwen, maar ik wil ze hier niet in de buurt zien. Mijn dochter blijft een teleurstelling in mijn leven.

"En wat Claudio betreft? Laat je hem vrij?

"Ja, vandaag.

"Majoor, nog één ding. Ik heb mijn baan als uw journalist opgezegd. Ik kan er niet meer tegen om tegen deze mensen over je te liegen.

De majoor kronkelde van woede, maar ik was al op weg. Bij vertrek geniet ik van een zuiver geweten omdat ik mijn rol had vervuld. Nu was het enige dat aan het lot werd overgelaten om de twee harten te verbinden die echt van elkaar hielden.

Afscheid

Eindelijk was het moment aangebroken dat Claudio werd vrijgelaten. Buiten het politiedistrict wachtte hij op zijn vrienden en de hartstochtelijke Christine. Allen waren gretig en nerveus voor de gelegenheid. In het station ondertekent Claudio de laatste papieren die worden vrijgegeven.

"Ik ben klaar, afgevaardigde Pompeu. Kan ik al gaan? Het was een tijd van veel lijden en angst hierbinnen. Ik herinner me nog goed de dag dat ze me hier opsloten en het was de ergste dag van mijn leven. (Claudio)

"Je kunt nu gaan. Kijk of je niet weg kunt blijven van flirten met meisjes die je niet zou moeten zijn, hè?

"Mijn arrestatie was tiranniek en u weet het, meneer. Is het een misdaad om lief te hebben? Ik heb geen controle over mijn hart.

"Nou, je bent gewaarschuwd. Soldaat Peixoto begeleidt het onderwerp tot aan de uitgang.

Claudio trekt zich terug en de soldaat gehoorzaamt de bevelen van de afgevaardigde. Op weg naar buiten keek Claudio iets achterom alsof hij afscheid nam van de momenten die hij in de gevangenis had doorgebracht. Daarna keek hij omhoog naar de hemel alsof hij rekening wilde houden met het hele universum. Hij voelde zich vrij en gelukkig omdat hij zijn leven zou hervatten. Even later omhelsde hij zijn vrienden en wachtte Christine haar beurt af. De twee omhelsden elkaar en ze zoenden uitgebreid.

"Mijn liefde! Je bent vrij! Nu kunnen we gelukkig zijn omdat mijn vader onze relatie heeft toegestaan. De berg is echt heilig omdat het aan ons verzoek voldeed. (Christine)

"Is dit waar? Ik geloof het niet! Betekent dit dat we samen kunnen zijn en onze kinderen kunnen krijgen? Gezegende berg. Ik had dit wonder niet verwacht.

De twee bleven herdenken en ondertussen nader ik. We bereikten het tijdstip van mijn vertrek.

"Wat heerlijk om jullie samen en gelukkig te zien. Ik denk dat ik gerust terug kan keren naar mijn echte tijd.

"Moet je echt gaan? Jammer! Kijk hoe we hebben geleerd om je inspanningen en vastberadenheid te bewonderen. Ik zal nooit vergeten wat je voor mij en voor Claudio hebt gedaan, bedankt!

"Ik zal je ook missen. In de gevangenis, waar we samen werden vastgehouden, heb ik je een beetje leren kennen en ik denk dat je een kans verdient in het leven en in het universum. Succes! (Claudio)

"Voordat ik ga, wil ik nog een laatste ding vragen, Christine. Kan ik een boek publiceren met jullie verhaal?

"Ja, met één voorwaarde. Ik wil het een titel geven.

"Oké. Wat is het?

"Het zal "Tegengestelde Krachten" worden genoemd.

Ik keur de aanwijzing van Christine goed en geef ze nog een laatste omhelzing. Ze maakten allemaal deel uit van mijn verhaal. Met tranen in mijn ogen trek ik me terug en dirigeer me naar het hotel. Ik pakte mijn koffers en vertrok. Onderweg herinner ik me alle keren dat ik op die rustieke plek was. Alles wat ik had meegemaakt had bijgedragen aan mijn spirituele en morele vorming. Nu was ik voorbereid op nieuwe avonturen en perspectieven. Met langzame stappen nader ik het hotel. Ik neem voor de laatste keer afscheid van alles wat er om me heen is en ik concludeer dat ik ze niet helemaal zal vergeten. Ze zullen voor altijd in mijn geheugen gegrift staan als herinneringen aan mijn eerste reis in de tijd, een reis die de geschiedenis van het kleine dorp genaamd Mimoso veranderde. Als ik erover nadenk, voel ik me gelukkig en voldaan. Even later kom ik aan bij het hotel en ga ik naar mijn kamer. Renato slaapt en ik maak hem wakker. We pakken onze koffers en gaan naar de keuken om afscheid te nemen van Carmen.

"Mevrouw Carmen, we gaan weg. Ik wilde zeggen dat uw hulp voor mij erg belangrijk was om de details van de tragedie te achterhalen. Daarnaast wil ik u bedanken voor uw gastvrijheid en geduld.

"Ik ben het die je wil bedanken voor alles wat je voor Mimoso hebt gedaan. We leefden onder een dictatuur en jullie hebben ons bevrijd. Ik hoop dat al je dromen uitkomen.

"Dank u wel. Renato, neem afscheid van mevrouw Carmen.

'Ik wil zeggen dat je al die tijd als een moeder voor me bent geweest. Ik hield van het eten en je advies.

We omhelsden elkaar met z'n drieën en de emotie van het moment deed me wat tranen vergieten. Wat we in die dertig dagen hadden geleefd, liep ten einde. Ze zou voor altijd speciaal zijn in mijn leven. Toen de omhelzing voorbij was, liepen we naar de deur en zwaaiden we een laatste keer afscheid. Bij vertrek zouden we naar hetzelfde punt gaan waar we de reis terug in de tijd voltooiden.

De terugkeer

Vanaf de buitenkant van het hotel kijk ik nog een laatste keer naar dat wat in die dertig dagen mijn thuis was geweest. Daar had ik mijn eerste visioen gehad dat me een heel verhaal liet zien. Het was de realisatie van de dromen van de Ziener, een alwetend wezen, door zijn visioenen. Met de feiten was ik in staat om het tijdschema van de gebeurtenissen in te voeren en te handelen zodat het onrecht ongedaan werd gemaakt. Dit liet me achter met een zuiver, gelukkig geweten omdat ik de missie had vervuld die de voogd mij had toevertrouwd. Ik was erin geslaagd om de "tegengestelde krachten" te herenigen en Christine te helpen het ware geluk te vinden. Bijgevolg keerde Mimoso terug naar het christendom en veel van zijn gelovigen konden de Schepper aanbidden, prijzen en grootmaken. Ik wou dat ik wat meer tijd had gehad om van al dit werk te genieten. Welnu, ik zal in de geest observeren. Met een blik kijk ik naar Renato en besef ik hoe belangrijk hij was in mijn missie. Zonder hem zou mijn contact met Christine niet adequaat zijn gedaan en zou ik ook niet uit de gevangenis zijn ontsnapt. Het was echt de moeite waard geweest om hem mee te nemen op deze reis.

We lopen verder en naderen snel de voet van de Ororubá-berg, de berg die iedereen als heilig beschouwde. Het was daar dat ik de bewaker, de geest, de jonge vrouw en het kind ontmoette, ik voltooide uitdagingen en ik ging de gevaarlijkste grot ter wereld binnen. In de grot, het ontwijken van vallen en het voortschrijden van scenario's slaagde ik erin om het mijn droom te laten uitvoeren en het veranderde me in de Ziener. Dit alles was uiterst belangrijk geweest, zodat ik de reis op tijd kon maken en de lijn van gebeurtenissen kon veranderen. Nu was ik daar, aan de voet van de berg, voldaan en al denkend aan het volgende avontuur. Ik was hier zo geconcentreerd op dat ik me weinig realiseerde dat een kleine hand me trok. Ik draaide me om te zien wat er aan de hand was. Het was Renato.

"Wat zal er nu van mij worden, meneer de ziener?

"Welnu, ik zal u terugbrengen naar de voogd die voor u zorgt, toch?

"Beloof dat u mij meeneemt op uw volgende reis. Ik hield van een verblijf van dertig dagen in het dorp Mimoso. Voor het eerst voelde ik me nuttig en belangrijk.

"Ik weet het niet. Alleen als het strikt noodzakelijk is. We zullen zien.

Mijn antwoord lijkt Renato niet bepaald gelukkig te hebben gemaakt, maar dat vind ik niet erg. Ik kon niets garanderen over de toekomst, ondanks dat ik paranormaal begaafd was. Bovendien kon ik niet voorspellen wat er zou gebeuren met het boek dat ik zou publiceren. Daarvan hingen mijn nieuwe avonturen af. Ik vergeet een beetje de kwestie van het boek en concentreer me op de omringende natuur: de grijze wolken, de zuivere lucht, de uitbundige vegetatie en de hete zon. De zeven dagen die ik op de top van de berg had doorgebracht, hadden me geleerd om het volledig te respecteren. Wanneer we dit niet doen, reageert het negatief. De voorbeelden zijn er niet weinig: natuurrampen, opwarming van de aarde en de schaarste aan natuurlijke hulpbronnen. Het einde is nabij als we in deze staat van irrationaliteit blijven.

De tijd verstrijkt en we beklimmen de berg helemaal. We keren terug naar het punt waar we de reis op tijd hebben gemaakt en ik begin me te concentreren. Ik creëer een cirkel van licht om ons heen en we beginnen te vertragen. Het was noodzakelijk om het tegenovergestelde te doen van wat eerder werd gedaan om vooruit te komen in de tijd. Een koude wind slaat toe, mijn hart versnelt, de zwaartekracht verliest kracht en hiermee kunnen we beginnen aan de terugreis. De ring van licht breidt zich uit en de jaren gaan voorbij: 1910, 1920, 1930, 1940, 1950, 1960, 2010. Toen we precies op dat punt kwamen, werd de cirkel ongedaan gemaakt en vielen we op de grond. Bij het opstaan zie ik de voogd en dit maakt me gelukkiger.

"Dus dan zie ik dat je al terug bent gekomen. Je bent erin geslaagd om de "tegengestelde krachten" te herenigen en het meisje, Kind van God, te helpen?

"Ja. De reis was een succes en ik slaagde erin om de betekenis van dingen opnieuw te ordenen. De grot was erg belangrijk voor mij om succesvol te zijn.

'De grot zal slechts één stap op je pad zijn. Het moet dienen als ondersteuning voor groei en leren. De Ziener heeft nog veel uitdagingen te gaan. Wees wijs en voorzichtig in je beslissingen.

"Welnu, ik geef Renato aan u terug. Je had gelijk toen je hem met me meestuurde. Hij was belangrijk. Daarnaast wil ik je bedanken voor alle aandacht en toewijding die je mij hebt gegeven. Zonder uw leringen zou ik de grot niet hebben verslagen of de Ziener zijn geworden.

"Dank me nog niet. Jullie moeten terugkeren naar deze heilige plaats wanneer dat nodig is. Dan zal Ik verschijnen en jullie het pad wijzen. Onthoud voor alles: Liefde en geloof zijn twee krachtige krachten die, wanneer ze op de juiste manier worden gebruikt, wonderen voortbrengen. Wanneer je twijfelt of tijdens de donkerste nacht van je ziel, klamp je dan vast aan je God en aan deze twee krachten. Ze zullen je bevrijden.

Dat gezegd hebbende, verdween de voogd samen met Renato. Ik stond even na te denken over wat de voogd zei. De donkerste nacht van mijn ziel? Ik denk dat ik daar meer over moet leren. Ik pakte mijn koffers en begon de berg af te dalen. Ik zou de eerste auto pakken om terug naar huis te gaan.

Thuis

Ik ben net terug van mijn reis en mijn familieleden ontvangen me met een feestje. Mijn moeder lijkt zich zorgen te maken omdat ze meedogenloos is in het stellen van vragen aan mij. Ik antwoord wat en ze wordt rustiger. Ik ga naar mijn kamer om mijn koffers op te bergen.

Nogmaals, ik kijk naar de werken die ik de afgelopen jaren heb gelezen en ik voel me nog gelukkiger omdat binnenkort de mijne ertussen zal zijn. Ik maak nu deel uit van de literatuur en voel me daar erg trots op. Mijn aandacht wijkt af en ik merk dat mijn bed vol ligt met wiskundeboeken. Ik voel me een beetje schuldig omdat ik ze iets meer dan een maand in de steek heb gelaten. Ik begin er doorheen te bladeren en doe een paar berekeningen. Eindelijk ben ik weer bezig met wiskunde, de andere passie van mijn leven.

Epiloog

Na het verlaten van Mimoso gebeurde er veel. Christine en Claudio trouwden en werden ouders van zeven prachtige kinderen. De kleine kapel van St. Sebastian werd herbouwd en de gouverneur voltooide zijn belofte aan de majoor en steunde hem voor burgemeester van Pesqueira. Hij werd gekozen en zette zijn geschiedenis van overheersing en autoritarisme voort. In het recente verleden werd de snelweg BR-232 aangelegd en dat bracht de overdracht van diensten en zaken naar Arcoverde (in de tijd dat het boek werd geschreven was het Witte Rivier Dorp). Toen kwam de geleidelijke terugtrekking van de spoorweg en Mimoso werd een spookstad.

Momenteel heeft Mimoso drieduizend inwoners en de economie van het district is verbonden met naburige steden, Pesqueira en Arcoverde. Kortom, het draait om de productie" en veeteeltsalarissen die zijn gepensioneerde mensen ontvangen. Een van de hoogtepunten van Mimoso is de stichting Possidônio Tenório de Brito, die bij monde van de gepensioneerde rechter Aluiz Tenório de Brito kansen biedt voor onderwijs en cultuur. Hij installeerde een waardevolle bibliotheek, startte een cursus Informatief Onderwijs en startte ook een videotheek. Ik ben een van de jonge mensen die van dit initiatief heeft geprofiteerd en vandaag ben ik een schrijver, auteur van 'Tegengestelde krachten '.

Het einde.